D0915050

ТАТЬЯНА УСТИНОВА

ПЕРВАЯ СРЕДИ ЛУЧШИХ!

Читайте детективные романы:

МОЙ ЛИЧНЫЙ ВРАГ

БОЛЬШОЕ ЗЛО
И МЕЛКИЕ ПАКОСТИ

ХРОНИКА ГНУСНЫХ ВРЕМЕН

ОДНА ТЕНЬ НА ДВОИХ

ПОДРУГА
ОСОБОГО НАЗНАЧЕНИЯ

РАЗВОД
И ДЕВИЧЬЯ ФАМИЛИЯ

ПЕРСОНАЛЬНЫЙ
АНГЕЛ

ПОРОКИ
И ИХ ПОКЛОННИКИ

МИФ
ОБ ИДЕАЛЬНОМ
МУЖЧИНЕ

МОЙ ГЕНЕРАЛ

ПЕРВОЕ ПРАВИЛО
КОРОЛЕВЫ

ТАТЬЯНА
УСТИНОВА

МОЙ ГЕНЕРАЛ

МОСКВА

ЭКСМО

2004

УДК 882
ББК 84(2Рос-Рус)6-4
У 80

Серийное оформление художника Д. *Сазонова*

Серия основана в 2002 г.

У 80   **Устинова Т. В.**
       Мой генерал: Роман. — М.: Изд-во Эксмо, 2004. —
       384 с. (Серия «Первая среди лучших»).

ISBN 5-699-01817-4

Молодая московская профессорша Марина приезжает на отдых в санаторий на Волге. Она мечтает о приключении, может, детективном, на худой конец, романтическом. И получает все в первый же день в одном флаконе. Ветер унес ее шляпу на пруд, и, вытаскивая ее, Марина увидела в воде утопленника. Милиция сочла это несчастным случаем. Но Марина уверена — это убийство. Она заметила одну странную деталь... Но вот с кем поделиться? Она рассказывает свою тайну Федору Тучкову, которого поначалу сочла кретином, а уже на следующий день он стал ее напарником. Назревает курортный роман, чему она изо всех профессорских сил сопротивляется. Но тут гибнет еще один отдыхающий, который что-то знал об утопленнике. Марине ничего не остается, как опять довериться Тучкову, тем более что выяснилось: он — профессионал...

УДК 882
ББК 84(2Рос-Рус)6-4

От любопытства кошка сдохла!
П. Трэверс, «Мэри Поппинс»

— Простите, пожалуйста, — раздалось прямо у нее над головой, — вы не видели где-нибудь здесь... кошку?

Марина открыла глаза.

Прямо перед ней был желтый песок, а за песком серый пруд, блестевший сальным блеском. Щурясь, она некоторое время изучала колышущийся блеск, а потом снова смежила веки.

Господи, приснится же такая ерунда!..

— ...не видели? Кошку? — повторил голос с надеждой.

Она подскочила на нагретой лавочке так, что нелепая шляпа из итальянской соломки съехала ей на нос.

— Что?! Какая кошка?! Где кошка?!

— Не знаю, — признался бестелесный голос, — какая-нибудь кошка. Любая. Не видели?

Марина стремительно задрала глупую шляпу, села прямо и посмотрела сначала налево, а потом направо.

Слева были заросли каких-то ломких и длинных стеблей, уходивших в темную воду. В глубине стеблей на берегу голубела еще одна лавочка — пустая.

Справа рос камыш, за ним находился газон, потом асфальт, а дальше сетка теннисного корта — довольно далеко.

Не иначе, как она перегрелась. Вот оно, коварное солнце средней полосы.

— Я ее угостить хотел, — вновь донесся голос. Теперь он звучал виновато. — А найти не могу... Вы не видели?

Господи боже мой!

Оказалось, что он стоит прямо перед ней. Марина уставилась на нелепейшую, чудовищную пестроцветную гавайскую рубаху. Кажется, под ней скрывалось сытенькое круглое брюшко.

— Я вас разбудил, — внезапно догадался обладатель брюшка и сказочной рубахи, — простите. Я думал, может, вы видели где-нибудь кошку.

— Какую еще кошку? — раздраженно пробормотала Марина. Ни рубаха с цветами, ни тем более круглое брюшко не вызывали у нее никаких положительных эмоций.

— Обыкновенную. В домах отдыха, знаете ли, всегда живут кошки. Их тут подкармливают, и они живут.

— Ну и что?

— Ничего, — смешавшись, сказал «гаваец», — я хотел ее угостить. Я вот... рыбки наловил.

И в доказательство, что действительно наловил, потряс у нее перед носом пластмассовым детским ведерком, в котором плюхала вода и что-то шевелилось.

Марине немедленно показалось, что в воздухе невыносимо завоняло рыбой.

— Послушайте, — начала она, отпихивая рукой ведерко, — никаких кошек я не видела. По-моему, ловить этих несчастных мальков — дикость и варварство.

— Разве? — усомнился он. — А по-моему, ничего. Я же не глушу их динамитом.

На это поразительное замечание Марина ничего не ответила, отвернулась и зашарила в сумке, давая понять собеседнику, что аудиенция окончена.

Однако настырный «гаваец» все не отставал.

— А в корпусе, — с надеждой спросил он, — не видели?

— Что?

— Кошку.

Сигареты нашлись, а зажигалка никак не попадалась. В руку лезли темные очки, кошелек, холодный тюбик с кремом, пачка салфеток, а зажигалка как сквозь землю провалилась! Марина достала очки, быстро нацепила их на нос — как будто загородилась и от брюшка, и от рубахи.

— Что вы ищете? — заинтересованно спросил брюхастый.

Марина покосилась на ведро с рыбой:

— Зажигалку.

— Позвольте вам предложить.

Он, черт возьми, еще и галантен!..

— Предложите, — мрачно согласилась Марина.

Тут он почему-то сказал:

— Предлагаю. — И перед носом у нее оказалась пластмассовая желтая зажигалка с болтающейся внутри бесцветной жидкостью. Из зажигалки с шипением выметнулось пламя — вполне достаточное, чтобы вскипятить немного кофе.

Марина отшатнулась — ей показалось, что она отчетливо слышит запах паленой шерсти, своей собственной.

— Простите, — забормотал «гаваец» и суетливо задул огонь, — эти дурацкие зажигалки, никогда не знаешь, чего от них ждать...

И даже лоб вытер от неловкости. Марина смотрела на него с отвращением. С незажженной сигаретой во рту она чувствовала себя идиоткой.

Галантный гавайский мужчина покрутил пластмассовое чудо так и сяк, почиркал колесиком, добился устойчивого пламени подходящего размера и сунул к Марининой сигарете.

Она прикурила и отвернулась.

Он все не уходил, топтался, в ведре плюхали страдальцы-мальки.

Тут она заподозрила неладное.

...Или он вознамерился, не сходя с этого места, завести с ней романтическое знакомство на все двенадцать отпускных дней?! Если так, она пропала!.. И отдых пропал, и долгожданное одиночество, и вообще все, все пропало!

И, словно подтверждая ее мысли, галантный мужчина предложил искательным тоном:

— Давайте познакомимся? Меня зовут...

— Да не станем мы знакомиться! — вспылила Марина. — Зачем нам знакомиться-то?!

Тут он неожиданно засмеялся — искренне и с удовольствием, как ей показалось.

— Так принято, — объяснил он и вдруг пристроился со своим ведром на лавочку рядом с ней. — Вы не знали? Когда незнакомые люди встречаются и разговаривают друг с другом, принято представляться. Меня зовут...

— Послушайте, — перебила его Марина и потянула к себе свою сумку, — я не хочу знакомиться и не хочу никому представляться. Я очень устала, и кроме того...

— Где все-таки мне найти кошку? — задумчиво

спросил он сам у себя, не дослушав ее излияний. — Может, на кухне спросить? Прошу прощения...

Тут он поднялся, слегка поклонился в Маринину сторону — вежливый! — посмотрел в свое ведро и пошел направо, туда, где был газон и виднелась сетка теннисного корта.

— Придурок!.. — пробормотала Марина, задетая тем, что он не стал настаивать на «романтическом знакомстве» и предпочел отправиться на поиски кошки.

Или ему на самом деле нужна была кошка, а вовсе не она, Марина? И еще эта идиотская шляпа из итальянской соломки, которую мама зачем-то водрузила ей на голову и все караулила, чтобы дочь не скинула ее потихоньку! Шляпа никуда не помещалась, запихнуть ее в чемодан можно было, только сломав пополам, и Марина всю дорогу маялась, пристраивала шляпу то туда, то сюда, то еще куда-нибудь, забывала, вспоминала, возвращалась, хватала, напяливала на голову, несла под мышкой, размещала на полке, ловила, держала и так далее.

Должно быть, в этой шляпе она выглядит просто сногсшибательно — Фаина Раневская, кинофильм «Подкидыш».

«Гаваец» и тот убежал. Впрочем, «гавайца» она сама прогнала, этим можно утешаться и отчасти гордиться.

Она и гордится — разве затем она впервые за пять лет пошла в отпуск, чтобы с бухты-барахты под ракитовым кустом заводить никому не нужные знакомства с придурками в немыслимых рубахах?!

У нее номер «люкс», банка кофе, чемодан книг и любимая кружка в отдельном мешочке — что еще нужно старой холостячке, чтобы отлично провести давно заслуженный отпуск?!

Ничего. Больше не нужно ничего.

Только если... может быть... или нет... Приключение, вот что нужно!

Только не в смысле галантного расписного мужчины с пластмассовой зажигалкой и детским ведерком — такие «приключения» ей и даром не нужны. А «настоящее приключение» — чтобы произошло какое-нибудь ужасное событие, и она, Марина, оказалась бы в центре, эпицентре или черт знает где, в общем, поблизости, и чтобы зловещие тени сгущались на горизонте, а дом отдыха завалило бы снегом — даром что июль! — совсем как в пьесе Джона Б. Пристли «Чисто английское убийство», а телефонная связь оборвалась, а под подушкой старшей горничной обнаружился бы странный пузырек темного стекла — горничная, конечно, уверяет, что это снотворное, но это подозрительно похоже на цианистый калий или мышьяк... да, пусть будет мышьяк — хорошее, глубоко «преступное» слово! — и чтоб полицейский капитан оказался поблизости, загорелый, самоуверенный, дьявольски умный, циничный, наблюдательный, острый, тонкий, мужественный и с пистолетом, засунутым за ремень выцветших и потертых джинсов — почему выцветшие и потертые джинсы считаются самой лучшей одеждой для главных героев?!

Марина захохотала во все горло, так что из куста выпорхнула какая-то птаха, чирикнула и перелетела на ту сторону заросшего прудика.

Хохотать во все горло, сидя в одиночестве на лавочке, было неприлично, и она быстро зыркнула по сторонам — не видит ли кто, как уважаемая Марина Евгеньевна Корсунская себя ведет.

Никто не видел, хотя слева, в зарослях, на голубой скамейке уже восседала какая-то парочка. Размечтавшись о своем «приключении», Марина не заметила, когда парочка забралась в кусты. Впрочем, восседала девица, а молодой человек возлежал головой у нее на коленях и дурашливо щекотал девицын животик. Девица взвизгивала, молодой человек похохатывал, все как положено.

Господи, какая смертная, непробиваемая, тупая скука, эти парочки с их пощекочиваниями, поглаживаниями, похрюкиваниями и взвизгами!

Как все это одинаково, пошло, глупо и, главное, кончается всегда одинаково — никчемное сосуществование, желание плюнуть в ненавистную рожу любимого или любимой, романы в конторе, романы на пляже, романы на даче, романы в доме отдыха, начинающиеся с кошки и пластмассового ведра, и «ты отравила мне всю жизнь!», и «слезь с дивана, придурок!», и никогда с нежной гордостью — «наш сын похож на тебя!».

Домашний ежедневный ад собственного сочинения, и так до самой могилы, за которой уж откроется настоящий, так сказать, общественный ад.

Говорят, что он вечный. Очень может быть.

Марина решительно водрузила на голову идиотскую шляпу — поля немедленно задрались, и пришлось двумя руками отгибать их вниз, — потянула сумку и постояла в нерешительности. До ужина было еще далеко, солнышко пригревало, и не хотелось тащиться в свой «люкс», хоть там и кофе, и кружка, и книжка...

Под жидкими мостками, выдававшимися далеко в пруд, взволнованно квакали жирными голосами жабы — у них тоже в разгаре были «пощекочивания и поглаживания», — и Марина решила, что в отпуске она станет «юным натуралистом», будет вести наблюдение за жизнью жаб и лягушек. А почему нет?

На мостках сильно пахло тиной и рыбой, вода была черной, в глубине коричневой, но не мутной — видно, как со дна поднимаются и колышутся водоросли. Некоторые дотягивались до поверхности, и в длинных травяных космах неподвижно сидели блестящие пучеглазые жабы, только шевелились их распластанные задние лапы.

Фу, гадость какая. Пожалуй, не станет она наблюдать за их жизнью.

Водомерки скользили по темной, как будто лакированной, воде, а в глубине, под жабами, ходили шустрые рыбки, настоящие рыбки, а вовсе не какие-то недоразвитые мальки.

И все равно, нечего их ловить!

Под мостками плюхала и переваливалась вода. Бесстрашная птичка порхнула на краешек и настороженно заскакала все ближе и ближе к Марине.

Может, ей наблюдать за птичками, а не за жабами? За птичками все же как-то приятнее.

Невесть откуда взявшийся теплый ветер взметнул подол длинного летнего платья а-ля «рюсс пейзан», и пока Марина ловила и держала подол, подхватил проклятую шляпу, вывернул поля и...

Мама не переживет, мрачно думала Марина, глядя на свой головной убор, который романтически покачивался на водной глади примерно метрах в двух от мостков. Она притащила эту красотищу аж из самой Италии, а дочь не уберегла.

Однако не лезть же за ней... к жабам, которые на-

сторо́женно смолкли, очевидно до глубины души
пораженные размерами и красотой вновь прибыв-
шего конкурента. Жабам было невдомек, что это
итальянская соломка, «хэнд мейд» и все такое, а вовсе не самец-рекордсмен.

Интересно, соломка, хоть бы и итальянская, тонет, когда основательно намокнет? И как быстро
она намокнет основательно?

Перепугав птичку, которую она вознамерилась
было наблюдать, Марина вихрем промчалась по
мосткам, выскочила на песок и полезла в кусты, искать подходящую палку.

Парочка на скамейке примолкла, как давешние
жабы.

Палка нашлась. Она была очень длинной и какой-
то слишком раскидистой и ветвистой, и тащить до
воды ее пришлось волоком. В воде она стала еще тяжелее, и Марина, допятившись до края мостков, едва смогла приподнять ее и попыталась подгрести к
себе чертову шляпу. Шляпа не давалась, итальян-
ские поля колыхались в воде, и дело продвигалось
очень медленно.

— Эй, дамочка! — крикнули с берега. — Вы ее подцепляйте, подцепляйте, а то она у вас сейчас потонет!

Марина дернула плечом.

— Подошел бы и помог, — под нос себе пробормотала она. — Подцепляйте!..

Наконец шляпа приблизилась настолько, что до
нее можно было дотянуться, и Марина выволокла на
мостки все свои ветки и сучья — не бросать же в пруду полдерева! — оперлась рукой, нагнулась, вытяну-
лась и добыла шляпу!

С романтических полей текла пахнувшая тиной

вода. Шелковая подкладка отливала зеленью. К атласной ленте уже прилепился крошечный круглый слизняк. Марина сковырнула его ногтем и потрясла сооружение, стряхивая воду.

Почему она не была твердой и непреклонной и позволила матери навязать ей эту шляпу?! Вот никогда ей не удается быть твердой и непреклонной, как она ни старается, а потом из-за своей мягкотелости она попадает во всякого рода переделки!

Тут ей показалось, что вместе со шляпой с середины пруда подтянулось к мосткам что-то еще — там колыхалось нечто большое и... малопонятное.

Марина посмотрела. Действительно, что-то есть.

Она даже с сожалением оглянулась на свою палку, но орудовать ею снова не решилась, уверенная, что на этот раз палка непременно утащит ее в темную воду.

Держа шляпу на отлете, в вытянутой руке, Марина опять присела на корточки, зажав коленями юбку а-ля «рюсс пейзан», вытянула шею и посмотрела в заросшую коричневой травой глубину.

Что-то такое там было, довольно большое.

Солнце мешало ей смотреть, и она приставила ладонь козырьком ко лбу. Блики остались по ту сторону козырька, а по эту оказалось как будто круглое темное окошко.

Из этого окошка, из-под темной воды прямо ей в лицо смотрел человек. Она видела только лицо — белое и волосы — темные.

Она даже не поняла, что он мертвый, только удивилась, зачем он забрался в лягушачий пруд, да еще лежит в глубине с открытыми глазами!

Волосы неторопливо колыхались вокруг головы вместе с травой, которая тоже колыхалась, наплывали на лицо, и тут Марина поняла, что это труп.

Там, в глубине, почти под мостками, лежит мертвое человеческое тело.

Она подалась назад, стиснула в кулаке шляпу. В груди и еще, кажется, в животе стало холодно, как будто она наглоталась снегу.

— Тише, — зачем-то сказала она себе и швырнула шляпу на мостки. Оперлась обеими руками о доски и снова заглянула в пруд.

Он был там, внизу.

Снег залепил горло.

Марина оглянулась и позвала громко, очень громко:

— Молодой человек!

В кустах завозились, потом притихли.

— Вы... меня?

— Здесь труп, — так же громко и отчетливо выговорила Марина. — Вам, наверное, лучше сходить за помощью.

Опять возня, а потом отчетливое хихиканье.

— Тру-уп? — игриво переспросили из кустов. — Лягушки или карася?

Снег в горле быстро превращался в лед. Она не разрешала себе смотреть, боялась, что упадет в обморок, или забьется в истерике, или сделает еще что-нибудь неприлично-дамское, но почему-то очень тянуло посмотреть. Перебирая руками, она заставила себя отодвинуться от края мостков, отвернуться, потому что ее пугало это желание, и тут со стороны кустов подошел весельчак, решившись все-таки глянуть на полоумную тетку — Марину — и на то, что ей там такое померещилось.

Следом за ним гарцевала девица, то и дело откидывая назад длинные пряди, как пить дать вымытые шампунем «Лореаль» — ведь я этого достойна».

То есть она достойна, девица.

— Вам бы лучше в теньке посидеть, — начал весельчак издалека. Мостки заходили под его весом. — А то солнечный удар может хватить! Вот бабка моя всегда в огород платок повязывает и кофту с длинным рукавом надевает, потому что, когда в возрасте, человек не может...

Он наступил на ее шляпу, деловито нагнулся, поддергивая сзади джинсы, которые сползали, открывая полоску незагорелой кожи, а чуть пониже цветастую резинку наивно-семейных трусов.

— Ну чего там, Вадик? — страстным от любопытства голосом спросила девица и тоже ступила на мостки. — Чего там, а?

— Не ходите сюда, — приказала ей Марина сквозь лед в горле, — там подождите!

— Чего это я буду ждать? — оскорбилась девица. — Я что, права не имею?

Тут ее приятель вдруг оглушительно ахнул, взвизгнул почти, замахал рукой, сделал кенгуриный прыжок назад, чуть не упал и побежал — мостки затряслись.

— Вадик!

— Стойте! — крикнула Марина.

— Я... сейчас... я до корпуса... я... приведу кого-нибудь...

— Вадик, ты чего?!

Но Вадик уже пропал из виду.

— Завтра же уеду в Москву! Завтра же! Надо было вчера уехать, но вчера...

— Да что уезжать-то! Глупость какая! Сколько их пьет, а потом в пруды падает!

— Нет, вы не скажите, Валентина Васильна! Инцидент довольно неприятный. Неприятный, неприятный инцидент-с!

— Какой еще цадет! Выдумывают всяко! Цадет! А он, бедный, перебрал малость, может, на бережку, а потом пошел, может, умыться, да и нырнул, стало быть!.. Упокой, господи...

— Да что вы причитаете!

— Положено так, за покойником сказать — упокой, мол, господи...

— Ах, да перестаньте вы, ну сколько можно, Оленька и так ничего не ест, а тут еще!.. Оленька, ну хоть салатик!

— Не хочу я, мама!

— Ну вот видите! И так каждый день! Геннадий Иванович, вы бы на нее повлияли!

— Оля, мама права, надо поесть.

— Боже мой, еда — это такая скука!

— А вас не вызывали, Генрих Янович?

— Куда, простите?..

— Ну, когда милиция-то приезжала?

— Нет-с, не вызывали. По-моему, только Марину Евгеньевну вызывали, да еще Вадима Петровича. Верно, Марина Евгеньевна?

И тут все взгляды обратились на Марину, которая пыталась съесть рыбный салат и все никак не могла. Салат в горло не лез.

— Верно, Марина Евгеньевна?

— А?

Оторвавшись от салата, Марина обнаружила, что все молчат и ждут, как будто она уже стоит на сцене и готовится запеть, а зрители готовы внимать.

Бабуся Логвинова вся была как вопросительный знак, слегка подрагивающий от любопытства. Валентина Васильна со смешной фамилией Зуб, чавкая, жевала картошку и издалека кивала Марине, поощряя ее к рассказу. Генрих Янович смотрел участливо, его внучка Вероника, наоборот, безучастно и одновременно с некой тоской во взоре, как бы внутренне сокрушаясь, как это ее занесло в компанию таких питекантропов. Юля и Сережа, свежие, подтянутые, в одинаковых майках, жизнерадостно жевали салат — они приехали отдыхать и отдыхали на полную катушку. Элеонора Яковлевна незаметно подпихивала к дочкиному локтю тарелку с запеканкой. Дочь запеканки не замечала. Возле нее на столе горела свеча — в белый день и жару! Возле нее всегда горела свеча, отгоняла «злых духов». Давешний «гаваец», скинувший свою пестроцветную рубаху и облачившийся в не менее чудовищный спортивный костюм, смотрел на Марину из-за стакана с железнодорожным подстаканником и тоже как будто чего-то ждал.

Марина струсила.

— Я ничего не знаю, — пробормотала она, — а что такое?

— Про покойника-то? — усомнилась бабуся Логвинова. — Разве не знаешь? Ты ж его нашла!

— Да перестаньте вы! Оленька и так ничего не ест!

— Салат очень вкусный, — почти в один голос воскликнули Юля и Сережа, и отодвинули от себя пустые тарелки, и придвинули полные — синхронно.

— Оленька, посмотри, как надо кушать! Посмотри, посмотри, как все тут хорошо кушают!

Сорокалетняя Оленька капризно тряхнула сорокалетними кудрями.

— Ах, мама, отстань! Еда — это так скучно!

— Мы живем не для того, чтобы есть, — произнес Геннадий Иванович с затаенной улыбкой, — но все же есть для того, чтобы жить, надо!

— Мне, чтобы жить, надо не много, — прошептала Оленька, — совсем не много.

— Вегетарианство — лучший способ сохранить здоровье, — провозгласил Сережа, уписывая морковное пюре.

— Самый безопасный! — поддержала Юля, налегая на картофельное.

— Да про труп-то что тебе сказали? Милиция-то? — облизав губы, громко спросила Валентина Васильна у Марины. Нежная Оленька вздрогнула и умоляюще посмотрела на мать, Элеонору Яковлевну.

— Он за Юлькой ухаживать пытался, — сказал Сережа сквозь пюре то ли с гордостью, то ли с отвращением, — этот труп ваш. Никакого покоя не давал. Я его бить собирался, — добавил он горделиво.

Оленька прикрыла глаза — от ужаса, разумеется.

— Делал неприличные намеки, — сообщила Юля, тоже с гордостью. — Приглашал в «люкс», который на ремонте. Между прочим, «люкс» на ремонте, а никакого ремонта там нет! Все какие-то комбинации проворачивают! Интересно, администрация в курсе?

— Давайте лучше про погоду, — быстро предложил бывший «гаваец», переквалифицировавшийся в спортсмена. — Как вы думаете, жара еще постоит?

— Жара — это ужасно, — прошептала Оленька, вздрогнув плечами, укутанными в шаль. Шепот и вздрагивания явно имели отношение к Геннадию Ивановичу. — Верно, мама?

— Я буквально задыхаюсь, — поддержала ее мать.

— А я люблю жару и никогда не задыхаюсь, —

объявила профессорская внучка Вероника и усмехнулась злорадно. — Дед, пойдем завтра после завтрака в теннис играть.

— Ты же не хотела, — удивился дед, — передумала?

— Передумала.

— Поучите меня, Вероника, — попросил Геннадий Иванович интимно, — мне так хочется научиться играть в теннис!

— Шикарный спорт, — моментально согласилась Вероника, и дед Генрих Янович взглянул на нее подозрительно, — а у вас ракетка есть?

— Ну-у, — протянул Геннадий Иванович, — возьму в прокате.

Вероника надкусила яблоко и с хрустом начала жевать.

— А что там дают? «Принс», «Хэд», «Данлоп», «Юнекс», «Фелкль»?

Геннадий Иванович моргнул. Оленька с матерью переглянулись.

— У меня «Хэд», — подал голос миролюбивый «гаваец», — могу предложить. Хотите?

— Геннадию Ивановичу предложите, — перевела стрелки зловредная Вероника, — у меня свой «Хэд».

— Геннадий Иванович, я могу вам предложить...

— Да мне, собственно, все равно, если Вероника согласна меня учить.

— Да на что он вам, этот теннис! — досадливо воскликнула Оленькина мама и захлебнула досаду теплым компотом, оставшимся от полдника. — Все прям, как дураки, кинулись в этот теннис играть!..

— Бег — вот лучшее средство, — провозгласила Юля.

— Легкая атлетика — королева спорта! — поддержал ее Сережа, и они синхронно размешали в железнодорожных стаканах принесенный с собой заменитель сахара.

Марина еще чуть-чуть раскопала салат и поднялась.

— Приятного аппетита, — кисло сказала она, — до завтра.

Бабуся Логвинова деловито заглянула в ее тарелку:

— И эта ничего не поела! Уморить себя решили!

Оленька повыше подтянула шаль.

— Я не хочу. Еда — это так... глупо.

И скучно и глупо, подумала Марина желчно.

Ну почему считается, что женщина, которая ничего не ест, гораздо интереснее женщины, которая ест все? Кто это придумал?

Ей хотелось есть — она не ужинала вовсе не потому, что «скучно и глупо», а из-за аллергии на рыбу. Сейчас поешь, а утром с ног до головы покроешься красными пятнами!

Хорошо, что в номере у нее банка с кофе, любимая кружка, длинная-предлинная палка сухой колбасы и три пакета хрустящих хлебцев. Да, и еще роман!

— В десять часов танцы, — напомнил Геннадий Иванович, и Вероника опять усмехнулась, — приходите, Марина! Это своеобразный клуб. Можно пообщаться, поговорить, покурить... Жизнь здесь слишком размеренная, от нее быстро устаешь.

— Спасибо, Геннадий Иванович, — поблагодарила Марина. Вот только танцев ей не хватало!

Марина выбралась из-за стола, чувствуя, что все, не только соседи, но и прочие отдыхающие, рассматривают ее с истовым любопытством, перестают есть, вытягивают шеи, шепчут друг другу в уши, кивают в ее сторону и показывают глазами.

Еще бы, ведь это она нашла... труп!

Труп нашла, а «приключения» из этого не вышло. Не вышло никакого «приключения», и не выйдет! Жалость какая.

Усатый милиционер, приехавший на «газике», ее почти ни о чем не спрашивал. Она сама рассказала, как подлая шляпа слетела с головы, как она стала ее вылавливать, нагнулась и... и увидела.

— Перепугались? — спросил милиционер равнодушно.

Марина пожала плечами:

— Не особенно. Неприятно, конечно...

«Приключения» не вышло, и главный герой, циничный, остроумный и загорелый полицейский капитан с пушкой за ремнем, в выцветших и потертых джинсах, тоже никак не вырисовывался. Не тянул усатый милиционер на главного героя!

Труп оказался не криминальный — все правильно понимала бабуся Логвинова.

Выпил лишнего, сел на мостках, задремал, да и свалился — так как-то получалось.

Длинными санаторными коридорами, застланными ковровыми дорожками — красная середина, зеленая кайма, — Марина добралась до высоких двойных ореховых дверей, вышла на вечернее солнце, пристроилась на лавочку с гнутой садовой спинкой и закурила.

Очень хотелось есть, и она с удовольствием думала о сухой колбасе и банке с кофе. Нужно завтра сходить в ближайший магазинчик, купить йогуртов, сыру и серого деревенского хлеба, наверняка здесь есть.

Ореховая дверь открылась и закрылась. Кто-то вышел и пристроился на ту же лавочку, но с другой стороны.

Откуда-то взялась толстая пыльная кошка, посмотрела на Марину вопросительно, зачем-то лизнула лапу и стала тереться о Маринины светлые брюки, оставляя на них клоки шерсти.

— Ты что? — спросила у нее Марина и стала отряхивать шерсть. — Разве не видишь, у меня ничего нет! Бедная, бедная, голодная киса!

— Не верьте ей, — посоветовали с другого конца лавочки, — она не бедная и не голодная.

Марина посмотрела вбок и обнаружила неподалеку спортивные штаны непередаваемо-павлиньей расцветки.

— Бедная и голодная. — Она погладила пыльную кошачью башку и снова неодобрительно покосилась на штаны.

— Я только что скормил ей остатки рыбы. Я сегодня, знаете ли, опять ловил.

— Ловить мальков в луже — гнусно.

— Я же не глушу их динамитом.

После чего они уставились друг на друга. Кошка вопросительно мяукнула, не понимая, почему Марина перестала ее гладить.

— Здрасте, — неожиданно поздоровался тип в цветастых штанах.

— Добрый вечер, — с ходу откликнулась привыкшая быть вежливой Марина.

— Вы только меня не перебивайте, — быстро сказал он, — меня зовут Федор Федорович Тучков. Можно просто Федор. Я из Москвы. А вы Марина, да?

— А почему я не должна вас перебивать?

— Потому что я никак не могу сказать вам, как меня зовут, вы все время перебиваете.

— А зачем мне знать, как вас зовут?

Он вздохнул, полез в карман и достал сигареты.

— Так принято, — подумав, объяснил он, — мы с вами отдыхаем в одном санатории и даже сидим за одним столом, так что нам придется как-то называть друг друга.

— Вряд ли нам придется как-то друг друга называть, — отчеканила Марина, — зачем?

Очень уж он ей не нравился, с его брюшком, гавайской рубахой, цветастыми штанами и сладкой улыбкой на круглой физиономии. Ей-богу, Геннадий Иванович, будущая звезда теннисного спорта, и то лучше!

— Я вас... раздражаю? — смиренно спросил Федор Федорович Тучков.

— Раздражаете, — призналась Марина.

— Почему?

Не могла же она сказать про рубаху и брюшко!

— Не знаю. Я не люблю никаких курортных знакомств.

— Ну, на курорте никаких знакомств, кроме курортных, быть не может.

— Я никаких не хочу.

— Тогда вам надо было ехать на заимку.

— Куда?!

— В тайгу, — сказал он равнодушно, — на заимку. Лес, а в лесу избушка — это заимка и есть. Или вы сибирских писателей не читали — Астафьева, Липатова?

Марина смотрела на него во все глаза. Он курил,

кошка терлась о его штанину, поглядывала вопросительно.

— Завтра, — пообещал Федор Федорович кошке, — завтра опять наловим. Ты полведра рыбы
съела, хватит, совесть надо иметь!

Ореховая высоченная дверь отлетела, бахнулась в
штукатурку, и на площадку выскочила мятежная
профессорская внучка Вероника — шорты, маечка,
кепочка козырьком назад, темные очки, и на плече
стильный до невозможности чехол с ракетками. Выскочила, уронила ключи, засмеялась, завертелась,
нагнулась и толкнула попкой Марину.

Та неодобрительно подвинулась на лавочке.

— Федор, не желаете ли партию? — дурашливо
спросила Вероника. — Дед сказал, что не пойдет. И курить, между прочим, вредно. Минздрав давно пред-
упреждает!

— Какая еще партия! — перепугался Федор Федорович. — Что вы, Вероника! После сытного ужина я
только и могу, что греть на солнце свои старые кости!

Вероника закинула за спину чехол и поставила на
лавочку безупречную ногу в безупречной кроссовке.
Загорелое, упругое, аппетитное и черт знает какое
бедро оказалось прямо под носом у Федора Тучкова.

— За ужином вы ничего не ели, не врите. Пили
чай и больше ничего.

— Точно, — признался Федор, косясь на бедро, —
экая вы наблюдательная молодая особа!

— Что за жаргон! Вы что, учитель русской словес-
ности?

— Вот и нет! — глупо захихикав, сказал испытуе-
мый бедром Федор Тучков. — Вот и не угадали!

Из-за этого глупейшего хихиканья, а также из-за

того, что он моментально пошел туда, куда манила его Вероника, подобно всем известному бычку на веревочке, Марина прониклась к нему еще большим презрением и отвращением, если только это было возможно.

— А кто?

— Чиновник, — покаялся Федор, — чиновник в министерстве.

— Коррумпированный?

— Э-э... боюсь, что нет.

— Тогда что с вас взять, — заключила Вероника, сняла ногу с лавочки и пристроилась рядом с Мариной, обдав ее запахом вкусных духов.

— Давайте, — приказала она, — рассказывайте.

Марина молча смотрела на нее, но профессорскую внучку было не так-то просто сбить с толку.

— Что вы смотрите? — спросила она и окинула себя взглядом. — У меня что, ширинка расстегнута? Или лифчик выпал? Федор, посмотрите, сзади у меня все в порядке? Лифчик не волочится?

Федор хрюкнул и с некоторой заминкой сообщил, что сзади у нее все в порядке.

— Ну тогда рассказывайте!

— Что?

— Как что?! Про труп рассказывайте!

— О господи, — выговорила Марина, стряхнула пепел с сигареты и поднялась. — Я должна идти. Спокойной ночи.

Но она даже предположить не могла, *насколько* трудно сбить с толку профессорскую внучку!

— Никакой спокойной ночи! Сначала вы нам расскажете про труп, а потом будет спокойная ночь! Мы вас не отпустим! Правда, Федор? Не отпустим же?

И тут она цепкой лапкой ухватила Марину за брюки. Кошка мяукнула вопросительно.

Марина усмехнулась и шагнула прочь, но нахальная девчонка не отпускала брюки.

— Отпустите.

— Ни за что.

— Вы что? — спросила Марина. — Сумасшедшая?

— Я не сумасшедшая, — весело сказала нахалка, — я любопытная.

Нужно было или вырывать брюки, которые и так неприлично сползли там, где за них уцепилась когтистая лапка, или покориться.

Покоряться на глазах у Федора Федоровича Тучкова, которому она только-только объяснила, что знать его не желает и разговаривать с ним не станет, ей не хотелось.

Вырываться на глазах у него же ей хотелось еще меньше.

— Отпустите, — повторила Марина и независимо поддернула сползающие штаны.

— Отпущу, если расскажете.

— Нечего рассказывать.

— Тогда не отпущу.

И Вероника засмеялась, открыв безупречные зубы.

Федор Федорович отчетливо и коротко хмыкнул и вытащил еще одну сигарету.

Из ореховых дверей выползла незнакомая бабулька с пакетиком, неодобрительно помахала рукой, разгоняя дым, и позвала нежно:

— Кыс-кыс-кыс!

Кошка мяукнула, вскочила на лавку, прошлась по коленям Федора Тучкова и брякнулась под ноги бабульке.

Та стала активно вываливать из пакета неаппетитное месиво из рыбы и мяса. Кошка совалась, нюхала и брезгливо дергала усами. Месиво ей явно не нравилось.

Марина неожиданно обнаружила, что они — все трое — тоже брезгливо морщатся, как эта кошка.

— Пошли отсюда, — перехватив ее взгляд, сказала Вероника и непринужденно дернула за руку Федора Федоровича, — пошли, пошли!

— Кысенька, — приговаривала бабулька, — кушай, кысенька! Что же ты не кушаешь?

— Ее сейчас вырвет, — предсказала Вероника, — пошли быстрей, я на это смотреть не хочу!.. Пошли скорее!

— Куда?

— Господи, ну туда, где вы будете рассказывать про труп!

Вероника поднялась — Федор Тучков проводил скорбным взглядом аппетитную попку — и резво побежала в сторону от ореховых дверей, бабульки и кошки.

— Вы идете?!

— Надо идти, — озабоченно проговорил бывший «гаваец», — надо идти.

Марина тотчас же поднялась и пошла — ясное дело! — в сторону, противоположную той, куда поскакала резвая барышня.

— А вы куда?! — прокричала успевшая отбежать довольно далеко Вероника. За ней поспешал Федор Федорович. — А впрочем, какая разница! Давайте туда!

В одно мгновение она оказалась рядом с Мариной, схватила ее повыше локтя, потащила, поднажала, повернула и вырулила к лавочке, притулившейся за голубой елкой.

— Ну вот, — сказала Вероника и кинула на газон свой шикарный чехол, — очень замечательное место. Уединенное, и покурить можно.

Она проворно достала пачку и заявила Марине:

— Меня с куревом дед гоняет. А вас кто гоняет?

— Меня никто не гоняет. Я уже взрослая девочка.

— Господи, дед меня будет гонять за курево, даже когда мне стукнет шестьдесят! Он все равно будет жить вечно, так что отвязаться от него нет никакой надежды. А вам разве уже шестьдесят? И у вас нет деда?

— Вероника, — сказал, неторопливо выходя из-за елочки, Федор Тучков, — ну что вы такое говорите! Вы ведь уже не маленькая, а несете... черт знает что.

— И не черт, и не знает, и не что, — выстрелила Вероника и отправила в рот тоненькую сигаретку, — и я хочу узнать про труп. Рассказывайте!

И тут Марина засмеялась — такая настырная оказалась девица!

— Значит, так, — начала она, — я сидела на мостках, ветер унес мою шляпу. У меня есть чудная шляпа из итальянской соломки. Я стала ее выуживать и под водой увидела... увидела...

Внезапно ей стало тошно, как будто она снова увидела в коричневой воде колыхание травы и медленное движение волос вокруг белого расплывающегося пятна. Самое худшее, что это было не просто пятно, а мертвое человеческое лицо — с открытыми глазами, с черным провалом рта, из которого полилась вода, когда мужики стали поднимать тело. Рубашка облепила здоровенные руки, и джинсы неприлично съехали, открыв серую, с зеленью кожу, и уже было совсем неважно, прилично или нет, потому что это был *не человек, а что-то другое*.

Неужели я тоже стану такой, когда умру? Я не могу стать такой, потому что это буду не я. А где тогда буду я?

— Ну и что, и что? — жадно спрашивала Вероника. — Господи, почему меня там не было!

Марина глубоко вдохнула. Воздух был вечерний, вкусный, летний.

— Там были... молодой человек с девушкой. Наши, из-за стола, Вадим и Галя, кажется. Он сбегал, привел людей. Те люди привели еще людей. Потом милиция приехала. Вот и все.

Вероника оскорбилась:

— Как все?! Разве это история?!

— Я не знаю, история это или нет, только больше рассказывать нечего.

— А детали? Предсмертная записка? Бриллианты? При нем не было бриллиантов?

— Я не видела.

— А почему бриллианты, Вероника? — сладко спросил Федор Федорович Тучков. — Что это у вас за... фантазии такие?

— Никакие не фантазии! Это всем известно. Курьер привозит бриллианты с алмазных копей. Встречается с покупателями. Они не могут договориться о цене, и курьера убивают. А он как раз за секунду до смерти глотает бриллианты. Весь килограмм. И тогда убийцы остаются с носом, потому что они не догадываются, что можно проглотить килограмм бриллиантов!

— Гениально, — пробормотал Федор Федорович.

Вероника посмотрела на него с подозрением:

— А вы что? Телевизор не смотрите?

— А вы что? Смотрите?

Марина усмехнулась.

— Так что? — спросила Вероника. — Дальше ничего не было? Ни записок, ни бриллиантов?! Никаких шокирующих деталей?

— Никаких, — призналась Марина.

Была одна деталь, но она не хотела рассказывать о ней Веронике, и не потому что деталь была «шокирующей», а потому что Марина была не до конца уверена, деталь ли это.

— Так, значит, бабульки правильно сказали? Упал по пьяни да и захлебнулся?

— Какие бабульки?

— Господи, какие! Наши соседки! Ирина Михайловна и вторая... Валентина Васильевна, что ли! — По тому, как Вероника произнесла имя-отчество, было совершенно ясно, что обеих она терпеть не может и от души презирает, ибо в санаторной праздности больше некуда девать избыток энергии — только презирать кого-нибудь.

Марина пожала плечами:

— Я не знаю, что там болтали бабульки, но милиция мне сказала, что дело было именно так.

Если бы не та самая деталь, о которой Марина даже точно не знала, деталь ли это.

— А... давно? — вдруг подал голос Федор Федорович и откашлялся. — Давно?

— Что — давно?

— Давно... это случилось?

— Что случилось? — уточнила вежливая Марина, заметив, что Федор Федорович как-то странно морщится, когда поминает труп, — нежный какой! — Давно ли труп стал трупом или давно ли я его обнаружила?

— Обнаружили... да, я знаю. Позавчера вечером, я как раз... кошку искал. Нет, я про другое... Когда он... утонул?

— Да накануне и утонул. — Так как Федор Федорович все морщился, Марина чувствовала себя по сравнению с ним закаленной и самоуверенной. — Три дня назад. Вечером или ночью.

Тут произошло очень странное событие.

Профессорская внучка вдруг встрепенулась, перестала рассматривать свои ноги — она начинала рассматривать их всякий раз, как только разговор отступал от ее драгоценной персоны, и рассматривала до тех пор, пока не возвращался.

Она перестала рассматривать ноги и с милой непосредственностью толкнула Федора Тучкова в бок.

— Что?

— Да не мог он утопнуть третьего дня вечером, — радостно заявила Вероника, упиваясь тем, что она наконец-то может их поразить, этих глупых и скучных стариков. — Потому что я его видела позавчера утром.

— Кого?!

— Да утопленника вашего! То есть нашего. Слушайте, а может, он... дух? Привидение? Водяной?

Федор Федорович взволновался:

— Постойте, постойте, Вероника. Откуда вы знаете, что видели именно его? Вы что? Осматривали труп, когда его вытащили, и узнали того, с кем разговаривали?

— Я не осматривала труп! Просто он жил в соседнем номере! Дверь в дверь!

— Труп жил в соседнем номере? — поразился глупый Федор Тучков.

— Ну, этот тип, который впоследствии стал трупом!

— Откуда вы знаете, где именно он жил?!

— Да здесь все знают, где он жил! А мы с дедом прямо напротив!

— А когда вы его видели? — спросила Марина. Это было интересно.

— Позавчера утром. До завтрака. Я выходила, и он выходил. Мы даже поздоровались. Так что никак он не мог утонуть накануне вечером, если только он не водяной!

— Не знаю, — задумчиво пробормотала Марина. — Тот милиционер, который со мной разговаривал, сказал, что он пролежал в воде сутки или чуть меньше, но никак не несколько часов.

— У него был двойник! — объявила Вероника торжественно. — Как вам эта версия?

Версия особого впечатления не произвела.

Солнце засело в голубую елку и посверкивало оттуда, брызгало желтым и теплым Марине в нос. Она жмурилась и отворачивалась, и есть хотелось с каждой минутой все сильнее.

А в номере у нее колбаса — целая палка! — и банка кофе.

— Я пойду, пожалуй. До свидания.

— Так вы нам ничего и не рассказали, — с неудовольствием заключила Вероника.

— Да нечего рассказывать!

— Господи, как с вами скучно! — протянула профессорская внучка. — Просто ужас.

Вскочила, проволокла по газону свой чехол, потом взгромоздила его на узкое плечико и пропала из глаз.

Почему-то Марине это показалось странным.

Что она хотела узнать? Зачем так приставала? По детской глупости? Не так уж она молода и глупа — в ней больше игры, чем настоящей глупости, да и лет ей уже давно не пятнадцать.

— Я вас провожу, — ни с того ни с сего вызвался Федор Тучков.

— Не надо!

— Да мне все равно в вашу сторону!

— Откуда вы знаете, в какую мне сторону?

— А мы с вами соседи. Как Вероника... с трупом.

— Соседи? — тоскливо поразилась Марина. Не хватало ей только Федора Тучкова «дверь в дверь».

— Вы ведь в пятнадцатом «люксе»?

Она молчала, только смотрела.

— А я в шестнадцатом.

Не говоря ни слова, она пошла по чистой и теплой траве к корпусу, видневшемуся за елочками и березками — очень романтично и по-санаторному.

Федор плелся следом, слышалось шуршание пестроцветных спортивных штанов.

Нет, выцветшие и потертые джинсы были бы куда лучше!

Впрочем, их носят «главные герои», а на такого Федор Тучков никак не тянул.

У ореховых дверей на лавочках расположился к этому часу весь цвет местного общества, вывалившийся на «свежий воздух» после «вечерней трапезы» и ожидающий начала «увеселительной программы».

Марина решила, что ни за что мимо них не пойдет.

Может, нужно было ехать на заимку? Лес, а в лесу избушка, чего лучше?

Не дойдя до скамеечного клуба, она проворно свернула на узенькую асфальтовую дорожку в березках и елочках — в крыле «люкс» имелся отдельный вход — и прибавила шагу.

Федор Тучков шел за ней. Он шагал сзади, не отставал и не приближался, как образцовый жандарм, конвоирующий «политического».

Дорожка свалилась вниз и вбок, в обход здания. Здесь начинался васнецовский лес — старые ели с мшистыми стволами, заросли бузины и орешника, все коричневое и темно-зеленое, как будто сырое и сумеречное. Марина любила лес. Она и санаторий этот выбрала только из-за того, что в рекламе говорилось, что вся территория — сплошной лес. В траве что-то шевельнулось, и Марина быстро посмотрела, не змея ли. Но ничего не увидела.

Сзади послышался звонкий шлепок и бормотание — Федор Тучков прихлопнул комара. Марина оглянулась — «красавец мужчина» рассматривал собственную ладонь, на которой, очевидно, должен был остаться труп насекомого.

Господи, до чего противный!

— Послушайте, — неожиданно сказала она и остановилась, — ну что вам от меня нужно? Зачем вы за мной идете?

— Я не за вами, — растерялся он, — я... к себе.

— Вы что, не могли через центральный вход войти?!

— Не знаю. Наверное, мог.

— А почему не вошли?

— Не знаю. Наверное, я об этом не подумал.

— Послушайте!

Остановилась она неудачно. Где-то поблизости скорее всего располагалась военная база всех местных комаров, потому что тучи их теперь вились вокруг Марининой физиономии, так что воздух тоненько звенел. Она начала отмахиваться, и напрасно, потому что остановиться уже было невозможно, и через пять секунд она махала руками, как ветряная мельница. Федор Тучков беспокойно следил за ее движениями и время от времени отшатывался, как бы непроизвольно.

Нельзя быть убедительной и солидной, да еще неприступной и холодной, когда во все стороны размахиваешь руками!

— Я не хочу, чтобы вы за мной таскались!

— Наверное, нам лучше идти, иначе нас здесь съедят.

— Я приехала отдыхать и не желаю, чтобы мне мешали!

— У вас на правой щеке три комара.

— Я пять лет не была в отпуске! Я не признаю никаких курортных знакомств!..

— Должно быть, это оттого, что здесь низина.

— Мало того, что я в первый же день нашла труп и теперь на меня все смотрят как на экспонат в музее, еще вы таскаетесь за мной!

— Боюсь, долго нам не продержаться.

— Я ехала так далеко от Москвы просто затем, чтобы отдохнуть! Я не хочу ни с кем общаться, я и так общаюсь целый год, а сейчас я просто хочу отдохнуть!

— Нужно было мне захватить какое-нибудь средство. Но я не предполагал, что мы будем... прогуливаться по лесу.

Тут Марина внезапно *услышала*, что он говорит.

— Никто не прогуливается с вами по лесу! Я пытаюсь вам объяснить, что не нужно за мной ходить! Я не хочу! Вы понимаете человеческие слова?

— Смотря какие, — неожиданно заявил Федор Тучков, — а у вас, по-моему, мания величия. С чего вы взяли, что я за вами... таскаюсь?

Марина перевела дух и с досадой шлепнула себя по голой шее.

— Шли бы тогда с Вероникой!

— Вероника шла на корт. Мне нужно домой. То есть в номер. И что тут такого?

Н-да. Ничего «такого» в этом, пожалуй, нет. Просто он ее раздражает. Так раздражает, что она ведет себя неприлично.

— Извините, — буркнула Марина, отплевываясь от комаров, которые лезли в рот, нос и уши. Руки и шея горели и чесались, под волосами как будто что-то шевелилось.

Надо бежать!

Она бросилась по дорожке вверх, подальше от комариной военной базы. Федор не отставал.

— У вас, наверное, работа связана с людьми, — миролюбиво предположил он у нее за спиной, — и вы от них устаете.

Он предлагал прекрасное оправдание ее хамству и настойчивым попыткам убедить его в том, что он за ней таскается. Ей нужно было только согласиться — да, устает.

— Да ни от кого я не устаю! — с досадой возразила Марина, как будто черт тянул ее за язык. — Я работаю с бумагами, а не с людьми!

Самое смешное, что это неправда, работала она

больше с людьми, чем с бумагами, но ей очень не хотелось, чтобы он бросал ей спасательный круг и оправдывал ее хамство!

Она ловко и изящно — по крайней мере ей хотелось так думать — перепрыгнула через толстую ветку, упавшую поперек дороги, просторная штанина зацепилась за какой-то сук, подло торчавший из ветки, ткань затрещала, ногу дернуло назад, и Марина плюхнулась на колени, прямо на мокрый потрескавшийся асфальт. Правая коленка, много лет назад разбитая на лыжах, угодила на какой-то каменный выступ, и Марина взвыла от боли.

Потемнело в глазах. Стало нечем дышать. В затылок как будто вбили кол.

— Что же вы так! Как же вы так! Ушиблись? Покажите ногу!

Все эти восклицания она слышала сквозь ровный шум боли в ушах и посильнее закусила губу. Губа была соленой и мокрой.

— Вставайте! Держитесь за меня и вставайте! Попробуйте.

— Я пробую, — сквозь зубы сказала Марина. Первая волна боли отхлынула, оставив только унижение и тошноту.

Взявшись рукой за пестроцветный спортивный костюм, она кое-как поднялась и подышала ртом, чтобы прогнать тошноту.

Федор Федорович крепко держал ее за локоть и намеревался закинуть его себе за шею, чтобы тащить Марину, как водят раненых в кино.

— Что ж вы прыгаете и не смотрите куда!

— Я без очков вообще плохо вижу!

— Тогда почему вы ходите без очков?

На это Марина ничего не ответила, только сказала:

— Отпустите меня!

— Вы уверены, что у вас... ничего не сломано?

У нее была сломана гордость, да и то не сломана, а так, чуть поцарапана, но она не стала сообщать об этом Федору Тучкову.

Она решительно сняла свой локоть с его шеи, пристроила сумку и похромала за кустик, к поваленному толстому черному бревну.

Федор постоял-постоял и потащился за ней.

Держа ногу на весу, Марина присела на бревно и осторожно задрала штанину — коленка была грязной, красной и, кажется, уже опухала.

— Черт, — с тоской сказала Марина и зачем-то подула на нее, как в детстве, когда на все раны достаточно было подуть, и боль проходила.

Сейчас ничего не изменилось. Или все дело в том, что дуть должна была непременно мама?

Марина потрогала кожу, сморщилась, зашипела, и тут у нее перед носом опять оказался Федор Тучков.

— Дайте я посмотрю, — деловито предложил он и полез к ее коленке.

Марина отдернула ногу:

— Не надо ничего смотреть! Я... посижу пять минут, и все пройдет.

— А если не пройдет, мне придется нести вас в медпункт. Между прочим, дорога туда пролегает как раз через центральный вход, — неожиданно добавил он. — Хотите, чтобы я нес вас в медпункт через центральный вход? Там, наверное, народу еще прибавилось.

Не отрываясь от ноги, которую она баюкала и убирала у него из-под носа, Марина внимательно на него посмотрела.

Может, он не дебил? Может, он только производит такое впечатление? Может, на самом деле он очень умный?

По крайней мере наблюдательный — это точно.

— Это вы во всем виноваты, — неожиданно бухнула она, — черт бы вас побрал!

— Почему виноват? — перепугался он. — Я не виноват!

— Потому что вы меня раздражаете!

— Я не нарочно!

Тут он нагнулся — волосы были светлые, почти белые, сквозь них просвечивал широкий затылок, — сорвал какой-то лопух и стал совать Марине.

— Да не надо мне, зачем он мне нужен!..

— Приложите к ноге, и все пройдет.

— Да что прикладывать-то?! Лопух?!

— Это не лопух, а подорожник, самое верное средство!

Марине хотелось, чтобы он отвязался от нее вместе с «верным средством», но она понимала, что не отвяжется. Выхватила кожистый широкий лист и прижала прохладной стороной к коленке.

— Его нужно лизнуть, — совершенно серьезно посоветовал Федор Тучков, — вы разве не знаете?

— Нет, не знаю.

— Вы что, в детстве не разбивали коленок?!

В детстве у нее были шляпа — чуть поменьше нынешней, — белые гольфы с бантами, лакированные красные туфельки, зонтик с кружевцами и кукольная колясочка с пупсиком. Нет, она не разбивала коленок. Она даже не знала, как это бывает.

— Дайте сюда!

Федор Тучков выхватил у нее широкий лист, старательно полизал и пристроил ей на ногу. И рукой сверху придержал, чтобы прилип как следует.

Марина вытаращила глаза.

— У меня есть пластырь, — как ни в чем не бывало продолжил он, — я могу вам дать. Кожа немного содрана, лучше бы, конечно, заклеить.

Тут он опять прихлопнул комара у себя на шее и опять внимательно изучил свою ладонь.

Кошмар.

На дорожке, совсем близко, вдруг захрустели камушки, посыпались как будто. Кто-то бежал — именно бежал, а не шел, и Марине показалось, что бежит не один человек. Зачем-то она пригнулась к коленям, хотя и напрасно — за сквозными кустиками все равно было не спрятаться.

Да и прятаться незачем, глупость какая-то!

Федор все сидел на корточках, почти уткнувшись носом в ее коленку, а тут повернулся и посмотрел.

За кустами мелькало что-то, какие-то яркие цвета. Кажется, и вправду бежали двое.

Еще секунду Марина не могла сообразить, кто там, а потом поняла — это Юля с Сережей, любители морковного и картофельного пюре, а также бега, а заодно, возможно, спортивной ходьбы и еще, должно быть, стрельбы из лука.

Юля легко перелетела ветку, о которую постыдно споткнулась Марина, Сережа мужественно топал сзади.

— Юльчик!

— Да-а!

— У меня шнурок развязался!

Сережа присел на корточки прямо за злополучной веткой, и Юля подбежала, остановилась и стала пританцовывать, высоко вскидывая бедра — чтобы не тратить ни одной секунды драгоценного времени, отведенного «на спорт». Бедра были не так хороши, как у Вероники, но все же вполне достойны.

Сережа завязал один шнурок, проверил узел на втором и поднялся — Юля в это время уже перешла к наклонам.

— Надо оттащить, — сам себе сказал Сережа и взялся за ветку, — мешает!

— Умница ты мой, — пропыхтела Юля.

Сережа отволок ветку с дорожки — в другую сторону, не в ту, где сидели на бревне за жидкими кустиками Марина и Федор Тучков.

— Бежим! Тут одни комары!

— Да, — вдруг тихо сказала Юля и перестала делать свои наклоны, — я не ожидала, что его так быстро найдут. Не должны были.

Марина замерла. Федор Тучков, кажется, тоже замер.

— Не должны были, — согласился Сережа. — Только все равно уже нашли. Бежим, Юлька!

Затрещали ветки, захрустели камушки, затопали кроссовки, замелькали яркие спортивные костюмы.

Почему-то Федор с Мариной сидели, пригнувшись и не шевелясь, пока все не смолкло и не пропало из глаз.

Когда смолкло и пропало, Марина решительно скинула со своей раненой коленки руку Федора Тучкова, по неизвестной причине остававшуюся там все это время.

— О чем это они говорили? — спросил Федор и почесал шею. — Как вы думаете?

— Не знаю. — Марина была совершенно уверена, что говорили они про труп.

— Может, про утопленника? — предположил проницательный Федор. — А?

— Не знаю.

Марина решительно поднялась, отряхнула штанину, сделала шаг и немного постояла, как бы приноравливая ногу к новому положению. Будет теперь долго болеть. Тогда, на лыжах, она сильно ее разбила, и теперь «к погоде» или просто так, когда вздумается, коленка начинала «чудить» — ныть, подворачиваться, «выбиваться», как говорил врач. А тут Марина на нее повалилась, да еще всем весом, да еще на асфальт!

Нет, надо было на заимку ехать!

— Если про труп, значит, они знали, что он там... лежит? — предположил Федор Федорович еще более проницательно. — Почему она сказала, что... не думала, что его найдут так скоро?

— Понятия не имею.

Держа ногу прямо, как полковник Чесней в кино про тетушку из Бразилии, она вернулась на дорожку и заковыляла по ней вверх, к санаторному корпусу.

— Позвольте предложить вам руку.

— Спасибо, не нужно. Я прекрасно справляюсь сама.

Ей хотелось дойти побыстрее. После подслушанного разговора все вокруг стало казаться зловещим. Васнецовский лес — диким и темным. Далекий пруд за темными деревьями дышал могильным холодом, и даже то, что никого не было в этот час на дорожке, почему-то показалось подозрительным.

Тут еще Марина вспомнила про *ту самую* деталь,

о которой не стала говорить надоедливой Веронике, и в позвоночнике похолодело.

Вот тебе и несостоявшееся «приключение»!

Дорожка вырулила из лесного полумрака на желтый и теплый солнечный пригорок, деревья расступились и как-то подвинулись, и оказалось, что до санаторных дверей рукой подать, и вообще здесь все близко, и зря она так... перепугалась зловещего леса и непонятных слов.

Мало ли о чем они говорили! О чем угодно они могли говорить!

— Не нравится мне все это, — вдруг сказал за ее спиной Федор Тучков, — странно все это...

Киношность Федоровых замечаний опять повергла Марину в раздражение. Она моментально забыла, что только что и сама думала, что «это странно» и ей «не нравится».

— Ничего странного нет, — строптиво сказала она, — мы же не знаем, о чем именно они разговаривали!

— Не знаем, — согласился Федор, — но похоже, что...

— Что?

Он глянул в сторону пруда, уже не видного за деревьями, и промолчал.

Вход в корпус с этой стороны был обставлен с некоторым помпезным шиком — как раз здесь пролегал путь в номера «люкс». Шик был золотым и зеркальным, также присутствовали мраморные колонночки и гипсовая персона с кувшином в центре гигантской белой раковины. По краю раковины стояли цветы в горшках, а за горшками в кресле сидела дежурная.

— Добрый вечер, — поздоровалась Марина и, не глядя, проковыляла к лестнице.

— Добрый, добрый, — отозвалась дежурная, остреньким, истинно администраторским взором окидывая хромающую Марину и пестроцветного спортсмена Федора. — Гуляли на воздухе?

Нет, в следующий раз только на заимку!

— Гуляли на воздухе, а теперь вернулись обратно в помещение, — обстоятельно объяснил Федор Федорович, кланяясь администраторше.

Все-таки он кретин. Не может быть, чтобы человек так искусно прикидывался кретином.

Возле Марининой двери он приостановился, несколько наклонился вперед и округлил руки, как бы намереваясь подхватить Марину, если она вознамерится падать.

Не вознамеривалась она падать!

— Я вам принесу пластырь, — пообещал он, — ваше колено...

Марина улыбнулась приятной улыбкой.

— Мне ничего не надо, — быстро сказала она и распахнула дверь, так что физиономия Федора Тучкова почти скрылась за полированной панелью. — Спасибо вам большое.

— Но пластырь... я все-таки... тем не менее... я бы вам посоветовал непременно заклеить.

— Я непременно заклею, — уверила его Марина и захлопнула дверь, оставив Федора с той стороны.

Кажется, до своей двери он шел на цыпочках, потому что Марина не слышала никаких шагов, а потом только деликатный стук — закрылась его собственная дверь.

Неужели ушел?!

Вот повезло-то. Мог бы стоять под дверью и взывать к ней, чтобы она непременно взяла у него пластырь, например, до утра.

В номере было тепло и тихо. И пахло хорошо — её собственными духами, новой мебелью, полиролью и свежескошенной травой — дверь на балкон весь день оставалась открытой.

Прямо у двери Марина стащила пострадавшие брюки — они немедленно застряли на башмаках, про которые она позабыла, и пришлось стаскивать башмаки, а потом выпутывать из них брюки, а потом рассматривать штанины. Результаты осмотра оказались неутешительными — вряд ли придется надеть брюки еще раз, требовалась серьезная чистка, которую невозможно было провести в пластмассовом тазу в ванной номера «люкс».

Вот жалость какая! Брюки были любимые — хорошо сидели на всех без исключения местах. Все, что нужно, обтягивали, а что не нужно скрывали, и спереди, и сбоку, и сзади зеркальное Маринино отражение было стройненьким и в меру выпуклым — отличные брюки!

Вздыхая, Марина налила в чайник воды, достала банку с кофе и ту самую палку колбасы, при одной мысли о которой у нее что-то екало в желудке. В буфете светлого дерева стояли тонкие чашки и бархатная коробочка со столовыми и десертными ложками — санаторное начальство заботилось об отдыхающих в номерах «люкс».

Пока грелся чайник, Марина поливалась из душа и все думала о брюках, а потом перестала, зато начала думать о колбасе. К мыслям о колбасе примешивался еще Федор Тучков с его неуклюжей галантностью и любовью к диким нарядам, а потом добавились еще Юля с Сережей.

О чем же они говорили? Как бы это узнать? Может быть... да нет, это ерунда... и все-таки... хотя, конечно... А вдруг «приключение» еще состоится?!

И деталь — та самая, о которой она не стала рассказывать проницательнейшему Федору Тучкову и Веронике — Огневушке-поскакушке, как про себя определила ее сущность Марина.

Или вместо «поскакушка» следует читать «потаскушка»?

Пожалуй... Пожалуй, нет. И сладкий Геннадий Иванович, будущая теннисная звезда, и Федор Тучков, испытавшие на себе действие Вероникиных чар, всей душой мечтали, чтобы на них кто-нибудь распространил эти самые чары. Кажется, это называется «вырваться из семейного плена» и еще, кажется, так — «нет такого женатого мужчины, который хоть на один день не мечтал бы стать холостым!». Вероника просто подыгрывала — уж по крайней мере она не воспринимала их всерьез, страдальцев, дорвавшихся до санаторной свободы, это точно. Марина тоже не воспринимала бы, если бы... если бы вокруг нее кто-то так же стал увиваться. Федор Тучков не в счет, вряд ли он за ней... увивается. Скорее всего так понимает «хороший тон».

Марина закрутила кран и вылезла из ванны, на всякий случай придерживаясь за стену рукой — не хватало только еще раз свалиться! Кто раздобудет ей подорожник и благородно подставит плечо, чтобы вести, как водят раненых в кино?!

От одной этой мысли Марину передернуло — она не желала, чтобы ее так вели. Впрочем, если бы это был благородный герой в выцветших и потертых джинсах, она, пожалуй, согласилась бы. А если Федор Тучков — нет, спасибо!

Интересно, у него есть жена? И если есть, какая она? Такая же гладкая и пузатенькая, как он сам, в химических блондинистых завитушках? Или, наоборот, костлявая и нескладная, как старая беспородная лошадь?

Господи, о чем она думает? Какое ей дело до предполагаемой жены Федора Тучкова?! Ей и до него самого не может быть никакого дела, тем более что за вечер он надоел ей хуже горькой редьки!

Есть-то как хочется!

Марина размотала с головы влажный и теплый тюрбан махрового полотенца и включила фен. Хочется или не хочется, все равно сначала придется привести в порядок волосы. Если волосы в порядке, остальное не имеет значения, хоть в мешок нарядись. Волосы и еще туфли.

Марина посмотрела на свои босые ноги и пошевелила большими пальцами. Фен бодро гудел.

Волосы еще туда-сюда, с ними все ничего. А вот с туфлями дело плохо.

Каблуки она не носила — в десятом классе неожиданно оказалась выше всех, не только девочек, но и мальчиков тоже. Только тогда никто не был осведомлен о том, что метр восемьдесят — это красиво, стильно и вообще открывает прямую дорогу к наизаветнейшей женской мечте — профессии фотомодели, и в классе Марину просто перестали замечать. Сидит и сидит на последней парте некое сутулое существо с крысиным хвостиком серых волос и в очках. Нога тоже выросла — сороковой размер, шутка ли! — и всю розовую юность Марина проходила в папиных сандалиях. Негде было взять туфли сорокового размера — отечественная промышленность не признавала наличия в Стране Советов высоких, худых, длинноногих, толстых, низких, маленьких, коротконогих, длинноруких и еще каких-нибудь. Одежда была «средняя» — размер пятьдесят, рост метр шестьдесят. Обувь тоже «средняя» — тридцать семь — тридцать восемь. Марине она не годилась, вот и получились папины сандалии!

Зато прическу она сделала себе сама. Едва поступив в институт — поступление означало пропуск в новую самостоятельную жизнь, — она отправилась в парикмахерскую на Новый Арбат, тогда еще Калининский, и за бешеные деньги, рублей пять или семь, отстригла крысиный хвостик под корень. Когда хвостик свалился на пол, Марина закрыла глаза от накатившего первобытного ужаса.

Бабушка не переживет. Она уверена, что «у девушки должны быть косы». Крысиный хвостик, будучи заплетен в косицу, выглядел ужасно, и, кажется, бабушка это понимала, потому что все время принимала меры для улучшения Марининых волос. Голову мыли кефиром, черным хлебом и яичным желтком — раз в неделю. Чаще нельзя, вредно. Репейное масло, масло касторовое, масло подсолнечное. Горчичный порошок. Настой ромашки. Отварные березовые почки. Можжевеловые ветки — парить в кастрюле три часа, настаивать сутки, слить, ветками обложить голову, завязать платком, а сверху покрыть клееночкой и ходить до вечера.

Эффект от всего этого шаманства был сомнительный, но... остричь волосы?! У девушки должны быть косы!

Хвостик неслышно упал на пол, и приставить его обратно не было никакой возможности — если бы была, трусиха Марина непременно приставила бы! — и пришлось довериться мастерице, которая мрачно кромсала Маринины волосы. Парикмахерши мрачно кромсали, продавцы орали, хамили и швырялись колбасными свертками в ненавистные рожи покупателей, таксисты ехали «в парк», билетный кассир в кассе «южного направления» практически правил миром, особенно в летний сезон, — время такое было, загадочное, необъяснимое. Называлось «Советская власть плюс электрификация всей страны».

Парикмахерша кромсала довольно долго, и новая прическа перевернула Маринино представление о жизни.

Волосы оказались не серыми, а как будто рыжими — может, не стоило так много лет мазать их репейным маслом? И вообще голова как-то изменилась, стала легкой и изящной, в легкомысленных завитках и прядках, и с тех пор Марина полюбила эксперименты и никогда не жалела денег на самые дорогие парикмахерские салоны. На туфли жалела, а на салоны — нет.

Она выключила фен и некоторое время любовалась собой в зеркале. Вернее, не собой, а свежеуложенной прической. Сама-то она была так себе, зато прическа — просто блеск! Теперь можно со спокойной душой пить кофе и есть бутерброды с сухой колбасой. Да, и еще смотреть телевизор!

Вот он, настоящий отпускной рай, и на заимку вполне можно не ехать!

С тонкой чашечкой, исходящей сладким кофейным паром, с целой горой бутербродов, выложенных на подносик, Марина уселась перед телевизором, подложила под бок подушку, нажала телевизионную кнопку и вздохнула от счастья.

Сейчас она все это съест, выпьет эту чашку, нальет себе следующую, а потом, может быть, еще одну и, пошатавшись по телевизионным дебрям, найдет какое-нибудь подходящее кинцо — про любовь или легонький детективчик без моря крови и горы трупов — и заснет под него веселым и спокойным отпускным сном.

Не тут-то было.

Во-первых, в голову сразу полез ее собственный «детектив» — с трупом! — и непонятный разговор на дорожке, и Вероникин интерес, показавшийся ей чрезмерно жгучим, и еще... деталь, о которой знала только она одна. Почему-то никто больше не обратил на нее внимания.

Во-вторых, с кино не повезло. Не было ничего подходящего, хоть плачь! Ни «Римских каникул», ни «Как украсть миллион», ни «Формулы любви», ни «Шерлока Холмса» в этот вечер не показывали.

Показывали фильм знаменитого актера и режиссера Матвея Евгешкина «Русская любовь» — название всеобъемлющее и, так сказать, сразу все расставляющее по своим местам.

Возможно, конечно, еще бывает любовь турецкая, а также китайская и — кто ее знает? — даже эскимосская, но русская, разумеется, самая загадочная, сильная и правильная во всей вселенной и ее окрестностях.

Матвея Евгешкина Марина не любила. В молодости, в пятидесятых годах, в сентиментальных и «рвущих душу чувствами» черно-белых фильмах, Матвей научился виртуозно и со вкусом рыдать в кадре. Это рыдание было его особенным актерским почерком, можно сказать, визитной карточкой. Маленькой, а потом подросшей Марине было стыдно смотреть, как взрослый дяденька поминутно заходится от слез — повод к слезам мог быть любой: и «русская любовь», и болезнь, и измена, и навет с клеветой, и пропесочивание партийным руководством. Матвей много, старательно и вдумчиво изображал секретарей райкомов, обкомов, облисполкомов, крайкомов, губкомов.

Таким образом, Матвей благополучно дорыдал до последнего времени, на кинофестивале заклеймил позором богатых подлецов, укравших «народные деньги», и немедленно снял на средства этих самых подлецов свой шедеврик.

Шедеврик изобиловал откровениями и многозначительностями типа — «русский человек пьет от безысходности» или «жить надо не по правилам, а по совести». Сюжетец заключался в том, что на протяжении нескольких часов плохие и злые люди обижали хороших и добрых. Кто возглавлял «злых», Марина не поняла, а «добрых» возглавлял, разумеется, сам Матвей Евгешкин. Время от времени он принимался рыдать — крупный план, старое, морщинистое, вислощекое лицо, клок жидких волос, в глазах скорбь «за народ» и слезы в три ручья.

Фу, стыдоба какая!

Давно бы следовало переключить кнопку, но то, что показывали на других каналах, Марине вовсе не подходило: бокс, бег, программа «Дачники», виденная впервые в январе, а потом еще раз в мае — на третий круг пошли, молодцы, ребята! — футбол, пятая отборочная группа, и какая-то вовсе невразумительная стрелялка, так что пришлось волей-неволей оставаться с «Русской любовью».

Злые люди в своем свинстве окончательно утратили человеческий облик, а добрые заплакали с утроенной силой, когда в дверь к Марине постучали.

Она сильно вздрогнула, кофе выплеснулся, угрожая залить чистенькие джинсики, и Марина быстро поставила чашку на стол.

Господи, кто это может быть?!

Почему-то мысль о том, что это Федор Тучков явился продолжать свои заботы, не пришла ей в голову, и она распахнула дверь, за которой обнаружился именно Федор, и вытаращила глаза. От удивления даже позабыла возмутиться.

— Добрый вечер, — ласково поздоровался гость, — с вашего разрешения я принес вам пластырь. Бактерицидный. Вот он.

И помахал у Марины перед носом белой бумажкой.

— Позвольте мне войти?

— Боже мой, — пробормотала Марина, — боже мой...

— Я оставлю пластырь и немедленно уйду, раз уж вызываю у вас такую бурю отрицательных эмоций, — заверил ее Федор, не переступая, однако, порога. Очевидно, без разрешения он не мог себе позволить «вторгаться» — это было очень в его духе.

Тут Марина вдруг подумала, что «Русская любовь», судя по программе, будет идти еще долго — с продолжением оказался шедеврик! — а больше заняться совершенно нечем, не на танцы же отправляться в самом-то деле! Кроме того, появление Федора Тучкова давало ей прекрасную возможность проверить свои логические выводы и умозаключения — например, про жену, и про Веронику, и про «освобождение из семейного плена».

А про ту самую деталь она ничего ему не скажет. Ей нужно прежде все обдумать самой.

— Проходите, — решительно пригласила она, словно боясь передумать, — хотите кофе?

— Хочу.

Интересно, «таскается» он за ней или все-таки нет? Как бы *это* проверить?

— Садитесь.

— Куда прикажете? На диван или... в кресло?

— Боже мой, куда угодно! Можете на пол сесть, я ничего не имею против! Или выйти на балкон, там тоже есть на что сесть!

— Тогда я, с вашего позволения, в кресло.

— Валяйте в кресло, — себе под нос пробормотала Марина, доливая в чайник воды из круглой канистры. Эту канистру Марина в первый же день притащила из деревенского магазина, где та стояла невостребованная, наверное, много лет. Марина тащила ее, останавливалась, отдувалась, вытирала платочком пот, обмахивалась идиотской шляпой, которая все норовила слететь с головы, а потом ее догнал мальчишка на велосипеде, пристроил канистру на облупившийся багажник и в два счета довез до санаторных ворот.

«Что вы, тетенька, не надо! — с умеренной досадой отказался он, когда Марина стала совать ему деньги. — Денежки за работу дают, а разве ж это работа!»

Федор Тучков устроился в кресле и любовно, как показалось Марине, положил одну расписную и цветастую ногу на другую.

— Как ваше колено?

— Все в порядке, спасибо.

— Я считаю, что вы должны его заклеить пластырем.

— Обязательно так и сделаю.

— Может быть, завтра имеет смысл показать колено врачу?

— Я подумаю над вашим предложением.

Тут они посмотрели друг на друга и замолчали.

— Вам не кажется, — спросил вдруг Федор Тучков, — что мы с вами как-то странно разговариваем?

— Кажется, — согласилась Марина, — но у нас так само получается.

— Может, попробуем поговорить по-другому?

Она пожала плечами и села на краешек дивана, очень прямо держа спину — бабушка всегда говорила, что женщина не должна горбиться, если она не прачка, впрочем, прачка тоже горбиться не должна!

— Давайте попробуем поговорить по-другому.

Федор опять на нее посмотрел.

Вместо просторных полотняных брюк узкие голубые джинсы и узкая же черная майка без надписей и морд на животе и спине. Волосы рыжие — спереди почти до глаз, сзади спускаются до шеи, — подвернутые концами внутрь. Движения стремительные, глаза злые.

Не женщина, а мечта. Не зря он тогда ее приметил, на лавочке, в дикой шляпе и платье а-ля «рюсс пейзан». Она ему пригодится.

— Вам с сахаром? Молока нет.

— С сахаром, спасибо.

«Предлагать или не предлагать бутерброды с сухой колбасой? — пронеслось у Марины в голове. — Никаких следов колбасы вроде бы нет, значит, он и не догадывается о ней, значит, можно и не предлагать. Или не предлагать... неприлично? А предложить жалко!»

Да, конфеты же есть! Конфеты Марина любила значительно меньше, чем бутерброды с колбасой.

— Хотите конфет? — вскричала она так весело, что гость посмотрел на нее с некоторым подозрением, как будто конфеты могли быть отравлены. — У меня есть шоколадные, карамельки и еще леденцы «Взлетные»!

— Леденцы «Взлетные», — принял решение Федор Тучков.

Он кинул леденец за щеку — щека оттопырилась, — захлебнул кофе и откинулся на спинку кресла, вытянув ноги.

Надо же, какой противный, вновь раздражаясь, подумала Марина. Убила бы.

А вот небось перманентным кудряшкам или костлявой лошадиной морде очень нравится. Если, конечно, супруги не практикуют маленький семейный домашний ад, от которого супруг теперь «отдыхает» в Маринином обществе.

Отвратительное слово — супруг.

— И все-таки, что вам от меня надо?! — спросила она таким тоном, словно неожиданно села на морского ежа, невесть как очутившегося в кресле. — Зачем вы пришли?

— Я принес вам пластырь.

— Не нужен мне пластырь!

— Я считаю, что колено все-таки лучше заклеить. Знаете, это такое коварное место, особенно подверженное травмам.

Тут он понял, что переборщил, и осторожно хихикнул, но она ничего не заметила — продолжала самозабвенно и от души на него злиться.

Ну, пусть позлится. В принципе он ничего не имеет против. Когда она злится, глаза у нее делаются совсем зелеными, он уже это заметил.

— А кем вы работаете? — благодушно спросил он и с шумом отхлебнул еще кофе. Шумно хлебал он не без умысла.

— Никем. Преподавателем в институте.

— Преподавателем... чего?

Почему-то он был уверен, что английского, или немецкого, или французского — кажется, никаких других языков, кроме вышеупомянутых, попавших как кур в ощип в систему отечественного высшего образования, в институтах не учат.

— Я читаю матан.

Федор Тучков вытаращил глаза:

— Что вы... делаете?!

Марина посмотрела на него с презрительным высокомерием.

— Я читаю лекции по математическому анализу, — медленно, как будто по складам, произнесла она, — есть такой раздел математики, не слышали?

— То есть вы математик?

— Ну, в общем, да.

— То есть вы во всем этом разбираетесь?!

— В чем именно?

— В функциях, пределах, факториалах, А штрих, Б штрих, первая производная, вторая производная, икс стремится к бесконечности, значит, игрек стремится к нулю?..

Марина засмеялась. В голосе Федора Тучкова был ужас.

Может, теперь он наконец-то перестанет за ней таскаться? Говорят, мужчины не любят образованных женщин и вообще их боятся.

— Я довольно хорошо разбираюсь в математике, по крайней мере на своем уровне. На Чебышева не тяну, конечно, но...

— А кто такой Чебышев?

— Ученый, — буркнула Марина.

— Я не знал.

— Вам простительно.

— Почему? — вдруг спросил Федор Тучков. — Потому что я идиот?

Он был настолько недалек от истины, что Марина смутилась.

— Нет, просто... Ваша профессия никак не связана с фундаментальной наукой, правильно я понимаю? Так что вы вполне можете не знать...

— И вы читаете лекции студентам? — живо перебил он.

— Ну да.

— А они вас слушают?

Марина развеселилась:

— По-разному. Бывает, слушают, а бывает, нет. Все зависит от времени года, от их настроения, от моего настроения, от темы, от того, какая лекция по счету. Много от чего.

— А вы... профессор?

Тут она засмеялась. Искреннее изумление Федора Тучкова почему-то ей льстило.

— Я профессор, — подтвердила Марина, — я профессор и доктор наук.

Профессором и доктором наук она была всего месяц, но Федору Тучкову вполне можно было об этом не сообщать. Нынешний отпуск как раз и был наградой себе самой за несколько лет каторжной работы, завершившихся защитой докторской и получением профессорского звания.

Тут Федор Тучков сделал следующее: встал, поклонился и сказал:

— Позвольте выразить вам мое глубочайшее уважение.

— Спасибо.

— Пожалуйста.

Марина посмотрела, не смеется ли он. Вроде бы не смеялся.

— Хотите еще кофе?

— Хочу.

— Надо подогреть.

— Позвольте, я сам! — вызвался Федор, очевидно, воздавая дань «профессору», и опять вскочил и ринулся к чайнику.

Нет, все-таки, наверное, он за ней таскается.

Значит, Федор Тучков и есть мое отпускное «романтическое приключение», решила она со вздохом. То, настоящее, вряд ли состоится, зато при ней до конца отпуска останется Федор, если только его не сманит кто-нибудь помоложе и посвежее и... «не доктор наук».

Марина искоса на него посмотрела. Он хлопотал у чайника — зачем он там хлопотал, что делал? Чайник грелся сам по себе, при помощи электрической энергии, и никакого участия человека в этом процессе не требовалось, но Федор все же как-то участвовал.

И это мой удел? Расписные спортивные штаны, светлые волосы, через которые просвечивает наивная розовая поросячья макушка, сладкие речи, привычка шумно прихлебывать из чашки и катать за щекой леденец?!

Что сказала бы мама? А бабушка?

— А вы? — спросила Марина со вздохом. — Вы ведь какой-то... чиновник?

— Чиновник, — признался Федор Тучков, — в министерстве.

— В каком?

Тут он почему-то запнулся на минуту, как будто не сразу вспомнил название министерства.

— А... в МИДе.

— Часто бываете за границей?

— Знаете, — вдруг сказал он, — это такая же распространенная ошибка, как думать, что все, кто работает на телевидении, непременно выходят в эфир. В эфир выходят два десятка человек, а работает на ТВ несколько тысяч.

— То есть вы за границей не бываете?

— Нет, я бываю, но... Вам добавить кофе?

— Да, спасибо. А почему вы отдыхаете здесь, а не... за границей?

Он не мог сказать ей правду — ей не нужна была

никакая правда, — поэтому он соврал первое, что пришло ему в голову, — что-то про климат, природу, сказочной красоты виды и вообще русский дух.

Она смотрела с сомнением — наверное, и в самом деле доктор наук, на мякине не проведешь!

— А ваша жена? Осталась в Москве? Или все-таки уехала за границу?

Ах, вот в чем дело! В жене! Ну, с этим все просто.

— У меня жены нет, — признался Федор Тучков, подпустив в голос грусти, — у меня была жена... в молодости. Собственно, там она и осталась. .

— Как это? — удивилась Марина, позабыв про хорошее воспитание.

— Очень обыкновенно. Мы развелись через три года после свадьбы. Она вышла замуж за моего институтского друга.

— А-а, то есть она — мерзкая и подлая притом?

— Боже сохрани! — перепугался Федор. — Прекрасная женщина! Превосходная! Мать троих детей, если мне не изменяет память.

В этой последней фразочке опять почудилась Марине какая-то странность, игра, фарс, комедия, которую он сам перед собой ломал и радовался, что ломает так хорошо.

Почему? Зачем?

— А трое детей? Ваши?

— Нет, — обиделся Федор Тучков, — ее мужа скорее всего. То есть я, конечно, специально не выяснял... А почему вас все это интересует?

— Да меня это вовсе не интересует! — с несколько запоздавшей досадой воскликнула Марина, и в это время из телевизора громко закричали:

— Ложись!!!

Федор с Мариной вздрогнули и уставились на экран, а ложиться не стали.

Эпопея Матвея Евгешкина была в разгаре. Злые люди активно наступали, а добрые, порыдав немного для порядка, решили защищаться. Защищались они с помощью... танка. Марина проглядела, откуда именно взялся этот танк, — очевидно, режиссерская находка. Теперь добрые ехали в танке. Злые в панике бежали. Танк стрелял. Белый дым стлался по полям. Крупный план — женские глаза, в них ужас. Крупный план — глаза Матвея, в них слезы. То и дело повторялись фразы типа «сволочи проклятые» — в адрес плохих, и «врешь, не возьмешь» — в свой собственный адрес.

Плохие вызвали подмогу. Атака захлебнулась.

Конец второй серии.

Закрутились рекламные цветочки и звездочки, и Федор Тучков сказал задумчиво:

— Экая дичь.

— Это точно, — от души согласилась Марина. Почему-то ей было стыдно на него посмотреть, как будто не Матвей Евгешкин снял шедеврик, а она сама и теперь не знает, куда деваться.

— Пойдемте на балкон, — пригласил догадливый Федор, — покурим.

Марина радостно устремилась на балкон, и телевизор выключила, только чтобы не видеть обещанного продолжения шедеврика.

На балконе были сумерки, славные, теплые, июльские. Луна, прозрачная, летняя, висела над дальними елками, и елки казались синими, и асфальтовая дорожка внизу тоже казалась синей и серебряной.

Цикады трещали, то затихали, то начинали с новой силой.

— Как я люблю лето, — сказала Марина и даже зажмурилась от удовольствия, — больше всего на свете.

— А я Новый год, — поддержал ее Федор Тучков, — очень люблю Новый год!

— При чем тут Новый год?

— Прекрасный праздник. По-моему, самый лучший!

— Я говорю, что люблю лето. При чем тут праздник Новый год?

— При том, что это самый лучший праздник в году!

Все-таки он кретин. Нет никакой игры, и фарса никакого нет, есть просто кретин Федор Тучков. Наверное, и жена от него ушла три года спустя после свадьбы из-за его кретинизма.

«И это... мой удел? Мое... романтическое приключение?!»

Внизу, под балконом, негромко затрещали ветки, и цикады на секунду смолкли, как будто прислушиваясь.

Марина вдруг перепугалась.

— Что там? — шепотом спросила она и схватила Федора за руку. Рука была широкой и твердой, пожалуй, даже странно твердой при его общем кисельно-окорочном облике.

— Где?

— Там. Внизу.

— Асфальтовая дорожка, — обстоятельно ответил он, заглянув вниз, — а что?

В это время опять затрещали ветки и кто-то что-то негромко сказал.

— Вы что? Не слышите?!

— Слышу, — согласился он хладнокровно, — ну и что?

Конечно, он понятия не имел, что Марина все еще надеется на свое «настоящее приключение»!

Она быстро присела, оказавшись в тени балконной решетки, и Федора потянула за собой.

— Что такое? — недовольно удивился он, но тоже шепотом, видно, подействовала Маринина таинственность.

В кустах действительно разговаривали, но почти невозможно было расслышать — о чем. Ей показалось, что несколько раз повторилось «зачем» и «сейчас».

— Зачем мы прячемся? — на ухо ей сказал Федор Тучков. — Сейчас все равно ничего не видно!

Тоже слышал «зачем» и «сейчас»?

Цикады опять стрекотали вовсю, и поле за забором лежало — такое свободное, такое большое, такое летнее, как будто вздыхало после длинного и жаркого дня.

В кустах тревожно шептались.

— Зачем мы подслушиваем? — негромко вопросил Федор. — Мы хотим услышать что-то особенное?

Марина дернула его за руку, чтобы замолчал.

На серебристую и голубую дорожку из кустов выбрался человек — темный силуэт. Выбрался и постоял, как будто прислушиваясь.

— Уезжай, — отчетливо сказал человек в сторону

кустов, — только попробуй не уехать! Ты что, не видишь, что творится?!

Из кустов приглушенно ответили, разобрать было нельзя. Марина услышала только «все равно».

— Нет, не все равно! — прошипел черный силуэт. — Я не хочу, чтобы меня кто-нибудь... увидел с тобой! После того, что ты сделал!

Снова слабый треск веток, и все смолкло.

Тень еще постояла неподвижно, как будто прислушиваясь, потом посмотрела по сторонам и даже наверх, где прятались за балконной решеткой Марина и Федор, и быстро пошла по голубому асфальту налево, в сторону главного входа.

Неровный кусок желтого света лежал на траве и асфальте. Светился большой металлический ящик на ножке, сделанный «под старину». Тень вошла в желтый свет и оказалась... Вероникой, профессорской внучкой.

Внучка быстро пролетела свет, беспокойно оглянулась и пропала в темноте.

Марина поднялась с корточек и, перегнувшись через перила, посмотрела ей вслед.

Федор Тучков из засады потянул ее за джинсы.

Марина отшвырнула его руку.

— Вы что?! С ума сошли?!

— Зачем вы свешиваетесь?! А если из кустов за вами... наблюдают?!

— Кто? — прошипела Марина и посмотрела опасливо.

Кусты были сплошные и темные, как неровная живая стена. В их зеленой густоте днем шевелились и попискивали какие-то птицы, время от времени выпархивали, сильно треща крыльями, как будто в сильном испуге.

Сейчас невозможно было себе представить, что днем там деловито копошатся птицы.

Стояла тишь, только далеко, в деревне, размеренно и непрерывно лаяла собака, и музыка доносилась как будто не снаружи, а изнутри дома.

Впрочем, так оно, наверное, и было — танцы уже начались.

Федор Тучков, ее нечаянный компаньон, завозился рядом, достал сигареты и предложил Марине несколько перекошенную от лежания в кармане пачку. Марина посмотрела на пачку с отвращением.

— Нет, спасибо, — отказалась она, — я лучше свои.

После чего они глубокомысленно закурили.

— Что за тайны? — как будто про себя пробормотала Марина, надеясь, однако, что он услышит, — Юля с Сережей какими-то загадками говорили, и Вероника теперь тоже.

— Тоже, — согласился Федор Тучков и не добавил ни слова.

Марина некоторое время помолчала, а потом все же не выдержала:

— Как вы думаете, о чем это она... то есть Вероника... Ведь это была Вероника, да?

— Да, — подтвердил Федор. — Это была Вероника, совершенно точно.

— О чем она разговаривала? И с кем?

— Понятия не имею, — признался Федор безмятежно. — А как вы думаете, о чем?

— Как о чем?! — поразилась Марина. — О трупе, конечно. О том, в пруду.

— А есть еще какой-то?

— Что?

— Труп.

— Нет, — удивилась Марина. — больше нет. По крайней мере я ничего не слышала.

— А почему вы думаете, что о трупе? Про труп не было ни слова.

— Она сказала — «видишь, что творится» и еще «я не могу с тобой встречаться после того, что ты сделал»! О чем это, по-вашему?

— По-моему, это может быть о чем угодно.

Кретин. Самый натуральный.

— Тайно, в каких-то кустах, — продолжала Марина, — с кем она могла там встречаться?

Федор затянулся — оранжевый отблеск сигареты осветил его подбородок, растекся по вылезшей к вечеру светлой щетине.

— С поклонником? — предположил он.

— Ночью, в кустах, с поклонником?! Она что, мусульманская жена? И ее за измену могут закидать камнями на площади? Зачем ей встречаться с поклонником ночью в кустах?!

— Не знаю, — признался Федор Тучков.

— Она из Москвы, значит, и поклонник должен быть оттуда! Отсюда до Москвы на поезде сутки ехать. Вы думаете, что он специально к ней на свидание сутки ехал? Или он местный? Из деревни?

— Не знаю.

Марина сосредоточенно посмотрела на него:

— Нет. Поклонник тут ни при чем. Дело в чем-то другом.

— Может, кофе еще выпьем? Или чаю? У меня есть чай в номере. Я могу принести, — предложил

Федор, решительно не желая втягиваться в «детективные» разговоры.

Марина посмотрела в темную массу зелени. Сидеть на балконе было неуютно, казалось, что оттуда на нее кто-то смотрит. Она еще разок с опаской глянула вниз и вернулась в комнату. Федор Тучков притащился за ней и даже дверь на балкон прикрыл.

Внизу, из темноты кустов, за дверью внимательно наблюдали. Как только колыхнулась белая занавеска, приглушая оранжевый электрический свет, ветки затрещали, разошлись, и с той стороны, где плотная зелень почти упиралась в забор, выбралась темная фигура. Сетка забора затряслась, как будто даже столбы завибрировали, потом последовал тяжелый прыжок — и все стихло, только трещали цикады.

Пока Федор ходил за чаем, Марина думала, не рассказать ли ему про ту самую деталь. Не то чтобы она вдруг уверилась в его дедуктивных способностях, но ей очень захотелось поделиться хоть с кем-нибудь.

Два часа назад ей не хотелось ни с кем делиться, а теперь вот захотелось — потому что Сережа с Юлей на дорожке говорили непонятно о чем и еще потому что Вероника пряталась в кустах и тоже говорила непонятно и странно, даже зловеще.

Или просто ей так уж захотелось получить свое «настоящее приключение»?

Вернулся Тучков, принес три разноцветные чайные коробки.

— Это черный цейлонский, это зеленый, а это фруктовый, — обстоятельно объяснил он, выставляя коробки одну за другой на стол, — вы какой предпочитаете?

— Мне все равно.

Тут он полез в карман, порылся и конфузливо выложил рядом с разноцветной пирамидой здоровенный лимон.

— Лимончик, — тихо признался он и зарделся, — очень люблю с лимончиком!

Марина посмотрела на него с состраданием — грустно, когда мужчина такой кретин.

Наверное, бессмысленно с ним «делиться». А может, и нет. Может, как раз хорошо. Рассказать хочется, а он так глуп, что все равно ничего не поймет, будет только переспрашивать с наивным, заинтересованно глупым видом.

— Разрешите?

— Что?

— Разрешите мне ополоснуть чашки? После кофе.

Марина вздохнула:

— Разрешаю.

Он аккуратненько взял в каждую руку по чашке и пошел в ванную.

Раздумывая, Марина включила телевизор.

Боже мой! Матвей Евгешкин сидел в застенке — плохие люди, обозлившись на то, что он палил по ним из танка, заперли его в кутузку. С ним вместе в кутузке оказался его сподвижник по доброте. Вот сидели они там и писали «на волю» почти революционные воззвания, которые отказывалась публиковать местная коррумпированная газета.

Весь ужас заключался в том, что все это показывалось до невозможности «сурьезно», со слезой, с пафосом, без капли юмора или иронии.

Бедный Матвей Евгешкин! Как трудно ему живется на свете.

Марина переключилась на футбол — пятая отборочная группа, — а тут и Федор Тучков явился, осторожно поставил на стол чистые чашки.

Марина посмотрела на него. Он любовался чашками — каждая была выставлена точно на середину блюдца, а справа помещалась блескучая ложечка. Федор Тучков подумал, подумал и в центр, между чашками, водрузил сахарницу. Получилась композиция «Вечернее чаепитие, или eleven o'clock tea».

Тут Марина решила, что вполне может позволить себе немного развлечься.

— Вы знаете, — серьезно сказала она Федору, — у вас знаменитая фамилия.

— Почему?

— Генерал Тучков особо отличился при Бородине.

— Их было несколько, — хладнокровно согласился Федор. — Мой предок генерал-лейтенант Николай Алексеевич Тучков. Об остальных узнать не удалось, почти никаких документов не сохранилось. А Николай Алексеевич... прямой предок. По отцовской линии. Отличился на Старой Смоленской дороге. Штурмовал Утицкий курган. Со стороны кургана французы шли на Багратионовы флеши. Тучков командовал павловскими гренадерами. Они нанесли контрудар, а Белозерский и Вильманстрандский полки, вызванные для подкрепления, атаковали в обход правого фланга французов. Курган отбили, а Тучков погиб. Он сам участвовал в штурме, знаете ли.

Марина смотрела на него во все глаза. Он говорил так, как будто читал из путеводителя.

— А я, кстати, Тучков Четвертый.

— Что это значит?

— Да ничего особенного. Так, традиция. Прадед

был Федор Николаевич Тучков Первый. Дед — Федор Федорович Тучков Второй. Отец — третий. Я четвертый.

— И все Федоры Федоровичи?

— Ну да.

— И все... генералы от инфантерии?

— Да.

Марина со стуком поставила чашку на блюдце.

— Что значит — да?!

— Да значит да. Генералы. Инфантерия тут ни при чем, конечно, но... генералы. Прадед командовал Павлоградским полком. Знаменитый полк, Лев Толстой писал об атаке павлоградцев, не помните? Вряд ли, конечно... Дед дошел до Кенигсберга. В сорок пятом году ему стукнуло тридцать шесть, и он уже был генералом. За всю войну ни одной царапины, вот как бывает!.. Ордена никогда не надевает, стесняется.

— Он... жив?

— Жив и здоров, — с гордостью сказал Федор Тучков, — полон рассудка и самоиронии. Прочитал «Марсианские хроники» Рея Брэдбери и сказал, что Восточная Пруссия нам была нужна примерно как Марс, а там столько народу положили!

— И... ваш отец тоже генерал?

— Тоже генерал.

— А он... где воевал?

— Он летчик. Воевал в Корее, а потом во Вьетнаме. Геополитические интересы, знаете ли.

— Вы... тоже генерал?

— Нет, — ответил Федор Тучков Четвертый, — я как раз не генерал.

Он поболтал в чашке пакетик с чаем и мельком

глянул на собеседницу. Глаза у нее горели от любопытства, как будто подсвечивались изнутри.

Черт, понесло его откровенничать, историю семьи излагать! Весь вечер так хорошо играл в дурака, и вдруг — бац — генерал от инфантерии! Теперь пристанет, не отвяжешься от нее!

Рыжая, и глаза зеленые — конечно, пристанет!

— А почему вы не генерал?

Ну вот, началось! Впрочем, сам виноват, нечего было...

— Не вышло из меня генерала, уважаемая Марина.

— Почему не вышло, уважаемый Федор?

Он помолчал.

Наверное, не вышло, потому что кретин, стремительно подумала Марина. Или он все-таки не кретин?

— Я пытался, — вдруг признался он, — и у меня ничего не вышло. Так бывает. В семье не без урода.

— Урод — это вы?

— Урод — это я.

— И ваша личная трагедия в том, что вы не оправдали надежд семьи, правильно? Это как раз тот кошмар, который снится вам в три часа ночи и от которого вы просыпаетесь в холодном поту?

Он встал и взялся за чайник.

Ей вдруг показалось, что она его рассердила. Так рассердила, что он молчит, потому что ему нужно время, чтобы справиться с собой.

Надо же, какие страсти! Прямо как у Матвея Евгешкина в кинокартине «Русская любовь».

Тут Федор Тучков Четвертый улыбнулся сладкой улыбкой, придерживая рукой крышку, добавил себе в чашку воды из чайника и вопросительно и любезно наклонился в сторону Марины, как бы спрашивая, не добавить ли и ей тоже.

— Нет, спасибо, — отказалась она, — послушайте, Федор, я хочу вам что-то рассказать.

Он тут же вернул чайник на место, сел и смирно сложил руки, выражая полную готовность и внимание.

Марина посмотрела на него с отвращением.

— Я хочу вам рассказать... про утопленника.

— Что такое?

— Такого ничего, но... знаете, когда его доставали... Я же видела, я там была...

— Да-да?

Черный провал рта, из которого текла вода — много, из живого человека не может вытечь столько воды. Серая и зеленая кожа. Мертвые тусклые глаза.

Марина обеими руками обхватила чашку.

— Понимаете, он был в джинсах, утопленник. Когда его вытащили, джинсы... Они почти на нем не держались. Мужики даже поправляли, потому что они почти... спустились, упали.

— И что?

— А то, — сказала Марина, — я вот думаю, как же он в них ходил? Рукой придерживал, что ли?

Она мельком глянула на Федора. Вид у того был озадаченный.

— Мокрые штаны, как известно, стащить гораздо труднее, чем сухие, — продолжала Марина, сердясь, — но они и мокрые на нем не держались! Значит, из сухих он бы просто выскочил!

— Может, у него был ремень?

— Да в том-то и дело, что не было никакого ремня!

— Может, он его снял!

— Перед тем как утонуть по пьяной лавочке? Ремень снял, а ботинки оставил, да?

Тучков Четвертый смотрел с сомнением, и это сомнение Марину до крайности раздражало.

— Пьяный человек не может идти в штанах, которые не держатся. Он тогда запутается в них и упадет. Или они до берега не падали, а упали на берегу? Где тогда ремень?

— Хорошо, а если он до берега шел трезвый, а на берегу напился, упал и захлебнулся. Трезвый человек может идти в штанах, которые не держатся?

— Наверное, может, — согласилась Марина раздраженно, — но с чего это он, трезвый, пришел на берег и там в одиночестве напился до такой степени, что свалился в воду и утонул?

— Почему в одиночестве?

— Потому что мне так милиционер сказал!

— Что сказал милиционер?

— Что покойник пришел на берег — один пришел, обратите внимание! — уселся на мостки и свалился потому, что был очень пьяный. Никаких свидетелей нет, по крайней мере по версии милиции. Если бы он напился не в одиночестве, был бы свидетель. Если свидетель был, почему он не позвал на помощь, когда тот свалился? Не мог, потому что тоже напился, или не захотел? Если не захотел, значит, это... убийство.

— Что-о? — поразился Федор Тучков Четвертый.

Очевидно, знаменитое родство впрок не пошло — туповат был Тучков Четвертый в отличие от Тучкова, погибшего при Бородине.

— Из того, что с утопленника сползали штаны, вы

делаете вывод, что это... убийство? — слабым голосом уточнил Тучков Четвертый Тупой.

— Да, — твердо сказала Марина.

— Смело, — оценил Тупой, — очень смело!

Зачем она ему рассказала? Впрочем, какая разница? Он не верит ни одному ее слову, ну и бог с ним! Она, Марина, изложив все это вслух, еще больше укрепилась в мысли, что права именно она, а не милиция.

Если она найдет ремень, станет ясно, что никаким несчастным случаем тут и не пахнет.

На берегу санаторного прудика произошло убийство.

Ночь была глухой и теплой и пахла травой, цветами, близким лесом. Луна висела над елками, прозрачная, как будто только родившаяся.

Марине всегда было тревожно, когда они обе — она сама и луна — находились поблизости друг от друга. Даже шторы всегда закрывала наглухо, чтобы луна не могла подглядеть, растревожить, привести с собой бессонницу, такую же голубую и жидкую, как ее собственный неровный и волнующий свет.

Марина перебежала газон и посмотрела вверх, на единственный освещенный балкон, ее собственный. Все остальные окна крыла «люкс» были темными — отдыхающие давно и сладко спали в своих санаторных постельках. Наверное, это было очень глупо — тащиться ночью на пруд, да еще перелезать для этого через балконные перила, да еще висеть на вытянутых руках, а потом прыгать и прислушиваться — балкон был довольно высоко от земли, хоть и считался первым этажом, но любопытство и нетерпение замучили ее, кроме того, она уверена, что искать «вещественные доказательства» следует именно ночью. Днем ее непременно увидит убийца — она точно знала, что убийца существует! — увидит и будет потом охотиться за ней, как и положено по законам жанра.

Или все-таки не стоило ночью тащиться на пруд?

Далекая деревенская собака перестала лаять, видно, завалилась спать в свою будку, набитую свежим пахучим сеном, — до утра. Марина поежилась. Холодно не было. Было страшно.

По голубой и серебряной от стеклянного лунного света асфальтовой дорожке она дошла до сетки теннисного корта. За углом спасительный и яркий свет балкона и тусклый фонарь уже не будут видны.

Еще можно вернуться. Пока еще можно.

Марина оглянулась, постояла и решительно сбежала вниз. Корт был справа, блестящий мелкими камушками и похожий на каток.

Летом не бывает катков. Катки бывают зимой.

Федор Тучков сказал, что больше всего на свете любит праздник Новый год, придурок.

Она отошла уже довольно далеко от темной громады корпуса и не слышала, как кто-то следом за ней тяжело спрыгнул с балкона. Цикады на секунду замолкли, а потом затрещали с новой силой, как будто потревоженные тяжелым прыжком.

Человек дошел до сетки и остановился. Луна была яркой, а тени очень четкими, как будто заштрихованными углем. Маринина тень бежала далеко впереди, переломленная сеткой, похожая на гигантского скорпиона на длинных тоненьких ножках.

«Куда ее понесло? Что ей там нужно в... — взгляд

на часы, —...в два часа ночи?! Что она затевает? Или что-то знает? Если знает, то насколько... много?»

Человек еще постоял, поджидая, когда она исчезнет за поворотом, а потом двинулся следом.

Нужно посмотреть. Нельзя выпускать ситуацию из-под контроля, хотя вряд ли эта рыжая и длинная особа всерьез опасна.

И все-таки нужно посмотреть.

Марине вдруг показалось, что в лунном свете у нее за спиной кто-то есть. Сердце похолодело, сжалось, словно заострилось, и стало острым краем молотить в ребра. Она остановилась, взялась рукой за шершавый и теплый ствол и быстро оглянулась.

Никого.

Ни окна, ни балкона, залитого ярким и теплым светом, отсюда, конечно, не было видно, но корт, похожий на каток, еще угадывался за деревьями, как будто успокаивал Марину — я рядом, а от меня уж и до дома рукой подать, ничего, не так уж и страшно!

Зачем и куда ее понесло?! Разве нельзя было дождаться утра?! Там и фонарей никаких нет, как она станет искать свое «вещественное доказательство»?!

«Если искать, — строго сказала она себе, — значит, надо искать сейчас. Если это убийство, значит, есть убийца. Если я стану искать у него на глазах, он догадается о том, что я все знаю».

«Он слишком много знал», всегда говорит гангстер над трупом своего бывшего друга. Любой уважающий себя гангстер рано или поздно непременно убивает своего бывшего друга, потому что тот «слишком много знал»!

Впереди блеснул пруд, и потянуло запахом гнили и застоявшейся воды. Марина выскочила на холодный песок в черных кляксах пролезшей травы и огляделась.

Лес на той стороне был темным — сплошная непроглядная чернота, а над ней, чуть светлее, ночное небо. Почти на макушках деревьев сидела луна, до воды свесив призрачные голубые ноги. Лунные ноги полоскались в воде — посередине пруд морщило и рябило, заливало неверным светом. В тишине вода тихонько плескалась под старыми мостками.

Там Марина нашла утопленника. Наверное, ночь была такой же теплой и тихой, и луна так же полоскалась в пруду, а он уже лежал там, раскрыв мертвые глаза.

Марина стиснула кулачок, так что ногти впились в мякоть ладони: «Так нельзя. Если ты так боишься, лучше уходи».

И не двинулась с места.

В лесу вдруг что-то обвалилось, как будто треснула ветка или неловко пошевелился кто-то большой и тяжелый. Дыхание остановилось, кажется, навсегда. Марина вглядывалась в черноту, так, что в глазах зарябило.

Нужно возвращаться домой. Все равно она ничего не найдет. Если ремень валяется в траве, *она ни за что его не найдет.*

Вот только она была совершенно уверена, что валяется он вовсе не в траве.

Странным голосом крикнула какая-то ночная птица, и рябь по воде как будто побежала быстрее.

Марина вытащила из песка палку — не такую ужасную, как та, которой она подгоняла к себе свою шляпу из итальянской соломки, а обычную палку, мокрую, шершавую, пахнувшую водорослями.

Какая разница, подумала она, взвешивая в руке палку, какая разница, день или ночь! Все равно то, что она ищет, нельзя увидеть просто так, с мостков. А тогда какая разница, день или ночь?

Разница была огромной.

Опираясь на палку, Марина осторожно ступила на мостки — под ними зачавкало и завздыхало, — дошла до того самого места, где смотрел на нее из-под воды утопленник, и присела на корточки.

Вода была совершенно черной, а дорожка, в которой полоскалась луна, сюда не доставала. Марина потыкала палкой в воду и прислушалась. Под мостками что-то громко шлепнуло и опять затихло. Потянуло сырым и холодным ветром. Кожа покрылась мурашками, и волосы на шее встопорщились, то ли от ветра, то ли от страха.

Марина встала на колени, почти упершись в самый край мостков — коленка угрожающе запульсировала, — и решительно сунула палку в жидкую черноту. Дно было рядом, Марина знала, что здесь неглубоко. Палка вязла в водорослях. Марина время от времени выуживала ее и стряхивала водоросли в воду. Они шлепались обратно, капли гулко падали, и что-то опять затрещало в темном лесу, как будто надломилась ветка, и птица перестала кричать, и стало совсем тихо.

Палка зацепилась за что-то, и Марина больше не могла ее вытянуть. Она моментально решила, что это еще один труп там, на дне, и покрылась холодным потом.

Не может там быть еще одного трупа. Там же, в конце концов, не кладбище!

Палка легко двигалась вверх и вниз, а вбок и в сторону «не шла». Марина еще потыкала ею, а потом стала тащить ее вдоль замшелой сваи мостка, больше никак не вытянуть.

Нет, не получается!

По краю мостков Марина поползла сначала влево, а потом вправо, перекладывая из руки в руку свою палку. Мостки ахали и скрипели. Луна светила в лицо.

Человек из густой тени деревьев наблюдал за ней с интересом.

«Сейчас нырнет, — неожиданно для себя подумал он, — точно нырнет!»

Снова дунул ветер, Марина замерла, не успев опустить свою палку. Волосы разлетелись и как будто зашевелились на голове. Она быстро посмотрела налево, а потом направо.

Нет, ничего. Все тихо.

Марина снова поползла и снова стала тыкать палкой под самую сваю и снова тащить. Палка плюхала по воде.

Под водой что-то подалось, поехало вверх, цепляясь за занозы и сучки разбухшей в воде сваи, и на поверхности показалось нечто, похожее на мокрую змею, обвившуюся вокруг бревна. Змея тускло блестела мокрым блеском, и что-то латунное отсвечивало посередине.

Ремень. Узкий кожаный ремень с латунной пряжкой. Есть!

Марина выпустила палку, перехватила ремень рукой и потянула. Странное дело. Ремень не вытаскивался.

Марина морщилась, потому что ей стало страшно. Страшно оттого, что она так... правильно догадалась, и еще потому, что этот ремень принадлежал мертвому человеку, и с ним, с мертвым, лежал на дне, и латунная пряжка равнодушно посверкивала сквозь толщу воды, когда человек захлебывался, когда в легкие вместо желанного воздуха заливалась темная стоячая жижа!

Она не сразу поняла, что не может его вытащить, потому что он обмотан вокруг сваи. Обмотан и застегнут. Марина перегнулась через мостки и заглянула под них. Остро запахло рыбой — не всех пескарей перетаскал Федор Тучков на прокорм пыльной лобастой кошке!

Точно, застегнут. Вон и язычок виднеется в прямоугольном выступе пряжки, плотно зажатой разбухшей кожей ремня.

Так не расстегнуть, отсюда не дотянуться. Покроличьи дергая носом от страха и отвращения, Марина легла на живот и стала расстегивать. Язычок никак не вылезал, и Марина вымокла почти по плечи, прежде чем ремень оказался у нее в руке. Она вытащила его из воды, уже почти поверив, что все обошлось, и было не так уж и страшно, и сейчас она побежит по голубой асфальтовой дорожке к своему балкону, где за белой шторой горит яркий желтый свет. Не слишком ловко, «кормой вперед», как говаривал отец, она повернулась, зажав в кулаке ремень, сдавленно ахнула и подалась назад.

На берегу, у самой кромки воды, кто-то стоял — черная тень.

«Это убийца. Он следил за мной, все время следил и сейчас убьет меня. Прямо сейчас».

Как всегда в минуту опасности или самого страшного страха, она вдруг стала очень медленно думать — как будто в голове остановилось время.

Вперед нельзя. Там черная тень, приготовившаяся ее убить.

Можно только в воду, в черную воду вонючего заросшего прудика, где два дня назад она нашла покойника.

Если плыть быстро, она сумеет выбраться на той стороне раньше, чем там окажется убийца. Ночь, бурелом, ямы, болото. Если плыть быстро, может, она сумеет спастись.

Конечно, сумеет. Она умеет бороться.

Она шарахнулась назад, ощупывая свободной рукой заскорузлые доски, в другой стискивала мокрый ремень, не отпускала.

Надо плюхнуться так, чтобы с ходу не наглотаться воды.

Черной вонючей воды, которая наполнит легкие, а им нужен воздух. Только воздух.

— Марина! — закричала тень голосом Федора Тучкова Четвертого. — Смотрите не упадите, там гнилые доски!

Марина замерла на самом краю.

Он кричал приветливо и громко, и все ночные звуки, к которым Марина так напряженно прислушивалась, мгновенно смолкли, даже цикады как будто замерли в изумлении.

— Марина?

— Что вы тут делаете? — Голос у нее был тонким, как у мыши, и она откашлялась и оглянулась на черную воду с серебряной дорожкой, лежавшую за спиной.

— Стою, — признался Тучков Четвертый. — А что вы там делаете?

— Как вы здесь оказались?!

— Я... пришел. За вами.

— Зачем вы пришли за мной?!

— Может, вы вылезете оттуда? — предложил Федор, подумав. — Мы очень громко кричим, а все-таки ночь.

— Как вы здесь оказались?!

Он помолчал.

— Я вышел покурить и увидел, как вы прыгаете с балкона. Ну, я и... Я и решил, что вам может понадобиться моя помощь.

— Мне не нужна никакая помощь! — крикнула Марина. — Уходите!

Он опять помолчал.

— Марина!

— Что?

— Вы лунатик?

— Что?!

— Я спрашиваю, вы лунатик?

Дело принимало странный оборот. Если он собирается убить ее, как убил того, первого, то почему не убивает?! Почему стоит там, не делая ни одного движения, и спрашивает у нее какие-то глупости про лунатиков? Или он... выманивает ее? Хочет, чтобы она расслабилась и потеряла бдительность?

— Уходите! — снова крикнула она, чувствуя, как по спине словно ползет что-то длинное и холодное, похожее на мокрый ремень, который она сжимала в кулаке.

— Хорошо-хорошо, — торопливо согласился он, — конечно.

Повернулся и пошел в сторону сетки теннисного корта. Марина, не отрываясь, смотрела, как двигается по песку черная отчетливая тень.

Сейчас уйдет.

Уйдет, и ей станет еще страшнее. Как она доберется до дома, зная, что он может подстерегать за каждым кустом?

— Подождите! — нервничая все сильнее, крикнула Марина и осторожно пошла по скрипучим мосткам. Тень приостановилась.

Марина шагнула на песок. Мокрый язык ремня волочился следом.

— Вы... все время были здесь?

— Что значит — все время?

— Все время, пока я вытаскивала... это?

Она подняла ремень и потрясла им. Лица Федора Тучкова не было видно. Только невиданной красоты штаны светились как будто сами по себе.

— А что это такое?

— Ремень! — в нетерпении выкрикнула Марина. — Вы что, совсем тупой?! Я вытащила ремень! Помните, я вам говорила, что джинсы на... на покойнике почти не держались?

— Вы пошли ночью на пруд искать ремень от штанов покойника? — уточнил Федор и протянул задумчиво: — Поня-ятно.

— Да ничего вам не понятно! Я не могла пойти днем. Потому что днем убийца мог меня тут обнаружить!

— Ну ночью-то вас обнаружить, ясное дело, никто не смог бы, — согласился Федор. Как-то так непонятно согласился, что Марина опять заподозрила у него наличие чувства юмора. — Для верности вам нужно было надеть камуфляж, каску и со всех сторон понатыкать веток.

— Зачем вы за мной потащились?!

— Затем, что я подозревал что-то в этом духе.

— Что значит... подозревали?

— Я был уверен, что вы отправитесь на этот самый пруд. И меня это беспокоило.

— Почему, черт возьми, вы были уверены?!

— Потому что глаза у вас горели, как у кошки, когда вы мне излагали, что на трупе не было ремня!

— А почему, черт возьми, вас это беспокоило?!

— Потому, черт возьми, что все это может оказаться гораздо серьезнее, чем вы думаете, — вдруг холодно сказал он, — гораздо серьезнее, знаете ли!

В этом холодном, и очень мужском, и очень высокомерном тоне вдруг послышался Микки Рурк, и еще немного Ричард Гир, и отчасти даже Николас Кейдж или как там его...

И тут Марина неожиданно успокоилась.

— А я его все-таки нашла, — сказала она и с гордостью потрясла ремнем, — представляете?

— Почти нет, — признался Федор Тучков, — почти не представляю. Может быть, мы все-таки пойдем отсюда? Скоро рассветет.

— Еще не скоро.

— Скоро.

— Не скоро.

Марина чуть-чуть приблизилась к нему, а потом быстро пошла в сторону теннисного корта, обходя Тучкова Четвертого по дуге. Федор двинулся следом.

— А почему вы лежали на животе?

— Потому что ремень был застегнут. Вокруг сваи. Я его расстегивала.

— Застегнут? — переспросил Федор. — Совсем плохо дело.

— Почему?

— Ну, — неторопливо начал он у нее за спиной, — не думаете же вы, что покойник сам его так застегнул!

Марина взглянула на него через плечо. Лица по-прежнему не видно.

— Я вообще не понимаю, зачем его застегнули, — призналась она, — да еще... на свае. Зачем?

— Если покойник... не сам утонул, — буркнул Федор, — тогда понятно зачем.

— И зачем?

— Чтобы он не всплыл, конечно, — с досадой сказал он. — Его пристегнули к свае его собственным ремнем, чтобы он не мог всплыть. Яснее ясного.

— Господи, — пробормотала Марина. Узкий кусок кожи в руке вдруг стал тяжелым, как будто она тащила не ремень, а гильотину.

Они шли уже вдоль сетки. Сейчас чуть-чуть вверх, потом за угол, и станет виден ее открытый балкон с белой шторой, залитый изнутри ярким и безопасным светом.

— Наверное, я должна пойти с этим в милицию.

— Наверное, будет лучше, если вы немедленно об этом забудете, а ремень завтра выбросите обратно в пруд. Хотите, я могу выбросить.

— Как?!

— Так. Все равно... покойнику вы уже ничем не поможете, зато наживете себе проблем.

— Позвольте, — пробормотала до глубины души

возмущенная Марина и даже приостановилась. Федор сразу оказался впереди, засверкали его необыкновенные штаны. — Позвольте, но ведь это же убийство! И это я — я! — поняла, что его... пристукнули! То есть не пристукнули, а утопили! Кроме меня, никто не догадался!

— Да и вам хорошо бы не догадываться!

— Да почему?!

Тут он остановился и повернулся к ней лицом, так что она почти уткнулась в него носом. Странное дело. От него легко и хорошо пахло, как будто непосредственно перед рейдом на прудик он принял душ и побрился. Марина принюхалась.

Интеллигентный французский одеколон как-то не вязался с пестроцветными спортивными штанами.

Ох, врет кто-то из них — то ли запах, то ли штаны!

— Мариночка, — проникновенно начал Федор Тучков, и Марина чуть-чуть отодвинулась, — то, что вы нашли ремень, ничего не значит. Ну, ремень и ремень. Того, что он был пристегнут к свае, никто не видел. Да и потом!

— Что потом?

— В милицейском протоколе написано «несчастный случай». Никто не напишет там по собственной воле «преднамеренное убийство». Ни один милиционер, знаете ли.

— Да мало ли что там написано! Это же убийство, и его надо расследовать!

— Ну, расследуйте, — хмуро согласился Тучков Четвертый.

Он ничего не знал о «приключении», которое она мечтала заполучить хоть один раз в жизни, — чтобы снегом занесло отель, как в пьесе Джона Б. Пристли, чтобы под подушкой у старшей горничной загорелый полицейский капитан нашел пузырек с надписью «мышьяк», купленный в деревенской аптеке, чтобы священник подслушал странный разговор, да и сам он, кажется, затевает что-то зловещее, недаром из-под его воротничка выглядывает нечто, подозрительно похожее на татуировку с головой змеи...

Тут в самой гуще ее детективных мыслей некстати оказался Федор Тучков.

— Э... э... вы знаете, кем он был?

— Кто?

— Ваш утопленник.

— Во-первых, никакой он не мой, а во-вторых, не знаю. А что? Это имеет значение?

— Для расследования, которое вы собираетесь проводить, конечно, имеет.

— Я не собираюсь проводить никакого расследования! — несколько непоследовательно вспылила Марина. — Господи, зачем вы за мной потащились!

На это он ничего не ответил, и до темной громады корпуса с одним-единственным освещенным окном — Марининым — они дошли в полном молчании. На газоне, казавшемся черным, лежал косой четырехугольник света. Федор зашел в этот четырехугольник и неожиданно попросил вежливо:

— Разрешите посмотреть. — И потянул у нее ремень.

Смотрел он недолго. Повертел так и сяк, колупнул пряжку и зачем-то подергал.

— Ну что? — с любопытством спросила Марина.

— Вы думаете, что именно этот ремень был у него в джинсах?

— А какой же еще?!

— Не похоже, — заключил Федор, — совсем не похоже.

— Почему?!

Федор приложил палец к губам:

— Тише! Что вы кричите?

— Я не кричу! — шепотом сказала Марина и оглянулась по сторонам. Санаторий спал, и здесь, под собственным балконом, казалось, что вокруг очень светло и отчасти даже романтично.

Пожалуй, вполне сойдет за «приключение».

— Так почему не похоже?

— Потому что это брючный ремень, а не джинсовый.

— Фью-ю, — насмешливо присвистнула Марина, — какие тонкости!

— Да не тонкости! — возразил Тучков Четвертый с досадой. — Смотрите. Видите?

И сунул вышеупомянутый брючный ремень ей под нос.

— Вижу. Ремень.

— Он узкий.

— Ну и что?

Федор Тучков вздохнул выразительно. Она сама только и делала весь вечер, что так вздыхала. Она вздыхала о том, что Федор Тучков очень тупой. Теперь Федор вздыхал о том, что она, Марина, тоже оказалась тупой.

— Такие узкие ремни не носят в джинсах. Вы что? Не понимаете? Джинсовый ремень должен быть по крайней мере вдвое шире.

— А может, он был не такой... модник, как вы, и ему было наплевать на ремень?

Тут ей показалось, что Федор обиделся. Наверное, слово «модник» его задело. Ну и что? Одни его светящиеся штаны чего стоят, не говоря уж о сказочной гавайской рубахе!

— Может быть, ему и было наплевать, — изрек наконец Тучков Четвертый, — но это просто очень неудобно — такой узкий ремень в джинсах!

— Вам видней, — согласилась ничуть не убежденная Марина. — Я просто не понимаю, какое это имеет значение — узкий ремень, широкий ремень! Самое главное, что этим ремнем его... он...

Снова толща черной воды, заросшая бурой и как будто грязной травой, распахнутые мертвые мутные глаза и черный провал рта, из которого лилось на песок...

Марина вдруг взялась за горло. Горло было горячим и неприятно хрупким, а рука холодной, как лягушачья лапа.

— Что такое? — подозрительно спросил Федор Тучков шепотом. — Вам что, плохо?

— Мне не плохо, — пробормотала Марина, — мне хорошо.

Он озабоченно посмотрел ей в лицо.

— Давайте-ка я вас подсажу, — предложил он любезно, как будто распахивал перед ней дверь «Линкольна», — а ремень заберу. Давайте?

— Куда... подсадите? — не поняла Марина и отпустила горло.

— Как куда? На ваш балкон, разумеется.

— Не надо! — возмутилась она. — Я сама прекрасно залезу!

И она немедленно полезла, желая продемонстрировать ловкость, и застряла, и пузом повисла на перильцах, и стала дрыгать ногами, чтобы наконец перевалиться внутрь, и Федор Тучков приблизился и перекинул ее ноги.

Вот позор. Позор и стыдоба колхозная, как говорил отец.

— Все в порядке? — вежливо спросил снизу Тучков Четвертый.

— Да, да! — с досадой ответила Марина. Щеки ее горели. — Бросайте ремень!

— Может, я заберу его? Что он у вас будет лежать!

— А у вас?

На это Федор ничего не ответил.

— Давайте, — поторопила его Марина, — бросайте!

Ремень перелетел через перильца и шлепнулся у нее за спиной.

— Спокойной ночи, — приглушенно проговорил снизу Тучков Четвертый, — на всякий случай заприте балкон.

— Непременно, — сладким голосом пообещала Марина. Ей хотелось посмотреть, как он полезет к себе — вряд ли перемахнет перила, а-ля удалой полицейский капитан в выцветших и потертых джинсах! — и тогда она со спокойной душой отправится спать и не будет остаток ночи думать о том, как застряла животом на перилах и торчала задом вверх, болтая ногами.

Подсмотреть не удалось. Он не уходил, ждал, когда она закроет балкон, — из вежливости. Она закрыла и не сразу погасила свет — пусть он не думает, что она подглядывает! — а когда все же приподняла краешек белой шторы, Федора Тучкова на газоне не было. Исчез. Ушел.

Марина проверила двери — входную и балконную. Все заперто. Как-то в одну секунду ей вдруг стало очень холодно, так холодно, что ледяные пальцы как будто окостенели и плохо слушались.

Кое-как она нацепила байковую пижаму — пижам

было две, байковая и шелковая, на выбор, — и забралась на громадную и пышную купеческую кровать и накрылась с головой. Зубы стучали, и пальцы, вцепившиеся в перину, никак не разжимались.

Да. Она явно переоценила свои силы. Не стоило идти ночью на пруд, и шарить в нем палкой, и вздрагивать от каждого звука, и всматриваться в темноту леса, а потом обнаружить у себя за спиной черную тень!

Зачем он пошел за ней? Что *на самом деле* ему нужно?

Прямо над Мариной, дрожавшей мелкой дрожью в своей купеческой постели, Вероника задумчиво смотрела в окно, на лужайку, тускло освещенную громадным старомодным фонарем, похожим на ящик.

Вероника слышала, как разговаривали Федор Федорович Тучков и Марина, как она потом лезла через балкон, а он ждал, как потом он бросил ей что-то, а она подобрала.

Что все это может значить? Что они задумали? Куда ходили? Следили за ней? Если да, то как они могли... догадаться?! Да еще так быстро? И что ей делать, если они на самом деле догадались?!

Но... как?! Как?!

Она соблюдала предельную осторожность. Он тоже был осторожен, и если бы не сегодняшний... разговор, никто и никогда ни о чем бы не догадался!

За толстой стенкой старого здания бодро похрапывал дед. Вероника отошла от окна, дошла до кресла и повернула обратно.

Ей нужно хорошенько все обдумать.

Обдумать и принять меры.

Марина проснулась, когда серый свет очень раннего утра пробрался к ней в комнату. Проснулась мгновенно — распахнула глаза, уставилась в потолок, и больше закрыть их не смогла. Они просто не закрывались.

Марина смотрела в потолок — довольно долго, а потом скосила глаза на будильник. Черные старомодные стрелки выглядели как-то странно на белом циферблате, и она не сразу поняла, что ничего не странно — просто еще очень рано, она никогда не просыпалась так рано.

Больше ей не заснуть, она знала это совершенно точно.

Потолок был белый и очень высокий, с немудрящей, но тяжеловесной лепниной. Санаторий строили в пятидесятые годы. Стиль сталинский ампир — колонны, ореховые двери, светлый паркет, просторные холлы, узкие коридоры, вот лепнина на потолке.

Марина вытащила из-под одеяла руку и почесала нос.

Ну что теперь? Бассейн? Зарядка? Медитация на балконе?

Пожалуй, медитация была бы лучше всего, но — вот беда! — не умела она медитировать. Вернется в Москву, вступит в какой-нибудь элитный клуб, где этому учат.

...Какой, черт побери, элитный клуб? Откуда у зачуханного профессора математики возьмутся деньги на клуб, где учат медитировать? И зачем ей учиться? Отпуск у нее случается раз в пять лет, а в промежутках между отпусками она чудесно медитирует и без всякой специальной науки — в холодной преподавательской, в триста шестой аудитории, где в узком солнечном луче танцуют пылинки, дома за стареньким компьютером, в своей длинной комнатке с окошком в торце — а за окошком старый тополь, в троллейбусе, уткнувшись носом в побитую молью дерматиновую спину утренней бабульки-путешественницы, невесть зачем и куда потащившейся в общественном транспорте — и все сплошная медитация, такая и эдакая и еще разэдакая!..

За будильником на кресле лежало что-то темное и длинное — непонятное.

Ах, да, вспомнила она довольно равнодушно. Вчерашний ремень.

Федор Федорович Тучков Четвертый был совершенно прав, когда сказал, что его обмотали вокруг сваи затем, чтобы не дать утопленнику всплыть. Выходит, он всплыл потому, что как-то сам отцепился? Или его кто-то специально отцепил?

Сначала, выходит, привязал, а потом, выходит, отцепил? Чушь какая-то. И за что его привязали? За руки? За ноги? А что, если он пришел в себя под водой и стал дергаться и вырываться, а кожаный узкий ремень крепко держал его, а сил оставалось все меньше, и рот вместо воздуха хватал воду — только темную тухлую воду?

Марина стремительно села на купеческой пышнотелой кровати, зашарила рукой по столику — что-то свалилось на пол, она даже не посмотрела, что именно, — нащупала пульт, нажала кнопку и сразу же прибавила громкость. Такие штуки всегда ей помогали. Телевизор послушно возликовал утренним эфирным ликованием, ведущая заулыбалась в камеру бриллиантовой улыбкой, и пошла картинка то ли про розы, то ли про капусту — в общем, что-то жизнеутверждающее и на редкость утреннее.

Ее собственное долгожданное «приключение», да. Хорошо бы все-таки труп не был таким «всамделишным», да еще привязанным к свае. От этой мысли Марину немедленно начинало тошнить. Как же она «расследует убийство», если ее тошнит?! И мама что скажет? Мама, которая всегда утверждала, что самое главное в жизни — это «держаться с достоинством и ни во что не вмешиваться, особенно в то, что тебя не касается»!

Утро прошло скверно: в компании с розами — возможно, капустой, — бриллиантовой ведущей и собственными серыми мыслями.

Было около восьми, когда Марина, вялая, как давешняя капуста, сваренная для голубцов, потащилась завтракать. Она не любила завтракать так рано — тогда до обеда с голоду помрешь — и, выйдя на солнышко, воспрянула духом и решила «обойти кружочек».

«Кружочек» пролегал мимо теннисного корта, на котором уже кто-то резвился — слышались равномерные, как будто с оттяжкой, значительные удары мяча о ракетку. Не зря Геннадий Иванович хлопотал вчера — красивый спорт и модный очень! Видимо, придется записаться не на медитацию, а на теннис.

Кто ж там играет? Внучка Вероника, почти что Штефи Граф, или еще кто-то продвинутый приехал?

Чувствуя себя полноправным членом местного «клуба по интересам», которому есть дело до всего, до чего не должно быть никакого дела, Марина меленькими шажочками спустилась по асфальтовой дорожке вниз к корту, но сразу смотреть не стала —

поглядела сначала влево, где за сеткой весело зеленело поле и далеко, по самому краю леса, виднелись справные железные деревенские крыши, потом еще посмотрела в кусты — там опять возились воробьи и время от времени, сильно треща крыльями, выпархивали оттуда и вертикально уходили в светлое небо.

Марина поулыбалась воробьям — без всякого интереса — и повернулась к корту.

И ничуть ее не занимают эти теннисисты, и наплевать ей на них, и вовсе она не думает ни о каких загорелых и стройных полицейских капитанах в выцветших и потертых джинсах, а посмотрела она просто так — надо же на что-то смотреть!

Играли двое, совсем незнакомые. Один худощавый, седовласый, в светлой майке а-ля Уимблдон. Второй плотный, бронзовый атлет без всякой майки, зато в кепке козырьком назад.

Боже, боже, откуда они берутся, эти загорелые, сексуальные, бронзовотелые атлеты с теннисными ракетками в руках и куда потом деваются? Кто успевает заполучить их и слопать *до того*, как они становятся упитанными, благостными, пузатенькими, начинают носить гавайские рубахи и зачесывать назад оставшиеся волосы?

Сзади затопали быстрые и легкие ноги, Марина посторонилась и оглянулась.

— Доброе утро! — Вероника догарцевала до Марины и приостановилась. Суперчехол доставал до безупречного бедра. — Как спалось? Утопленники не снились?

Вопрос показался Марине странным.

— Н-нет. А вам?

Но Вероника не слушала.

— Федор Федорович! — громко закричала она, и Марина вздрогнула. — Что ж вы меня-то не дождались?! В смысле партии?

— Доброе утро, — вежливо ответили с корта. — Вы же все проспали, Вероника! Доброе утро, Марина!

Марина почему-то посмотрела не на корт, а на Веронику.

— Где... Федор Федорович? Какой Федор Федорович?

— Вы что? — весело спросила профессорская внучка и потянула на себя скрипучую сетчатую калитку. — Своих не узнаете?

— Каких... своих?

Вероника протопала на корт. На асфальте оставались мокрые следы от ее кроссовок. Марина еще посмотрела на следы, а потом подняла взгляд.

Ну да, все правильно. Один седовласый, худощавый, неопределенного возраста. Он ходил в отдалении, собирал на ракетку ядовито-желтые мячи. Второй помладше, рельефный, как статуя эпохи Возрождения — почему-то именно в эту эпоху скульпторам особенно удавались мужчины, — в шортах и с полотенцем на выпуклых плечах. Хвостом полотенца он утирал лицо. Хвост был белоснежным, и лицо казалось очень загорелым. На шее звякал странный медальон на толстой металлической цепи.

На Марину напал столбняк. Вот просто взял и напал и поверг в неподвижность. Сопротивление бесполезно.

— Что вы на меня так смотрите? — спросил Тучков Четвертый и перестал утираться. — Мне, право, неловко.

— Это... вы? — зачем-то спросила Марина.

Федор оглядел себя.

— Это я, — заключил он, оглядев, — а что?

Тело было совершенным — эпоха Возрождения, шутка ли! — и блеск чистого пота на верхней губе, и крепкая шея, и длинные мышцы загорелых ног, которыми он переступил, и плотные шорты, и белые зубы.

Нет, надо остановиться. Что сказала бы мама, если бы узнала, что дочь так бесцеремонно рассматривала полуголого мужчину?!

— Федор! — нетерпеливо позвала с корта Вероника. — Ну сколько можно? Я же жду!

Тут Федор Тучков тоже как будто очнулся, засуетился, кинул свое полотенце на лавочку и потрусил на площадку. Марина смотрела на его ноги.

— С каким счетом выиграли, Федор?

Тот самый седовласый, что собирал мячи, засмеялся в отдалении:

— Хоть бы самолюбие мое пощадили, Вероника!

— И с каким?

— Шесть — три, шесть — один, шесть — четыре.

Вероника фыркнула:

— Всего три гейма сгоняли? Слабаки!

— Он для вас силы берег! А вы все проспали!

— Да ладно! Я даже не умылась! Вскочила и побежала, дед даже не понял ничего.

Марина все смотрела, глаз не могла оторвать, хотя мама и караулила и приказывала отвернуться и идти своей дорогой.

Он почти не двигался, как будто отдыхал, ракетка взблескивала в руке, удары ложились один за другим — под сетку, на заднюю линию, под сетку, на заднюю линию, и так до бесконечности. Вероника носилась, топала, чуть не падала, и в конце концов обиженно, как девочка, закричала:

— Ну, Фе-едор! Ну, хватит!

— Что такое? — удивился он. — Уже устали?

Под сетку, на заднюю линию. Под сетку, на заднюю линию. Под сетку...

— Доброе утро, Мариночка. Вы сегодня купались?

Нет, она не купалась! Бассейн только-только открылся, где она могла купаться сегодня?! В пруду, где раньше «купался» утопленник?!

— Доброе утро.

Элеонора Яковлевна, мамаша сорокалетней Оленьки, которая «плохо кушала», сладко улыбалась. На голове у нее были свежие кудри, а в руке корзиночка.

— Купила малинки, — сообщила Элеонора Яковлевна интимно, — может, Оленька поест. Изводит себя голодом! Изводит и изводит! Скоро от нее ничего не останется! А я не могу на это смотреть, не могу!

Марина была уверена, что чем меньше «на это» смотреть, тем меньше Оленька станет изводить себя голодом, ибо всем известно — чем меньше зрителей, тем короче спектакль. Но материнское сердце не камень. Нет, не камень.

— Вы... в деревню ходили? — спросила Марина просто так.

Ей очень хотелось еще немножко посмотреть на Федора Тучкова — как он играет в теннис, и как напрягаются мышцы на длинной руке, и блестит ракетка, и он отряхивает пот с загорелого лба, и...

— Бегала, бегала в деревню! Пришлось рано встать, но для любимой дочери я готова на все, буквально на все! Мы готовы на все ради наших детей! Верно, Мариночка?

— Я... не знаю. У меня пока нет детей.

— Как?! Вы что, тоже не замужем?!

— А... кто еще не замужем?

Элеонора Яковлевна сообразила, что сделала некоторую тактическую ошибку, и взяла Марину под руку, собираясь повести за собой, но тут Вероника на корте снова завопила:

— Федор, черт вас подери, ну сколько можно?!

— А вы двигайтесь, двигайтесь, не спите!

Тут и Элеонора Яковлевна внезапно обнаружила, что атлет на корте — суть Федор Федорович Тучков, сосед по столу, вечно облаченный в дикие спортивные костюмы, причесанный волосок к волоску и вежливый до приторности. Как будто влекомая невидимыми, но могущественными силами, она сунула Марине корзиночку, подошла к сетке и взялась за нее обеими руками. На пальцах взблескивали драгоценные камни.

— Федор Федорович, я вас не узнала! Это вы? Как мило!

— Это я, — признался Федор, извинился перед Вероникой и подошел к забору — вежливый!

Марина независимо усмехнулась и стала разглядывать ягоды в «корзиночке». Они были крупными и лежали одна к одной. Марина исподлобья быстро глянула в спину Элеоноры Яковлевны, выбрала самую большую и отправила в рот. Под языком стало сладко и холодно, и острый, ни с чем не сравнимый аромат, который бывает только у малины и только в июле, сразу ударил в нос. Марина зажмурилась.

— Боже мой, как это замечательно! — восклицала Элеонора Яковлевна, держась за сетку всеми пальцами, как мартышка в зоопарке, измученная сидением в клетке. — Как замечательно, Федор, что вы играете в теннис! Моя Оленька мечтает, просто мечтает научиться! Вы должны ее научить! Пообещайте мне, что вы этим займетесь, Федор!

— Станьте в очередь, — предложила издалека вредная Вероника, — последним занимал Геннадий Иванович.

Элеонора Яковлевна не обратила на девчонку никакого внимания.

— Федор, вы просто обязаны! Оленька бредит теннисом! Она смотрит по телевидению все игры подряд, от первого до последнего... этого... как его... от первого до последнего периода!

Вероника невежливо фыркнула. Федор остался невозмутимо-галантным, в любую минуту готовым к любым услугам.

Нет, все-таки он кретин, хоть и превратился волшебным образом из мешка с соломой в атлета эпохи Возрождения!

Марина опять воровато оглянулась по сторонам и вытащила еще одну ягоду, опять кинула в рот и зажмурилась от счастья.

Когда глаза открылись, неожиданно обнаружилось, что Тучков Четвертый смотрит на нее из-за сетки. Просто глаз не отрывает.

Что такое?

У нее не было никакого опыта, и она понятия не имела, что может означать пристальный и странный мужской взгляд, от которого как будто делается горячо лицу, а позвоночнику, наоборот, холодно. Она поняла только одно — он видел, как она потихоньку таскает из чужой корзины чужие ягоды, и стремительно покраснела. Даже дышать стало трудно.

Он как будто сообразил и моментально отвернулся — из вежливости — и стал с преувеличенным вниманием слушать, что толкует ему Элеонора Яковлевна про Оленькину любовь к спорту вообще и к теннису в частности.

— Наверное, все-таки лучше поговорить именно с ней, — наконец сказал он. — Все-таки это нагрузка, бегать надо... много и быстро. Может быть, ей не захочется?

Марине показалось, что в голосе у него звучала робкая надежда на то, что Оленьке «не захочется». Нежная мать уверила, что непременно «захочется». Вероника снова закричала и даже топнула ногой, оставив мокрый след на чистом асфальте. Элеонора Яковлевна отцепилась от сетки, проворно сошла с газона, ухватила Марину под руку и увлекла за собой.

Федор проводил ее глазами.

Ему не хотелось, чтобы она уходила. Со вчерашнего дня, когда он увидел ее длиннющие ноги и крепкую грудь, обтянутую черной майкой, ему хотелось, чтобы у них... как бы это выразиться... все получилось. Не то чтобы он специально это планировал или задался целью во что бы то ни стало совратить строптивую рыжеволосую профессоршу с пути истинного, но его первоначальные планы изменились. Теперь она его занимала, и ему было приятно, что он так поразил ее своим молодецким видом. В том, что поразил, не было никаких сомнений.

Кажется, Элеонору Яковлевну он тоже поразил, а также возможно, что он поразит еще и голодающую Оленьку. Это значительно хуже, потому что Федор Тучков отлично понимал, что отвязаться от них будет трудно. Мама с дочкой, несмотря на всю возвышенность и тонкость, — вовсе не угрюмая профессорша с ее интеллигентской рефлексией и ярко выраженной неуверенностью в себе.

— Кто бы мог подумать, — бормотала Элеонора Яковлевна, волоча Марину за собой, — кто бы мог подумать... А с виду и не скажешь... Верно, не скажешь, Мариночка?

Мариночка упрямо молчала. Если мамаша решила немедленно и безотлагательно пристроить дочь за Федора Тучкова Четвертого, она помогать и способствовать не станет.

— Мариночка, а вы не знаете, Федор Федорович... на машине приехал или на поезде?

— Не знаю.

— У кого бы это узнать, как вы думаете?

— Понятия не имею.

— Может, у администратора? Или у сторожа на стоянке? А?

— Я не знаю.

— Ах, ну как же так, Мариночка! Надо же, какой... приятный молодой человек!

— Разве он молодой? — спросила Марина неприятным голосом и покосилась на корзиночку. Ей было стыдно, что она съела у Элеоноры Яковлевны две малинины и теперь вроде бы чувствует себя обязанной. — Молодой человек — это вон, Сережа! А тот... Федор то есть, вовсе не молодой...

— Ах, ну что вы говорите! Конечно, молодой! Доброе утро, Сереженька!

Сережа энергично подтягивался на турнике. Пот тек по мужественным рукам в переплетении вздутых вен, заливал римский нос и подбородок — тоже, вполне возможно, римский.

Почему-то вид потного и мужественного Сережи не доставил Марине никакого удовольствия — в отличие от Федора Тучкова, на которого она, пожалуй, могла бы смотреть до вечера, если б не Элеонора с корзиночкой и ярко выраженными матримониальными планами.

— Доброе утро! — бодро прокричал Сережа, залихватски спрыгнул с турника и тут же стал приседать, закинув на затылок руки. Быть может, отчасти римские.

— А где же Юленька? Юленька, здравствуйте!

Юленька на специальном коврике делала «березку». Перевернутое лицо было красным и сильно сплющенным от натуги.

— Здравствуйте! Присоединяйтесь к нам!

— Нет, нет, спасибо! Вам, молодым, физические усилия доставляют удовольствие, а мы от них только устаем.

Марина оскорбилась.

Может, про Федора Тучкова и нельзя сказать, что он — «молодой человек», но она-то совершенно точно молодая! Совсем молодая, она еще и не жила совсем, только училась, работала, читала свою математику лопоухим студентикам, слушалась маму и мечтала завести кошку — приблизительно с трех лет мечтала.

Кошки пока не было, и жизни тоже пока еще не было.

Разве она уже... старая?

— Мариночка, как бы нам узнать?

— Что?

— На машине или на поезде?

— Понятия не имею. Элеонора Яковлевна, прошу прощения, я собиралась в бассейн.

Никуда она не собиралась, но просто так уступать Юле молодость и спортивность не желала!

— Я вас провожу, — вызвалась Элеонора.

Пришлось незапланированно тащиться в бассейн. Хорошо хоть купальник лежал в рюкзаке, а полотенца там дают!

— Оленька так переживает этот кошмар, — доверительно говорила нежная мать, твердой рукой направляя Марину в сторону круглого здания, похожего на цирк, — и до этого не ела, а теперь совсем ничего! И не спит.

— Ей нужно к врачу.

— Ну, конечно! Но вы же знаете молодежь! Оленька ни за что не хочет признаться, что у нее есть проблемы! Врач может помочь, только если больной сам хочет излечиться, а она... Вчера она даже сказала мне по секрету, что догадывается, из-за чего утонул этот несчастный, — добавила Элеонора Яковлевна и нервно оглянулась по сторонам. Марина навострила уши. — Бедная девочка, ей кажется, что она что-то такое видела или знает...

— Что именно она видела или знает?

— Господи, да ничего она не видела и не знает! — вдруг ни с того ни с сего громко крикнула Элеонора. — У нее просто расстройство нервов!

— Чепуха какая-то.

— Ну, они встретились в магазине, — прошептала Элеонора. Марина заметила, что она просто виртуозно меняет тон — от самого громкого почти до шепота, как драматическая актриса пятидесятых годов. — В деревенском магазине. Они даже поговорили немного. Оленька мне потом рассказывала. Знаете, она как ребенок — первым делом все рассказывает матери! Ей тогда показалось...

— Что?

Тут и Марине внезапно тоже показалось. Вернее, нет, не показалось. Она своими собственными глазами — так пишут только в романах, ибо в жизни ничего нельзя увидеть чужими, — вдруг увидела, как Элеонора перепугалась. Зрачки стали поперек, рот, наоборот, округлился и произнес «ой», и даже в последний момент она поймала себя за руку, чтобы не зажать его рукой.

— Так что именно показалось?

— Ах, да ничего особенного, я вовсе и забыла что! — громко и чрезвычайно фальшиво воскликнула Элеонора. — Вы знаете, Елена Малышева в программе «Здоровье» говорила, что есть верное средство для профилактики забывчивости. В нашем с вами возрасте, Мариночка, это очень важно. Но я не помню, какое именно. Тоже позабыла, представляете?!

Марина смотрела на нее во все глаза.

— Ну вот мы и пришли. Я побегу, Оленька наверняка уже встала, может, покушает малинки! До завтрака, Мариночка, желаю вам хорошо поплавать!

И бросилась прочь, держа на отлете корзиночку, и спина у нее выражала растерянность, и свежие кудри удивленно тряслись, как будто она недоумевала, почему так глупо выдала врагу важную тайну.

Марина проводила ее глазами и потащилась в бассейн.

Она всегда делала то, чего от нее ожидали.

В отпуске обязательно нужна шляпа — и Марина

напяливала шляпу. У девочки должны быть косы — и косы были до восемнадцати лет. Девушка должна быть скромной и серьезной — девушка была скромной и серьезной. Нужно хорошо учиться и держаться с достоинством — в школе дали медаль, как породистому пуделю, в университете красный диплом, а достоинство было таким достойным, что никому и в голову не приходило пригласить ее, скажем, в кино. Настоящий ученый — это скромный труженик, и Марина скромно трудилась день и ночь и стала профессоршей.

Вечно холодная, длинная, как трамвайный вагон, комнатка с окошком с видом на тополь и на стену соседнего дома, девичья постелька — спать только на жестком, для осанки, накрываться только тоненьким одеяльцем, для самодисциплины, — старый тугодум компьютер, книги до потолка, любимая кружка и лысый от времени плед.

Однажды мать нашла у нее в ящике губную помаду. Был скандал с отречением от дома и угрозой самоубийства. Марина помаду выбросила и больше никогда не покупала. Ей тогда было тридцать два года.

Только бы теперь они — мать и бабушка — не узнали, в какую историю вляпалась их девочка! Узнают — не переживут.

Впрочем, подумала Марина, сидя на бортике и философски болтая ногой в теплой воде, и истории-то никакой нет. Только все хочется, чтоб была. И полицейский капитан в выцветших и потертых джинсах, кажется, только-только замаячил на горизонте. Правда, на нем не было вовсе никаких джинсов, а накануне вечером она была уверена, что, в сущности, он просто придурок, но сегодняшнее посещение теннисного корта заставило ее по-другому взглянуть на него.

Все-таки мужчина, похожий на скульптуру эпохи Возрождения, да еще с ракеткой в руке, да еще в кепке козырьком назад, выгодно и безусловно отличается от мужчины в гавайской рубахе и пестроцветных спортивных штанах!

Господи, о чем она думает, болтая ногой в теплой воде?! Самый умный из всех известных ей мужчин, Эдик Акулевич, похож на гриб-опенок. Шейка тоненькая, голова огромная, спина колесом, ножки тоже почти колесом. Зато гений, будущий Нобелевский лауреат, надежда отечественной науки. И маме всегда нравился, и бабушка всегда одобряла... Федора Тучкова Четвертого ни одна из них не одобрила бы!

В бассейне почти никого не было. Ранние пташки уже потянулись на завтрак, а поздние пташки еще не просыпались. В отдалении плавал какой-то незнакомый молодой мужик зверского вида, вода летела от него в разные стороны, и тетенька в целлофановом сооружении на голове то и дело шарахалась от пловца и смотрела неодобрительно, но замечаний не делала, видно, опасалась, что самой не поздоровится. В дальнем конце бассейного «зала» ровно и мощно гудел противоток, любимое Маринино развлечение. Раз уж притащилась — почти против собственной воли! — сейчас поплывет, уцепится за решетку и станет болтаться в бурлящей пузырьками теплой воде — красота!

Над головой мелькнуло что-то большое и темное, Марина втянула голову в плечи, воздух как будто дернулся, раздался громкий всплеск, вода широко плеснулась за край.

Какой-то полоумный прыгнул с разбегу, поняла Марина. Хорошо хоть на голову ей не приземлился!

Полоумный вынырнул на середине бассейна, размашисто поплыл, нырнул, снова вынырнул и оказался Федором Федоровичем Тучковым Четвертым.

Ну, конечно. И как это она сразу не догадалась?

Сейчас выдаст что-нибудь про то, что «вода чудесная».

— Почему вы не плаваете, Марина? Вода сегодня отличная!

Марина вздохнула и стала сползать с бортика в «отличную воду».

— Вы уже... наигрались?

— После обеда еще пойду. Может быть, вы тоже... хотите?

— Я не играю, Федор, — строго сказала Марина. Не хватало еще ей затесаться в очередь из потенциальных учеников следом за Геннадием Ивановичем, Оленькой и ее мамашей!

— Я бы вас научил, — сказал он задумчиво и ладонью вытер с лица воду, — у вас все получилось бы.

— Откуда вы знаете?

Он понятия не имел, получилось бы у нее или нет, и все эти заходы «про теннис» были просто заходами, потому что она вдруг понравилась ему, хоть он ничего и не планировал и теперь осторожно нащупывал почву, как именно подобраться к ней поближе, но об этом говорить нельзя. Поэтому он просто пожал плечами, хотел сказать, что у нее длинные ноги, потом решил и этого не говорить и отделался тем, что у нее «спортивный вид». Она посмотрела подозрительно, но ничего не сказала, окунулась в воду и неуверенно поплыла, как будто плохо держалась на воде. Длинные ровные ноги в голубой толще казались совсем уж длинными и ровными. Федор посмотрел-посмотрел, а потом решительно уплыл вперед.

— Как ваше колено? — спросил он, когда Марина добралась до бортика.

— Спасибо, хорошо. — По правде говоря, про колено она даже не вспомнила.

— Почему вы его не заклеили пластырем?

Марина посмотрела на свою ногу. Пластыря не было.

«Почему я ее не заклеила? Надо было заклеить. Я же ему пообещала. Я всегда делаю то, чего от меня хотят. То, что обещаю. Я никогда не делаю того, чего бы *мне хотелось*».

Федор Тучков удивился. Вид у нее был странный.

— Я просто забыла, — быстро сказала она, как будто извиняясь, и поболтала ногой в воде. — Я так хотела спать, что забыла его наклеить. Я... наклею. Правда. После завтрака.

— Да, может, шут с ней, — осторожно проговорил он, — если не болит, зачем ее заклеивать?

И правда — зачем? Незачем, получается.

— Послушайте, Федор, спасибо вам за заботу, конечно, но я вполне могу сама решить, заклеивать мне коленку или нет!

Это был прежний тон прежней Марины, и он был рад, что она вернулась — такая, какая была вчера.

— Ночью больше никуда не наведывались?

— Что?!

— Я имею в виду... по детективным делам.

— Послушайте, Федор, почему вы решили, что имеете право?

— Да ничего я не решил! Я просто спросил!

— Ничего себе просто! Вы не просто, вы как-то специально... оскорбительно спросили, потому что вам не понравилось, что я вчера ночью ходила...

— Ти-ше! Вы что, хотите, чтобы весь санаторий знал, куда именно вы ходили ночью?!

— Я хочу, чтобы вы перестали делать оскорбительные намеки!

— Послушайте, уважаемая, вам надо лечиться! Я за вас волнуюсь, честное слово. Что еще за оскорбительные намеки?!

Мимо неторопливо и важно проплыла давешняя тетка с целлофановым пакетом на голове, посмотрела в их сторону — они все стояли у бортика, — поджала губы и кивнула головой, как будто через силу.

— Видите? — зашипела Марина. — Вот чего вы добились! Отойдите от меня и не приставайте с идиотскими вопросами!

— Да ничего я не добился!

— А почему она так на нас посмотрела?

— Понятия не имею! И вам задумываться не советую!

— Вы ведете себя неприлично!

— Я?!

Конечно, давно следовало нырнуть, вынырнуть подальше и там, в отдалении, поплавать подольше и побыстрее, но он не мог себя заставить. Она пылала таким искренним негодованием, так сердилась на него — непонятно за что! — так фыркала, так сдвигала брови и послушно принимала его «подачи» и отбивала их именно туда, куда ему было нужно.

И еще ему очень не хотелось... затягивать. Он был уверен, что времени у него не слишком много.

Поэтому он поцеловал ее.

Мокрой большой рукой он взял ее под подбородок — она даже не отшатнулась, от изумления, наверное. И в самый последний момент он вдруг увидел это изумление в ее глазах, и немедленно почувствовал себя скотиной, и даже обругал себя, но останавливаться не стал, потому что все время думал о том, как он ее поцелует, потому что видел, как она ела малину, и теперь ему казалось, что он слышит запах этой самой малины, и от этого запаха у него что-то сместилось в голове, и он придвинулся к ней, взялся руками за длинные, гладкие и прохладные бока и прижал ее к себе. Она позволила себя прижать — Федор Тучков был уверен, что от удивления. И еще он был уверен, что она отпихнет его, как только он перестанет ее держать.

И ошибся.

Она вдруг вздохнула, открыла глаза, очень близкие и зеленые, обняла его за шею, и вернулась к нему, в его поцелуй, и осталась там надолго.

Он не ожидал, что это получится так... серьезно. Он хотел просто поцеловать ее, потому что невозможно было и дальше выслушивать ее сердитые тирады и думать про малину, которую она положила в рот и зажмурилась.

Теперь он понимал, что нужно отступать. Немедленно. Сейчас же. Ну!

Он прижимал ее к голубому кафелю все теснее и теснее, и ладонь находилась уже совсем близко от ее груди, и его медальон как будто вдавился в нее, и атласная непостижимо гладкая женская кожа казалась ему горячей, почти обжигала, а рыжие волосы лезли в нос и пахли странно и тонко, и он знал, что больше это продолжаться не может!

— Простите.

Он отодвинулся от нее, взялся руками за бортик и несколько секунд постоял, приходя в себя и отвернувшись от всего человечества.

Впрочем, повернуться к человечеству было никак невозможно. Это сочли бы грубейшим нарушением общественных приличий, а Матвей Евгешкин, возможно, снял бы шедеврик, посвященный безнравственности современного мира.

Тетка в целлофановом пакете на голове шла к раздевалке и все время оглядывалась, так что зацепилась за коврик и чуть не упала. Зверского вида молодой человек продолжал энергично молотить руками по воде и на Федора с Мариной не обращал внимания. Больше в бассейне никого не было. Хорошо хоть так.

Неизвестно зачем он еще раз буркнул:

— Простите. — И мельком глянул на нее. Она была ярко-розовая и во все глаза таращилась на него. Когда он обнаружил, *куда именно* она смотрит, стало совсем скверно.

Внутри головы как будто полыхнул костер. Обожгло щеки, уши и шею, и даже дышать стало трудно — так она его смутила.

— Отвернитесь.

— Что?

Глаза у нее были растерянные.

Черт побери, с кем он связался?! Она что, не понимает, что ему до смерти неловко под ее взглядом — да еще в «общественном месте»! — а он даже выйти из этого проклятого бассейна не может, а ее наивное до глупости рассматривание еще затягивает весь пикантный эпизод и не дает ему прийти в себя!

«Зачем я ее целовал?!

Давай. Быстро. Прямо сейчас. Не смотри на нее. Угомонись. Поплавай, черт тебя побери!»

Он плашмя плюхнулся в воду, взметнув небольшую волну, и поплыл, очень... активно поплыл, куда активней, чем молодой человек, который все молотил ручонками в отдалении.

Марина поняла, что еще может спастись. Вряд ли он побежит за ней.

То есть, конечно, не побежит. Зачем ему бежать за ней?

Ах, как глупо, как стыдно, неловко до ужаса! Ну что ей теперь делать? Как ей теперь на него... смотреть?

То есть, конечно, она не станет на него смотреть! Зачем ей это?!

Марина в унынии поглядела в бурлящий язык противотока и, перебирая руками, стала продвигаться к металлической лесенке. Голова болела, и собственное, ничуть не изменившееся за несколько мгновений тело казалось странно тяжелым.

Ну и что? Ну и ничего такого. Сама дура. Нужно было дать ему... пощечину, и все дела. Так непременно поступила бы мама, а бабушка-то уж точно!

«У девушки должна быть только одна забота — сохранить в целости и неприкосновенности свое женское достоинство. Нет, две. Две заботы — еще получить хорошее образование, разумеется. Все остальное — чепуха, гнусность и пошлость. Всему пошлому и гнусному необходимо давать немедленный и решительный отпор».

Федор Тучков и есть то самое пошлое и гнусное. А «немедленный и решительный» она не дала.

Господи, он так самозабвенно с ней целовался, как будто *на самом* деле хотел ее! В глубине широченной загорелой груди, под выпуклыми мышцами у него тяжело бухало сердце, звякал странный железный медальон на толстой цепочке, и плотные жесткие ноги прижимались к ее ногам, почти царапали. Она даже тихонько провела ладонью по его бедру, и мельком удивилась, потому что ощущение было странным, волнующим, непривычным, а потом, *когда она на него смотрела*, оказалось, что ноги у него заросли светлыми волосами, и почему-то — ужас, ужас, ужас! — ее это привело в восторг!

Идиотка, дура! Все о приключениях мечтаешь! Потеряла последний стыд, да еще практически на глазах у всего санатория потеряла — вон как смотрела тетка в пакете на голове! Немедленно к себе в номер, за дверь, и дверь на замок, и сидеть, не вылезая, все оставшиеся дни!

Большие руки вдруг обняли ее за талию — она в панике разинула рот, чтобы завизжать, но воздуха не было, — легко вынули из воды и подняли на бортик. С нее текло, как с мокрой кошки, и она попыталась встать, но он подтянулся, перекинул себя через край, оказался очень близко — непозволительно близко! — и не пустил ее.

— Подожди.

— Что вам нужно?!

— Подожди, пожалуйста.

Марина стряхнула воду с волос и отодвинулась от

него так проворно, как будто он был заражен проказой. Ровно шумела вода. В бассейне никого не было, давешний молодой человек исчез — она даже не заметила.

Федор Федорович Тучков Четвертый глубоко и ровно дышал, ходили полированные бока, как у лошади, только что выигравшей Зимний кубок. Марина скосила и опустила глаза, метнула взгляд и моментально расстроилась.

Ничего выдающегося. Он пришел в себя на редкость быстро.

— Послушай, — сказал Федор Тучков довольно сердито. — Если надо извиниться, я извинюсь.

— Что значит надо?

— Ну, если я тебя оскорбил и все такое. Я тебя оскорбил?

«Ну, конечно», — должна была воскликнуть она. Потом добавить: «Мы с вами больше не знакомы». Потом подняться и уйти.

Именно так поступила бы мама. Нет, мама бы еще надавала ему по физиономии.

Марина опять скосила на него глаза.

— При чем тут... это?

— Я не знаю, то или это, — раздраженно продолжил он, — я хочу тебе сказать. Ты мне... нравишься. Очень. Если тебе это не подходит, лучше скажи сейчас. Мне не двадцать лет, все свои проблемы я решу сам и досаждать тебе не буду. Ну что? Как?

— Что... как?

Что-то стало поперек горла и не давало ей дышать. Она старалась и никак не могла.

Что такое он говорит?! Что она ему... нравится?! Это невозможно! Это совершенно невозможно!

Даже Эдик Акулевич, которого она знала лет сто или двести, никогда ей такого не говорил!

— Марина. Я спросил. Ты должна ответить.

— Что?

Он вздохнул выразительно. Этот вздох означал — господи, как ты тупа и как ты мне надоела!

— Ты что, замужем?

— Нет!

— Ну, конечно, нет.

Почему — конечно, хотелось ей спросить, но она ничего не спросила.

— Ты мне очень нравишься, — решительно выговорил он, как будто спорил с кем-то. — Но я не хотел бы просто так тратить время. Или скажи мне, чтобы я проваливал к черту, или тогда уж молчи. Поняла?

Она поняла, но не сделала ни того, ни другого.

— Вчера ты был один. Сегодня совсем другой. Вчерашний меня бесил, — проскулила она, — сегодняшний мне пока... непонятен. Я... не знаю.

Он помолчал.

— Ясно. Ну, тут я ничем не могу тебе помочь. Разбирайся с ними сама.

— С кем — с ними?

— Ну, с сегодняшним и вчерашним. Больше того, хочу тебе сказать, что завтра будет завтрашний. Читала Станислава Лема? Пятничный «я» очень отличаюсь от понедельничного.

Он нес всю эту чепуху потому, что ему снова хотелось поцеловать ее, только на этот раз он был уверен, что она сбежит, и еще неизвестно, сможет ли он ее догнать и вернуть.

Они сидели на бортике и молчали. Довольно

долго. Потом она на него посмотрела, и он улыбнулся в ее растерянные глаза.

Все было ясно.

— Ты меня не бойся, — посоветовал он, еще немного помолчав.

Совет был глуп.

— Хорошо, я постараюсь, — холодно сказала она. — Федор, вы не знаете, где Вероника была сегодня утром?

Он и глазом не моргнул, надо отдать ему должное.

— По-моему, на корте. Вы, по-моему, ее там видели.

— Видела, — согласилась Марина, — но она зачем-то наврала, что пришла из дома. Зачем она наврала?

— Что значит наврала?

— Она сказала, что проспала, потом вскочила и побежала на теннис. Дед ничего не понял, так она сказала, да?

— Ну... да. Что-то в этом роде.

— Она наврала. У нее были совершенно мокрые кроссовки. От корпуса до корта асфальтовая дорожка. Если она бежала, да еще торопилась, вряд ли она забегала в какую-нибудь лужу. А кроссовки мокрые. Почему?

— Почему?

— Потому что она пришла не из дома.

— А откуда?

Теперь вздохнула Марина. Этот вздох означал все то же — как ты туп, боже мой!

— Я не знаю! Странно, что она наврала. Зачем она вам сказала, что пришла из дома? Вы ведь ее не спрашивали!

— Не спрашивал. Собственно говоря, мне совершенно все равно, откуда именно она пришла.

— Вот именно. А она с ходу заявила, что проспала, бежала и все такое. А ночью она с кем-то разговаривала. Ну, в кустах. Помните?

— Помню.

— Она говорила — уезжай, только попробуй не уехать, я не хочу, чтобы меня видели с тобой, особенно после того, что ты сделал.

— Вы все это запомнили?!

— Ну, конечно, — сказала Марина с досадливой гордостью. Сидеть на бортике было холодно и мокро. Руки покрылись мурашками, она дрожала. — Я уверена, что это имеет отношение к убийству!

— К... убийству?

— Ну да! К трупу в пруду.

Федор Федорович Тучков зачерпнул воды и плеснул себе в физиономию.

— Вы считаете, что это Вероника его утопила и пристегнула ремнем к свае?

— Да не Вероника, а тот, с кем она разговаривала. Вероника — сообщница.

— Ах, вот оно что! — поразился Федор Тучков Четвертый. — А зачем ее сообщник утопил в пруду мирного отдыхающего?

— Не знаю! Это нужно выяснить. Кстати, вы не знаете, когда он приехал?

— Кто?

— Труп. Ну то есть тот, кто впоследствии стал трупом.

— Понятия не имею. Я приехал за день до вас, они уже все здесь были.

— Кто все?

— Все, кто сидит с нами за столом. Вероника с дедом, Юля с Сережей, те двое, что были с вами, когда вы его нашли...

— Галя и Вадим, — подсказала Марина.

— Да, — согласился Федор Тучков. — Элеонора Яковлевна с дочерью, и Геннадий Иванович, и эта... с золотым зубом.

— Валентина Васильна, — опять подсказала Марина, чувствуя себя почти как та, что «написала убийство». Свое убийство она пока еще не написала, но «приключение продолжалось», и вполне в духе Джона Б. Пристли, и героиня получила в бассейне первый поцелуй героя, который под конец, возможно, окажется в выцветших и потертых джинсах, а вовсе не в чудовищной гавайской рубахе!

— Ну да. Все они уже были здесь. Может, у кого-то из них спросить?

— Нет, — решительно сказала Марина, — я уже все придумала.

— Что? — перепугался Федор Тучков.

— Я все выясню и так, спрашивать ни у кого ничего не буду.

— Как это?

— Очень просто, — объявила она с непередаваемым тройным превосходством женщины, доктора наук и профессора.

На завтрак она, конечно же, опоздала. Вся компания уже перешла к сырникам, когда Марина только приступила к омлету.

Завидев ее, Федор Тучков с другой стороны стола привстал и поклонился вежливенько. На нем были бриджи защитно-колониальнобританского стиля и фиолетовая распашонка. Волосы зачесаны назад волосок к волоску, аккуратно прилизаны в духе Матвея Евгешкина. Если бы Марина своими глазами — как пишут только в романах! — не видела Федора Федоровича почти без какой бы то ни было одежды, она могла бы поклясться, что под распашонкой располагается пузцо, а под бриджами толстые, почти дамские ляжки. И никакого мужчины эпохи Возрождения, и никаких рельефных мышц, и никакой плотной загорелой кожи. Даже щека — чуть небритая, сексуальная, твердая, пахнущая французским одеколоном, которая была так восхитительно близко, и от этой близкой щеки что-то делалось с ней такое, чему она даже названия не знала, — показалась пухленькой, почти купеческой. Неинтересной.

Как он сказал? «Пятничный «я» сильно отличаюсь от понедельничного?

Ты читала Станислава Лема?»

«Кажется, да. Кажется, читала. Только какое отношение великий поляк имеет к тому, что я целовалась с тобой в бассейне и теперь не знаю, что мне делать. Как мне жить после того, как ты поцеловал меня в бассейне?!»

Тут еще обнаружилось, что бок о бок с Тучковым Четвертым сидит Оленька, а рядом с Оленькой на столе горит свеча — очень романтично, особенно для утренней столовой. И вместо шали, в которую она все время куталась — жара не жара, солнце не солнце, — на ней легкомысленный топик, и кудри подняты и заколоты вверх кокетливо, а под столом еще есть юбка, которая распадается на две части по причине разреза, и оттуда выглядывает молочно-белая ножка.

Господи, какой ужас! Какая стыдоба! Мама больше ни за что в жизни не села бы с этими матерью и дочерью за один стол — неприлично так «завлекать» мужчину.

А подле Валентины Васильны по фамилии Зуб и с золотыми же зубами во рту помещался давешний молодой человек, который со зверским лицом молотил воду руками в бассейне. Лицо его было по-прежнему зверским. Он поедал сырники, смотрел исподлобья и был похож на классического киллера из кино — тяжелая, почти голая башка, пустые, как у ящерицы, глаза, плечищи, ручищи, ножищи и больше ничего.

— Мариночка! — радостно закричала Валентина Васильна. — Знакомься, это мой сынок приехал! Павлик! Павлик, поздоровайся с Мариночкой!

— Здрасте, — после некоторой паузы буркнул Павлик, — я вас видел. Вы в бассейне целовались. Вот... с ним.

И локтем ткнул в сторону Федора Тучкова, а сам углубился в свои сырники, а вокруг произошло молниеносное движение и нечто вроде локальной энергетической вспышки. Марина густо и страшно покраснела, Вероника ехидно заулыбалась, дед Генрих Янович посмотрел на нее строго, Геннадий Иванович лицом выразил сочувствие и понимание, бабуся Логвинова была глуховата, Юля с Сережей перестали есть тертую свеклу и уставились на Марину, Галя перестала почесывать коленку Вадима и разинула рот, а Валентина Васильна ткнула сына в бок, на что тот не обратил никакого внимания. Оленька переглянулась с мамашей. Марине эти переглядывания не сулили ничего хорошего.

Ну совсем ничего хорошего!

— Марина, вам кофе или чай? — Это дед-профессор решил разрядить обстановку.

— Чаю, если можно.

Чай был в огромном самоваре, водруженном в центр стола, а кофе в алюминиевом чайнике. Чайник стоял возле Федора Федоровича Тучкова Четвертого.

— А мне кофе, — тихо попросила Оленька, свеча возле нее дрогнула, почти невидимое в утреннем свете пламя заколыхалось. — Один глоток.

Федор услужливо подхватил чайник.

— В кофе нет калорий, — объявила Вероника, — можете пить сколько влезет, Ольга Павловна!

— Зовите меня просто... Оля.

— Просто Оля я вас звать не могу. У нас с вами слишком большая разница в возрасте.

— Вероника!

— Дед, ну что ты все деликатничаешь, ей-богу! Мы тут все свои. Верно, Ольга Павловна?

— Вы бы кушали свою кашу, Вероника, — вступила Элеонора Яковлевна неприятным голосом и раздула ноздри в сторону Марины. — Мы с дочерью сами разберемся!

Однако унять Веронику было трудно. Марина подозревала, что вряд ли вообще возможно.

— Федор, вы не знаете, где здесь лошади?

— Э-э, какие именно лошади, Вероника?

Сын Павлик отчетливо хмыкнул и придвинул к себе тарелку, но глаз так и не поднял. Но раз хмыкал, значит, эмоции его обуревали, а Марина подумала было, что он совсем деревянный, с ног до головы.

— Господи, какие! Скаковые, конечно! Мы с дедом покатались бы! А вы умеете верхом, Марина?

— Нет.

— Напрасно. А вы, Федор?

— Признаться, я тоже не умею.

— Научитесь! Это просто. А потом вот... Марину научите. Ольгу Павловну в теннис, а Марину — верхом. Ну как?

— Вероника! — прикрикнул дед.

— А что? Это так шикарно — ездить верхом. Гораздо шикарнее, чем теннис. Верно, дед?

— Не знаю. Я по шику эти занятия не оценивал. Нет-с, не оценивал!

— Оленька, ну скушай булочку! Смотри, какая булочка славненькая, с изюмом! — Очевидно, переварив сообщение о том, что Марина «целовалась в бассейне вот с этим», Элеонора Яковлевна решила следовать прежним курсом.

— Мама, отстань, я не хочу! Я вот... кофе, и мне достаточно.

Вероника достала пачку сигарет и положила ее на стол, прямо под носом у своего деда, который «гонял» ее за курево.

— Вам нужно бросить курить, — решительно объявила Юля. — Очень вредная привычка. Кстати, вам тоже, Марина.

— Вот, например, я бросил, — поделился Геннадий Иванович, — а раньше много курил, очень много. Теперь забочусь о себе, знаете ли. Годы-то уходят!

— Какие ваши годы! — воскликнула Элеонора Яковлевна. — Вы еще совсем молоды!

Марина молча ела. Чай оказался крепким, горячим, в сырниках много изюма, а омлет толстый и золотистый, тоже горячий. Ей было вкусно, и она почти не думала о том, как «опозорилась», целуясь с Федором Тучковым в бассейне.

— Ты собираешься здесь курить? — язвительно поинтересовался Генрих Янович у Вероники. — Терпежу нет-с?

— Дед, да ладно тебе!

— А вы умеете верхом, Сережа? — Это Оленька спросила, проглотив крошечный глоточек кофе.

— Ни разу не пробовал! — ответил Сережа так радостно, как будто объявлял, что стал в прошлом году чемпионом по выездке. — Знаете анекдот? У человека спрашивают, умеет ли он играть на рояле, а он отвечает...

— Сереженька, этому анекдоту лет пятьдесят, — перебила его Вероника, — а может, шестьдесят, точно установить не удалось. Так что лучше молчите.

Юля, кажется, слегка рассердилась, а сын Павлик опять хмыкнул — наверное, эмоции одолели.

— Лошади — чудесные животные, — сказал Генрих Янович. — Чайку, Валентина Васильна? Ну, как угодно. Я после войны попал на Кубань, на конный завод. Кстати, с лошадьми лучше всех управлялись цыгане. Да-да-с! Конокрады, а равных им нет, и лошади их любят. Там я верховой езде и учился. И в седле, и без седла.

— Дед, ты нам еще расскажи, как штурмовал Зимний!

— Какой такой Зимний?! — всполохнулась переставшая жевать бабуся Логвинова. — Как же Зимний, он тогда ишшо молодой был, когда яво штурмовали!

125

— Она пошутила, Ирина Михайловна!

— Я пошутила!

— От шутки какие теперя шутят! А в мое-то время за такие шутки — десять лет без переписки! А теперя что хочут, то и говорят!

— Ваденька, а мы с тобой пойдем после завтрака на лошадок?

— Не знаю, Галка.

— Мы же собирались! Мы же хотели на лошадках покататься!

— Ну покатаемся, покатаемся! Мне только по делу надо смотаться.

— Ну, господи, ну по какому еще делу?!

— Да в ментуру, — бухнул Вадик, и опять сделалось некоторое движение. Оленькин нынешний молодежный хвост затравленно вздрогнул, и полные коленки под столом тоже совершили какое-то движение. Павлик перестал жевать и посмотрел на соседа пустыми глазами ящерицы.

— Куда вам надо? — переспросила Вероника с любопытством.

— В ментуру мне надо.

— Зачем тебе, Ваденька?

— А... из-за этого, убитого.

— Какого убитого?..

— А вот которого нашла Марина Евгеньевна. Мы нашли с Мариной Евгеньевной то есть.

— Позвольте, — вступил Генрих Янович строго, — но ведь ни о каком убийстве не было речи!

— Он же, сердешный, с бережку свалился, пьяненький, — жалостливо проговорила бабуся Логвинова. Вадик энергично покачал головой и посмотрел на застольную компанию с некоторым превосходством, и неспроста. Он знал нечто такое, чего не знал никто из них, и его собственная значимость от этого знания и их любопытных взглядов стремительно вырастала, как гриб-шампиньон на куче мусора.

— Замочили его, — сказал Вадик значительно, — это я вам точно говорю. Я знаю.

— Что вы знаете?! — крикнула Вероника, и все на нее посмотрели. Она была уже с сигаретой — даже деда не побоялась! — а Геннадий Иванович держал перед ней спичку. Она закурила, и он сильно дунул, потушил спичку и сунул ее обратно в диковинный коробок с картинкой.

Профессор Генрих Янович барабанил пальцами по столу и смотрел в сторону. Замечаний не делал.

— Что вы знаете?! Что вы можете знать?! — повторила Вероника, занавесившись дымом.

— А вам-то что? — вступила Галка, почуявшая в Вероникиных словах некую «скрытую угрозу, эпизод первый», а может, второй, в адрес возлюбленного.

— Все прямо помешались на этом... утопленнике, — подхватила Элеонора Яковлевна. — Мы с Оленькой несколько ночей не спали, практически ни минуты, а вы теперь опять завели эти дурацкие разговоры!

— Пусть говорят, мама, — почти прошептала Оленька, и голос у нее дрогнул. — Я уже совсем успокоилась. Совсем...

Марина зорко следила за всем происходящим — в конце концов, это ее «приключение», и просто так она никому его не отдаст.

Откуда Вадик мог знать, что это убийство? Он ведь не находил ремня, обмотанного вокруг сваи! Или он видел, как его нашла Марина? Если видел, значит,

следил? Значит, ночью на берегу был не только Тучков Четвертый, но и еще кто-то третий?!

Третий — это Вадик?!

— А... откуда вы знаете, что его убили? — осторожно поинтересовалась Марина. — Милиционер
нам тогда сказал, что это несчастный случай! И даже
уверил нас, что...

— Уверил! — повторил Вадик презрительно и, кажется, едва удержался, чтобы не сплюнуть на пол. —
Разве им надо разбираться?! Им галочку нужно поставить, что труп, мол, не криминальный. Только
криминальный он, я это точно знаю.

— Расскажите! — попросила Вероника. Глаза у
нее горели странным блеском. — Расскажите сейчас
же, Вадим!

Он бы и рассказал, конечно, но тут оскорбилась
Галка, которую раздражал интерес профессорской
внучки к «ее мальчику», и она воспринимала этот
интерес несколько в лоб — раз пристает к нему с вопросами, значит, непременно хочет отбить у нее,
Галки.

— Ваденька, пошли лучше! Ну ты па-атом расскажешь! Ну, за обедом!

— Нет, сейчас! — крикнула Вероника и этим
окончательно испортила все дело.

Галка сию же минуту уволокла упирающегося Вадика, так и не дав ему сказать ни слова, а оставшиеся
за столом переглянулись с недоумением.

— Почему — убийство? — строго спросил Генрих
Янович у своей внучки. — Ведь об этом даже речи не
было!

— Дед, ну, значит, теперь будет! Какая разница,

было или не было! Он же явно что-то знает, этот подкаблучник!

— И-и, не скажи, милыя! Одно дело, когда пьяный свалился, а другое, ежели подтолкнул кто! Потому ежели подтолкнул, значит, сатана тут поблизости воду мутит! А с сатаною шутки плохи, плохи, ребяты! Кабы не пришлось нам отсюдова... тово...

— Ах, боже мой, да замолчите вы! Оленька чуть не плачет! Не расстраивайся, Оленька, милая! Вот сырничек вкусный, скушай и сразу успокоишься!

— Вам необходима физическая нагрузка, — сказал Сережа с сочувствием.

— Начните с прогулок на свежем воздухе, — прибавила Юля. — В парке можно и зарядку сделать.

— Я не могу, — чуть не плача, отказалась Оленька, — спасибо, но я не люблю... гулять. Я дитя мегаполиса, а не природы. Только в городе я чувствую себя хорошо, а в лесу мне... неуютно.

— Это совершенно неправильно, — Генрих Янович очень убежденно постучал по столу сухой стариковской ладонью, — нет никаких «детей мегаполиса», все это газетные выдумки! Человек вышел из леса, только в лесу он и может полноценно отдыхать. В лесу, в горах, ну, у моря! И для нас, доложу я вам, выходцев из северных болот, ничего нет лучше, чем холодное море! Да-с, холодное!

Валентина Васильна шумно хлебнула из стакана.

— Кто из лесов, а мы, к примеру, люди южные, тепло любим! Верно, Паш?

Паша по своему обыкновению ничего не ответил.

— Какие же такие южные, Валентина Васильна? Берберы? Троглодиты?

Валентина Васильна обиделась на «троглодитов» и

понесла что-то несусветное о том, что, может, кто в университетах и учился, а она хоть и не училась, а знает, что лучше места, чем Ростов, и в помине нет! Таганрог тоже ничего, но Ростов все равно лучше.

Генрих Янович ничего не понял и продолжал настаивать на своем.

Оленька вздохнула. Элеонора Яковлевна подсунула ей под нос бутерброд с маслом.

— Пошли? — деловито оглядев стол, спросил Сережа у Юли. Юля тоже оглядела — есть больше нечего, можно уходить.

— Мы в бассейн! — объявила Юля. — Кто с нами?

— Я уже была, — сообщила Марина, и Элеонора Яковлевна выразительно фыркнула.

Оленька отпихнула бутерброд и поежилась.

— Как вы можете там... купаться? Там так неуютно и холодно! Такое... ужасное пространство! И теперь, когда... здесь кто-то утонул! Я ни за что не пойду!

Сережа выбрался из-за стола.

— Напрасно. Плавание отлично действует на позвоночник!

— Мне оно действует на нервы, — отрезала Оленька.

— Федор Федорович, так вы поиграете с Оленькой? Она так хотела!

— Мама!

— Хотела, хотела, не отказывайся, пожалуйста! Я знаю твою деликатность!

— Я в любое время... так сказать, готов, — пробормотал Тучков Четвертый испуганно, — когда хотите. Вот, после обеда.

— Отлично! Оленька, ты слышала, после обеда! Во сколько, Федор Федорович?

— Скажем, в четыре. Подходит?

Марина поднялась. Как-то так получилось сегодня утром, что она не могла, ну никак не могла слышать, как Федор Тучков назначает Оленьке почти что свидание. Вчера вечером ей было наплевать, хоть бы он назначил свидание всей женской половине санатория.

— Спасибо за компанию. До свидания. Увидимся за обедом.

Тучков Четвертый неуклюже поднялся и снял с коленей крахмальную салфетку.

— Я с тобой, — сказал он Марине, и она чуть не упала в обморок, прямо возле разгромленного общепитовского стола. — Извините нас. Генрих Янович, у нас с вами в одиннадцать партия в бильярд.

— Я отлично помню, Федор Федорович!

— Я тоже приду, — пообещала Вероника.

— И я, — вызвался Геннадий Иванович.

Марина уже шла вдоль длинного ряда столов. Уносила ноги, только чтоб не видеть лиц матери и дочери.

Что он себе позволяет, этот Тучков Четвертый, несостоявшийся генерал от инфантерии?! В какое положение он ее ставит?! Что сказала бы мама, если бы узнала, что почти незнакомый мужчина заявил во всеуслышание: «Я с тобой»?

Он догнал ее в коридоре, застланном малиновой ковровой дорожкой с вытертым зеленым краем.

— Ты что?

— По-моему, мы были на «вы».

— Как угодно, можем на «вы». Почему вы смылись?

131

— Что?!

— Все, — сказал он сердито, — проехали.

Она шла впереди. Волосы, подвернутые концами внутрь, независимо и очень трогательно вздрагивали на белой шее.

Он не удержался, конечно. Он сунул руку ей под волосы. Между пальцами как будто потекла медовая, рыжая, теплая вода.

Она дернулась, подпрыгнула, обернулась и задела его грудью.

Как плохо, подумал он быстро. Совсем плохо. С этим надо что-то делать. А как это делать, если после поцелуя в «общественном месте» она таращилась на него, как девчонка, подсматривающая из кустов за старшим братом и его приятелями, и глаза у нее были дикими!

— Отпустите меня!

Он оглянулся — никого не было в длинном малиновом коридоре, — сунул нос ей в шею и подышал немного, и потерся щекой, и услышал ее запах, и губами потрогал мочку с крохотной жемчужной сережкой.

Она перестала дышать и постепенно стала розовой. Розовый цвет поднялся из-за выреза майки, затопил щеки, лоб и уши. На виске колотилась жилка.

Тут он наконец догадался — соблазнитель, твою мать, козел Мефодий!

— Что? — Он посмотрел ей в лицо. Лицо было совершенно несчастным и растерянным. — У тебя... ты что... раньше...

Он даже не знал, как это спрашивается, черт возьми, и уж точно не посреди санаторного коридора об этом спрашивать!

Он не знал, но она поняла.

— Ну да, — согласилась она горестно, как будто он уличил ее в мелком воровстве. — Никого и никогда. И в школе тоже никогда. И в детском саду. А мне тридцать пять... уже давно было, весной.

— А мне сорок два, — признался он ей в ухо, и по спине дернуло холодом. — Зимой. И всегда все было — и в школе, и в институте. А в детский сад я не ходил.

В отдалении хлопнула какая-то дверь, их шатнуло в разные стороны, и они опять пошли по коридору — отдельно друг от друга, как будто ничего важного не было сказано.

На улице он сунул ей мятую пачку, и она вытащила сигарету и робко на него посмотрела.

Федор Тучков смутился, что случалось с ним примерно раз в пятнадцать лет.

— Ты, наверное, это не куришь...

— Мне все равно. В институте студенты чем только не угощают! Ты не представляешь... ете... какое дерьмо... то есть какие плохие сигареты курят студенты!

— Не представляю, — согласился Федор Тучков. Тут он вдруг *увидел*, — своими глазами, разумеется! — как она курит со студентами на институтской лестнице, и улыбнулся.

— Садись, — он подтолкнул ее к лавочке. — Поговорим.

— О чем... поговорим?

Федор Тучков затянулся чрезвычайно глубокомысленно.

— О твоем трупе, конечно! То есть о том трупе, который ты нашла.

Почему-то Марина была уверена, что говорить он хочет совсем о другом, и ей пришлось несколько секунд собираться с мыслями.

Да-да, убийство! Ее собственное «приключение», которого она ждала всю жизнь!..

— Да, Вадик что-то знает! Как ты думаешь, он следил за нами?

Федор Тучков знал совершенно точно, что Вадик за ними не следил. За ними никто не следил. Он профессионал и отлично разбирался в таких вещах.

— Не знаю, что имел в виду Вадик. Странно другое.

— Что?

— Вчера Вероника разговаривала с кем-то в кустах у забора. Сегодня утром появился неизвестный сын Паша.

— Может быть, он ее сообщник. Или она видела, что он убил... того.

— Может быть, у них было свидание.

— Какое еще свидание! — возмутилась Марина. — Вероника никак не могла встречаться в кустах с такой гориллой! Она совсем из другой среды, это же очевидно!

— Мне не очевидно.

— А мне очевидно.

— Почему она ни разу ни о чем не спросила ни Валентину Васильну, ни Пашу?

Марина ничего не поняла.

— Что?

— Вероника говорит все время и за всех. Ей скучно, она так развлекается. Она уверена, что здесь собралась куча пожилых кретинов, и она развлекает себя тем, что непрерывно их дразнит. А Валентине

Васильне она ни разу не сказала ни слова. Ее сыну сегодня она тоже не сказала. Я пришел на завтрак раньше всех. Она этого Пашу даже не заметила, хотя не заметить его трудно.

— Ну и что?

— Я пока не знаю, но это странно. Учитывая вчерашний разговор.

Марина подумала.

— Федор, а может, они ее шантажируют?! Может, они специально для этого приехали? И этот Паша никакой не сын, а просто бандит?

Он не мог делать выводов на пустом месте. Его совсем не так учили. Поэтому он промолчал — в своих целях промолчал. Она должна ему помочь в том, чего он никак не мог сделать сам.

Немного помочь, а там он сам справится.

— Слушай, а может, Вероника все-таки убила того, которого я потом нашла? Может, он тоже был шантажистом?

— Что-то слишком до хрена шантажистов. Пардон, то есть много. Их так много не бывает.

— Откуда ты знаешь?

— В кино видел. И эта бабка очень странная. Очень.

— Какая бабка? Элеонора?

— Нет. Элеонора как раз совсем не странная. Странная Логвинова Ирина Михайловна.

Марина страшно удивилась:

— Разве она странная?! По-моему, бабка как бабка. Глухая тетеря, жила всю жизнь в деревне под Пензой, потом зять разбогател и отправил мамашу отдохнуть, вот и все.

— Замечательно, — похвалил Федор, — зятя и Пензу ты сама придумала или она тебе рассказала?

— Придумала, — насупившись, сказала Марина.

— Ты все хорошо придумала. Кстати, зять из Пензы как раз единственное, что можно придумать, когда на нее смотришь. А у нее на руках маникюр. Не заметила?

Марина покачала головой.

— Или зять перед санаторием ее сводил в маникюрный салон? И в каком салоне могут отчистить руки, которые последние шестьдесят лет копались в земле?

— Господи, — пробормотала Марина, — бабка-то тут при чем?!

— Она странно говорит.

— Почему?! Федор, ты... куда-то не туда заехал! Она говорит по-деревенски, только и всего.

Он потушил сигарету и посмотрел в небо, жарко сиявшее над голубыми елями. Глаза у него оказались ореховые, светлые, чуть золотистые, и зрачки — с булавочную головку.

— Она говорит так, как говорил бы я, если бы мне пришла фантазия играть деревенского деда. Так говорят в кино.

Марина растерянно молчала.

Ни на бабусю Логвинову, ни на Валентину Васильну с ее сыночком она почти не обратила внимания. Нервная Вероника и Вадик, каким-то образом догадавшийся об убийстве, интересовали ее гораздо больше. И еще Юля с Сережей.

Но тут Федор Тучков опять сбил ее:

— А как Элеонора оказалась утром возле корта?

— Да никак! — с досадой, потому что он уводил ее

непонятно куда от ее правильных «детективных» мыслей, воскликнула Марина. — Она ходила за малиной для Оленьки. Ты что, не знаешь? Оленька плохо кушает.

Федор Тучков покосился на нее и достал еще одну сигарету.

— Куда ходила? В деревню?

— Да.

— Дорога к воротам с другой стороны санатория. Или она лезла через забор?

— Не знаю. Наверное, нет. Вряд ли она лезла.

— Да. Вряд ли. Значит, она вернулась и вместо того, чтобы отнести корзину в номер, почему-то пошла вокруг, дошла до корта, и дальше. С тобой. Почему она пошла с корзиной?

Марина молчала, только смотрела на него.

— Геннадий Иванович не курит, о чем объявил всем с гордостью. Откуда у него в кармане спички? Он что, разводит здесь костры?

Все это были какие-то дурацкие мелочи, о чем Марина так и сказала Федору Тучкову.

— Подумаешь, спички! Может, он их на всякий случай носит! Вдруг придется что-нибудь зажечь!

Федор вздохнул — она уже отлично знала эти его вздохи.

— Ты, часом, не носишь в кармане спицы?

— Какие спицы?

— Ну такие... на которых вяжут.

— Зачем?

— На всякий случай. Вдруг придется что-нибудь связать.

Марина страшно обиделась:

— Вчера ты говорил мне, что я сошла с ума, когда

я рассказала тебе про ремень и убийство! А сегодня навыдумывал неизвестно что!

— Я не говорил тебе, что ты сошла с ума.

— Говорил.

— Нет.

— Говорил.

— Нет. Я говорил, что это вряд ли возможно. Но теперь я... изменил свою точку зрения.

Марина фыркнула — скажите, пожалуйста, и точка зрения у него есть! Это ее «приключение», и она никому его не отдаст. Она сама во всем разберется. В конце концов, именно она первая поняла, что это убийство, а никакой не несчастный случай!

— Как бы узнать, зачем Вадим собрался в милицию?

— Никак, — сказал Федор Тучков довольно равнодушно и нагнулся, чтобы почесать лобастую пыльную кошку, которая вылезла из кустов и теперь терлась о его ногу.

Когда он нагнулся, с шеи свесился странной формы медальон, похожий на две железки, надетые на толстую цепочку. Он поймал железки и закинул за воротник фиолетовой распашонки.

— Ты можешь пойти и спросить, зачем ему надо в милицию. Выслушать ответ и оценить, правда это или выдумки.

Марина помолчала. Сигарета была невкусная, пахла незнакомым дымом и немного Федором Тучковым, очевидно, потому, что он курил именно такие сигареты. Этот запах у самых губ нервировал ее. Не надо было брать у него сигарету.

Заскрипела высокая ореховая дверь, блеснула на

солнце длинная латунная ручка, и показалась бабуся Логвинова. Ясное дело, с пакетиком.

— Кысь, кысь, кысь, — бодро произнесла бабуся и прищурилась на Марину с Федором. — Сидитя, голубки? Воркуитя? Ну воркуйтя, пока дело молодое! Кысь, кысь!

— А вы... откуда приехали, Ирина Михайловна? — вдруг спросила Марина.

— С-под Архангельска я, Мариночка. Село Мокша, не слыхала? Тама Логвиновых тринадцать семей! Знатное село, большое, а раньше-то еще больше было, до войны когда! Много робят рожалось, не то, как щас! Все боятся! Родить боятся, от жисть какая! Измельчал потому народ, Мариночка! Да и конец света близехонек! Батюшка Ферапонт как зачнет про конец света говорить — страсть! Так и дереть мороз, так и дереть, до самых мослов!

— Вы не расстраивайтесь, бабуся, — утешил ее Федор Тучков. — Хотите цитатку?

— Каку... чинарку?

— Очень она нам с вами подходит. — Федор посмотрел на елочки, как будто вспоминая. В булавочных зрачках горели золотые искры. — «Нет и не было от начала мира времени худшего, чем то, в котором не посчастливилось жить нам. Разврат, разложение, упадок во всем — не только в науках и ремеслах, но и в душах человеческих, погрязших в пороке, утопивших в грязи все, что светлого было дадено богами. Недалек тот час, когда наш мир погибнет и на смену ему придет другой, гораздо более совершенный, а человечество будет наказано и канет навсегда».

— Свят, свят, — перекрестилась бабуся Логвинова. Марина молчала. Федор Тучков затянулся в последний раз и решительно потушил окурок. Потом посмотрел, но почему-то не на бабусю, а на Марину.

— Этой цитате две с половиной тысячи лет. Один великий грек писал письмо другому великому греку. Он был уверен, что конец света вот-вот настанет, и ошибся. Так что все ошибаются, не только батюшка Ферапонт, дай бог ему здоровья.

Высказавши все это, он взял Марину за руку — его ладонь была горячей, как будто он сильно волновался, и потащил ее за собой, оставив недоумевающую бабусю наедине с нахальной лобастой кошкой, которая вечно прикидывалась голодной.

До двенадцати у Марины были «процедуры» — массаж, ванна и какие-то электрические примочки на позвоночнике. Она покорно вынесла все, думая только о Федоре Тучкове Четвертом и том, что теперь с ней будет — после того как он сказал ей, что она ему нравится, а она сказала ему, что у нее никогда в жизни никого не было!

Нравится. Какое учтивое, старомодное, гимназическое слово!

Вот барышня, а вот молодой человек, и она ему нравится. Он ей тоже нравится.

Есть еще слово «ухаживать». Может быть, теперь он станет за ней ухаживать? Марина понятия не имела о том, как это делается. В голову лезла какая-то ерунда — Дон Гуан под балконом с гитарой и шпагой, веревочная лестница, кирпичная стена, чугунная решетка, красная роза, тайный соперник, ночная дуэль...

Кажется, нынче ухаживают как-то не так. Тогда как? Как?!

Хорошо, что мама не знает, что дочь волнуют такие вопросы. Что дочь «опустилась». Что «позволила обращаться с собой неподобающим образом». Что «опозорилась» — целовалась в бассейне, а потом еще почти поцеловалась в коридоре, а потом он тащил ее за руку, и огненная кровь от ладони моментально растеклась по всем ее жилам, и зажгла сердце, и затуманила голову.

Или все это просто игра? Игра на какой-то непонятный интерес, как метаморфоза с его переодеваниями. Ну не может же он не знать, что выглядит во всех этих одеждах ужасно, — и зачем-то их носит. Зачем? По правилам какой-то игры, которая неизвестна Марине. Она не умеет играть, она никогда не играла, она непременно допустит какой-нибудь просчет — и проиграет!

Она не умеет обращаться с мужчинами. Единственным мужчиной в ее окружении был Эдик Акулевич, очень умный, с тихим голосом, влажными руками и привычкой носить в холодное время года в нагрудном кармане дольку чеснока — «для профилактики простудных заболеваний», так это называлось. «Профилактика» ужасно воняла.

Ни медальона на толстой цепочке, ни выпуклых плеч, ни плотных зубов, ни ореховых с золотом глаз, ни теннисной ракетки «Хэд» в широкой горячей ладони.

Женщинам тридцати пяти лет, должно быть, от души наплевать на все эти... внешние проявления, строго сказала себе Марина. Она уже в таком возрасте, когда первым делом в мужчине ее должны привлекать интеллект и отсутствие геморроя.

Горячая вода бурлила в огромной санаторной ванне, пузырьки взбирались по спине и по бокам, приятно лопались на коже. Марина подняла розовую нагревшуюся ногу и посмотрела так и эдак. Нога как нога. Интересно, какие ноги нравятся Федору Тучкову Четвертому?

Следом за ногами ей вдруг подумалось о чем-то таком непристойном, что пришлось быстро сесть в ванне и взяться руками за щеки. Вода буйствовала вокруг, валила на спину.

Нет, она не станет о нем думать. Может, он совсем не это имел в виду, когда говорил, что она ему нравится! Может, она нравится ему как-то не так, а, например, по-другому! Как друг.

Друг. Очень хорошо.

Она отличный друг. Эдик Акулевич может это подтвердить. Любовницей она никогда не была, а другом — всю жизнь.

Мама говорила, что любовь очень быстро уступает место дружбе, так что лучше с ней и не затеваться, с любовью, а перейти, так сказать, сразу к основному блюду. Мама говорила, что Марина так «преуспела в жизни» именно потому, что не тратила время ни на какие «глупости». Мама говорила, что мужчине необходимо «давать отпор», иначе дело плохо — он захватит, подавит оборону, и всю оставшуюся жизнь придется посвятить ему и его скотским интересам.

Федор Тучков казался странно «своим», как будто давно и хорошо знакомым. Или биологические ритмы у них так совпали, что ли? Ей нравился его запах, его поцелуи — один, один поцелуй! — и, черт возьми, волосы на ногах! Он смешно прихлебывал чай, но это было именно смешно, а не противно.

Она не чувствовала в нем... врага, как во всех мужчинах до него. Даже коллеги-преподаватели вызывали у нее только брезгливую настороженность. Все-то она всегда замечала — кто и куда ткнул окурок, кто как ест сиротские бутерброды из сиротских промасленных бумажек, кто как сморкается, закуривает, причесывается, пахнет, — и все это было отвратительно.

Сегодня выяснилось, что Федор Тучков — весь, с головы до ног, — ей приятен, и она только и мечтает о том, как бы его потрогать или чтобы он ее потрогал. Подержаться за него, вытащить из-за воротника лиловой распашонки странный нагретый медальон и рассмотреть его хорошенько, а потом еще посмотреть, какая у него кожа в сгибе локтя, и потереться о твердую, чуть заросшую щеку, и замереть, и ждать, что будет дальше.

Дальше будет катастрофа, мрачно решила Марина, вытираясь.

Я вернусь домой, и мама все поймет — с первого взгляда! — и бабушка все поймет, и они перестанут меня... уважать. Они единственные, кому я по-настоящему нужна. Федору я не могу быть нужна, это уж точно.

В ее «люксе» было уже чисто и пахло полиролью — горничные здесь старались на совесть. Марина откинула белую занавеску и распахнула балкон — солнце, отразившись от чистого стекла, ударило по глазам, и она радостно зажмурилась.

День разогревался, расходился, небо от края до края наливалось жарой — ах, как Марина любила июль! Нужно будет сходить в деревню и купить себе лукошко малины. Поставить на стол, заварить кофе, брать ягоды, по одной класть в рот и жмуриться от их прохладной сладости.

Тут она некстати вспомнила, как Федор Тучков смотрел на нее, покуда она таскала ягоды у Элеоноры Яковлевны, и так ей стало стыдно и вместе с тем весело, что она засмеялась и взялась за щеки.

Потом она, конечно, сказала себе, что это неприлично, и прикрикнула на себя и даже притопнула ногой, но настроение стало отличным, как она ни старалась его себе испортить.

Тогда она достала сигарету и закурила, стараясь — непонятно перед кем — выглядеть строгой и неприступной. Наверху, над ней, вдруг что-то загрохотало, как будто бабахнула балконная дверь, и все смолкло. Марина посмотрела вверх.

Снова загрохотало, и Вероника прямо у нее над головой почти прорыдала:

— Я не хочу ничего слушать!

Что-то невнятно ответили, Марина не разобрала, что именно.

— Я не буду слушать! Это моя жизнь, и я проживу ее как хочу! Как мне нужно!

Голос звучал так близко, что Марина отступила поглубже, почти к самой стене, опасаясь, что Вероника ее увидит.

Увидит и решит, что Марина Евгеньевна специально подслушивает. Впрочем, она и вправду «специально» подслушивала, приказав хорошему воспитанию и порядочности заткнуться и не вмешиваться.

Дед Генрих Янович говорил из комнаты, негромко и, как показалось Марине, презрительно. «Сталинский ампир» строился на совесть — толстые глухие стены, высокие потолки, — подслушать, что происходит за стеной, невозможно. Марина слышала только Веронику, которая была на балконе.

— Ты не смеешь меня упрекать! Не смеешь! Послушай, что ты знаешь обо мне?! О моих... проблемах?! О моих делах?! Ты даже не знаешь, в какой переплет я попала, а советы даешь! Какие-то идиотские бессмысленные советы!

Дед что-то глухо проговорил из-за стены.

— Нет, не буду! Потому что я во всем разберусь сама! Да, сама, и мне не нужна твоя благотворительность! Зачем ты издеваешься надо мной?! Что я сделала плохого, что вообще я всем вам сделала плохого?! Почему никто, никто меня не жалеет?!

Опять длинный ответ, из которого Марина не разобрала ни слова, а ей так нужно было услышать, что именно говорит дед Генрих Янович. Она даже приложила ухо к теплой белой стене в надежде, что хоть так сможет что-нибудь разобрать.

Нет, ничего не слышно.

— Не смей так со мной говорить! Я не подзаборная девка! Попробуй только еще раз меня оскорбить, и я... я... — Тут Вероника так тяжело и бурно зарыдала, что Марина перепугалась, отлепилась от стены и стала заглядывать наверх, вытягивая шею.

Очевидно, невидимый собеседник опять что-то сказал, но Вероника все рыдала, никак не могла остановиться.

«Господи, — думала Марина, — я должна ей помочь. Как же мне ей помочь? Подняться на один пролет, постучать в дверь и сказать, что я пришла за солью или спичками?!»

— Ну хорошо, — вдруг отчетливо произнесла Вероника. Голос у нее как будто вибрировал от напряжения. — Я сделаю так, как ты хочешь. Но знай, моя смерть будет на твоей совести. Только на твоей. Ты сможешь с этим жить?

Воцарилась тишина.

Марина замерла.

Наверху долго молчали, потом снова бабахнула дверь, и как будто вернулись летние звуки, перепуганные Вероникиными рыданиями, — воробьиная возня и бодрое чириканье, ленивый шелест листьев, отдаленные детские голоса.

Смерть? Какая еще смерть? Еще одна смерть?

Сигарета догорела до фильтра и погасла, испустив белый дымок. В книжках про энергетические поля и потусторонний мир именно так изображались человеческие души — тоненькая струйка, устремляющаяся в небеса.

Что-то странное здесь творится, подумала Марина вчерашними словами Федора Тучкова. Что-то странное и, кажется, опасное.

Она должна немедленно его найти. Найти и рассказать про Веронику.

Осторожно и быстро, стараясь не топать, она вернулась в комнату, захватила рюкзак и вышла в коридорчик, где были всего две двери. Номера «люкс» — для удобства гостей класса «люкс» — располагались по два на этаже.

Марина сбежала по лестнице, на ходу улыбнулась администраторше, которая проводила ее странным взглядом — должно быть, и до нее дошло, что «отдыхающая из пятнадцатой» целовалась с кем-то в бассейне!

Четкая тень от угла дома лежала на чистом асфальте. Марина перешагнула границу и подняла к солнцу нос. Как она любила июль!

Вчера произошли два странных события, связанных с Вероникой. Первое — девчонка очень волновалась и пристала к Марине как банный лист, чтобы та рассказала ей «про труп», и утащила ее на скамейку за елочки. Потом был еще разговор непонятно с кем и непонятно о чем. Марина тогда подумала, что она говорит про утопленника, а сегодня решила, что девчонку кто-то шантажирует.

Вполне возможно.

Кстати, сын Паша — еще неизвестно, кстати, сын ли это! — очень подходит на роль шантажиста. Вчера его не было, ночью Вероника тайно с кем-то встречалась, а сегодня за завтраком он появился и ни разу ни с кем не заговорил!

На чем он приехал? Поезд приходит раз в неделю. Вчера был «непоездной день», это Марина знала точно. Значит, на машине? Откуда? Из Москвы за четыреста километров? Или из районного центра, до которого километров сорок?

На корте Федора Тучкова не оказалось. Одна площадка была свободна, на второй пытались играть два неопытных юнца. Федору Тучкову они и в подметки не годились.

Утром произошло еще одно странное событие и тоже связанное с Вероникой.

Она пришла на корт в мокрых кроссовках и зачем-то объявила, что пришла прямо из дома, очень торопилась, проспала и все такое.

Зачем она наврала? Кому какое дело, откуда она пришла?

Опять встреча с таинственным шантажистом? Выходит, шантажист шантажировал ее и вечером и утром.

Тучков Четвертый наверняка сказал бы — что-то слишком до хрена. Пардон, то есть слишком много, поправился бы он потом, вот бы как он сделал!

В бассейне его тоже не было — напрасно Марина старательно заглядывала в стеклянные двери. Да! У него же «партия в бильярд» с Вероникиным дедом!

Марина повернула обратно и быстро пошла к главному зданию.

Для того чтобы сократить путь, идти пришлось через лес, по узкой, с растрескавшимся асфальтом дорожке, где она давеча упала, а потом они с Федором Тучковым Четвертым подслушали невероятно странный разговор Юли и Сережи. Федор отмахивался от комаров и сетовал на то, что не захватил никаких «защитных средств», и, кажется, не придал странному разговору никакого значения. Теперь, увидев сына Пашу, Марина была готова с ним согласиться. Пожалуй, Юля с Сережей могли разговаривать о чем угодно — совсем не обязательно об убийстве!

Паша с Валентиной Васильной на роли убийц и шантажистов подходили гораздо больше. Они были даже... похожи на убийц, какими их показывают в кино. Особенно Паша с его бритой башкой и отсутствующим взглядом ящерицы. Интересно, на чем он приехал и откуда? Как бы узнать?

Марина бежала по дорожке и быстро соображала.

Может, подкупить сторожа на стоянке? Или заключить с ним пари, как в пьесе Джона Б. Пристли или рассказе Артура Конан Дойла?

Вы заключаете пари с хозяином бакалейной лавки, что куропатка, поданная к обеду, была подстрелена во Франции, а он вытаскивает гроссбух и убедительно доказывает, что куропатка-то была коренной англичанкой! Вы платите ему три шиллинга — или полсоверена, в зависимости от отношения автора к бакалейщику! — и получаете возможность ознакомиться с записями, которые, конечно, не имеют отношения к родословной несчастной куропатки, зато прямо указывают на преступника.

Тут Марину внезапно осенило. Она даже приостановилась. Ну, конечно! Гроссбух! Как же она раньше не догадалась! Федор Тучков Четвертый будет просто поражен, когда она с небрежным видом расскажет ему, как именно все было! Ну, даже если не все, то главное она уж точно узнает!

Нет, не может быть, чтобы Вероника была их сообщницей. Скорее жертвой, как и тот несчастный, которого они утопили в пруду и привязали его бессильные руки к склизкой свае, чтобы он не смог всплыть.

Марина вынуждена была приостановиться и несколько раз с силой вздохнуть. Мысль о трупе взволновала ее гораздо сильнее, чем ей хотелось. Федор Тучков ничего не должен об этом знать. Для него она — спокойная, хладнокровная и уверенная в себе, чтобы он даже думать не смел, что может запросто смущать ее поцелуями и обращаться с ней, будто она такая, как все — как Оленька, к примеру!

Хладнокровная! Не смешите меня! Разве *настоящая женщина* позволила бы так обращаться с собой, как Федор «обращался» с ней в бассейне! Разве она, эта настоящая, позволила бы ему потом называть себя на «ты», и совать руку в волосы, и держать сзади за шею! У Марины вдруг похолодела спина — то его движение было волнующим и очень интимным, как будто он имел на нее некое неоспоримое право или что-то о ней знал такое, чего никто, кроме него, не мог знать. Это было интимнее, чем поцелуй. По крайней мере Марине так показалось. Может, от неопытности?

Разве *настоящая женщина* тридцати пяти лет может ни с того ни с сего признаться мужчине в том, что у нее «никогда и никого»?! Господи, что будет с ней, Мариной, если мама узнает? Она узнает и умрет от горя, и бабушка умрет от горя, и в их преждевременной кончине будет виновата только она сама.

Ужас какой-то.

Дорожка вильнула в заросли бузины, и прямо перед Марининым носом совершенно неожиданно оказались две спины — Вадима и Галки. Марине даже пришлось притормозить, чтобы не уткнуться носом в молодого человека. Вот была бы история. Ревнивая Галка, пожалуй, и физиономию может расцарапать.

— А я тебе говорю, что это она! — громко говорил Вадим.

— Ваденька, этого не может быть! Просто не может быть!

— Да точно она! Ну я-то лучше тебя знаю!

— Ну как, как она могла оказаться здесь?! Ты что, говорил ей, куда поедешь?

— Ты че? С ума сошла? Жена до сих пор думает, что я в этой... как ее, блин... Алуште!

Марина знала, что подслушивать нехорошо — кажется, в последнее время она только и делает, что подслушивает! — и стала ступать осторожно, чтобы услышать еще немного.

— Ну и успокойся! Тебе все показалось.

— Да ничего мне не показалось, я же не безумная баба! Это она. Черт возьми, теперь все расскажет! Что я должен делать?!

— Все равно все узнают! — злым голосом перебила его Галка. — Какая разница, сейчас или когда! Если сейчас, может, это даже и лучше.

— Это тебе лучше! А мне... лучше, чтоб никто, ни одна живая душа!

Тут Галка, обладающая женской интуицией, оглянулась и оказалась нос к носу с Мариной. Та немедленно заулыбалась фальшивой улыбочкой.

— Здрасте, — пробормотала Галка ошалело. Вадим подпрыгнул как ужаленный. Марине показалось, что глаза у него загорелись нехорошим огнем.

Марина перепугалась — вокруг молчал васнецовский лес, казавшийся странно глухим, как будто до человеческого жилья было по меньшей мере километров сорок, — и понесла нечто несусветное:

— Здравствуйте. Можно я... мимо вас пробегу? Я так тороплюсь, у меня еще партия в бильярд, то есть в теннис, Вероника просила не опаздывать, а я решила прогуляться и теперь точно опоздаю. Как вы думаете, она меня дождется или убежит? Я хорошо играю в бильярд, а вы?

— Мы не играем, — отрезал Вадим, разглядывая ее все подозрительней. Кое-как Марина протиснулась мимо них и бросилась вперед. Ушибленная нога не нашла лучшего времени, чтобы полоснуть по всем нервным окончаниям хлесткой — до слез — болью. Преодолевая себя, Марина еще прибавила ходу, а потом оглянулась. Двое стояли на дорожке и смотрели ей вслед.

Струсив, Марина свернула с дорожки и заковыляла к белому санаторному корпусу прямо через заросли бузины и орешника. То ли бузина, то ли орешник оставляли на майке длинные и тонкие белые нити, похожие на слюни. Марина брезгливо отряхивалась. Пожалуй, она тоже «дитя мегаполиса», как Оленька. Нет, лес — это замечательно, но только когда он не оставляет слюней на твоей любимой майке!

В бильярдной Федора Тучкова не было. В помещеньице, прокуренном до такой степени, что даже от стен несло застарелым табачным духом, в густых и душных сигаретных облаках двигались несколько патлатых юнцов, изображающих на лицах пресыщенность и недовольство окружающим миром — в пятнадцать лет почему-то считается шикарным быть пресыщенным и недовольным.

Куда делся Тучков Четвертый?! Куда запропал?

Он может быть где угодно. На процедурах — что там ей думалось про мужчин эпохи Возрождения и геморрой?! На романтической прогулке с Оленькой и ее романтической мамашей. Он может читать газету, пить в баре кофе, дремать на теплой лавочке, играть в шахматы с Генрихом Яновичем. Он может делать все, что ему заблагорассудится, и с чего это она взяла, что вот так, быстро и просто, найдет его и выложит все, что знает, а он станет внимательно и сочувственно ее слушать!

Очень удрученная, Марина проковыляла мимо администраторши, нацелившей на нее остренький нос и впервившей цепкий взгляд, и поднялась по узкой деревянной лестничке.

Из холла доносились какие-то равномерные постукивания, и Марина подумала равнодушно, что кто-то, наверное, вешает в своем номере картину. Для красоты.

Никто не вешал картину — это выяснилось, когда Марина вошла в холл. Федор Тучков Четвертый стоял у нее под дверью и равномерно в нее стучал.

Сердце подпрыгнуло, перекувыркнулось, приземлилось, и оказалось, что приземлилось не на то место, где было раньше. На этом новом месте сердцу было неудобно, оно дергалось и трепыхалось, подгоняя кровь к щекам.

— Вы... ко мне? — глупо спросила Марина, и он оглянулся.

— Мы к вам.

Они помолчали, рассматривая друг друга.

Ему было неловко, что она его «застала». Он стучал уже минут десять, как дурак. Он все хотел остановиться и никак не останавливался, только стучал и думал, где она может быть? Куда делась? Где он теперь должен ее искать?

— Может, мы войдем?

— Ку... да?

— К тебе в номер, разумеется. Можно ко мне, конечно, но ты же шла к себе.

Марина открыла дверь, и Федор Тучков Четвертый галантно пропустил ее вперед.

— Я тебя искала.

— Я тебя тоже искал.

— Зачем?

— Затем.

Сердце все кувыркалось. Никто и никогда с ней так не разговаривал. Она профессор, «состоявшийся

153

человек», умница, хоть и не красавица, мама учила ее «правильно ориентировать себя в жизни», и Марина послушно «ориентировала» — в плеере у нее всегда стояла кассета Вивальди и никогда группы «На-На», а в сумке лежал Ричард Бах, а не какая-то там «история с убийством»!

В ее жизненной орбите нет и не было человека, который на вопрос: «Зачем?» мог ответить: «Затем».

Выходит, появился?

Выходит, это и есть полицейский капитан в выцветших и потертых джинсах?

— Кофе? — ненатуральным голосом спросила Марина.

— Зачем ты меня искала?

Он бросил ей спасательный круг, за который она немедленно уцепилась.

— Мне нужно тебе рассказать. Вероника... ты знаешь, она плакала и говорила, что ее смерть будет на его совести, а потом еще Вадим и эта его Галка говорили, что это точно она, и она теперь все расскажет, и я испугалась, вдруг он понял, что я все слышала, а я...

— Стоп, — приказал Федор Тучков несколько жестче, чем следовало бы. Профессорша послушно замолчала на полуслове.

Он неприязненно смотрел в сторону, изучал пейзажик на белой стене, и вид у него был такой, как будто пейзажик до крайности ему не нравится.

«Она не виновата, что ты решил было, что она взялась тебя искать просто потому, что ей... захотелось тебя увидеть.

Вот до чего ты дошел — в твоем-то почтенном возрасте!»

— Давай еще раз. Чья смерть, на чьей совести, кто плакал, кто понял и кто слышал. Хочешь?

И достал из кармана леденец «Взлетный», подумал немного и предложил ей. Марина посмотрела и отказалась. Тучков Четвертый сунул леденец за щеку, откинулся на спинку кресла и вытянул ноги в колониальных бриджах.

...А может, он и не капитан вовсе? Может, нет и не будет никаких выцветших и потертых джинсов?

— Вероника плакала на балконе. Я курила и все слышала. Она кричала, что сама во всем разберется, что не даст никому вмешиваться в свою жизнь. Что никто не смеет давать ей советов. Что никому не сделала ничего плохого, что ей не нужна благотворительность. Еще она сказала, что дед над ней издевается.

— Она так и сказала — дед? — перебил ее Тучков Четвертый. Слушал он очень внимательно.

— Нет. Просто прокричала: «Не смей надо мной издеваться», или что-то в этом роде. — От сочувствия к бедной запутавшейся Веронике у Марины даже слезы выступили на глазах. Она всегда жалела бедолаг-студентов и, хотя слыла «строгой, но справедливой», частенько делала им всякие поблажки — то мелкие, то крупные, в зависимости от степени бедственности положения.

— А ты точно слышала, с кем именно она разговаривала?

— Ну с кем она могла еще разговаривать! С дедом, конечно.

— Почему — конечно? Она могла с кем угодно разговаривать. В котором часу это было?

Марина подумала.

155

— Наверное, сразу после двенадцати. Я пришла с процедур и курила на балконе.

— До пяти минут первого мы с дедом играли в бильярд. Но это ничего не означает. Отсюда до бильярдной две минуты ходу.

— Ну и что?

— Дед мог проститься со мной и пойти скандалить с внучкой. А мог остаться на лавочке перед корпусом. Или пойти гулять. Или плавать. Ты же не видела, что это именно он, и не слышала его голоса, правильно?

— Ну... почти не слышала, но это он, Федор!

— Почему? Из чего это следует?

Это на самом деле ни из чего не следовало. Марина осеклась. Он был прав.

— Да, — согласился Федор Тучков, хотя она молчала, — вот именно. К ней в номер мог прийти кто угодно, как я сейчас пришел к тебе. Хоть Геннадий Иванович. Голос был мужской?

На этот вопрос Марина могла ответить совершенно точно:

— Да.

— Значит, еще Вадик, Сережа и сын Павлик. Правильно?

Марина посмотрела на него, такого вальяжного, такого... развалившегося в кресле.

— И еще вы, Федор. То есть ты.

— Молодец, — непонятно похвалил ее Федор. — Все правильно. Но не я. У меня есть алиби.

— Какое алиби?

— Классическое. Я сыграл еще одну партию после того, как Генрих Янович ушел. С охранником Колей. Он от безделья совсем изнемог, ну, мы и гоняли шары еще с полчаса. Ты можешь у него спросить, он все время смотрел на часы, боялся, что придет проверяющий. Я вышел из бильярдной в половине первого и поднялся... к нам в холл.

К нам. Оказывается, у «них» есть свой холл.

— Вадик тоже не мог. Через две минуты после этого я его встретила в парке. Он шел с Галкой. Он не мог туда внезапно прибежать.

— Почему?

— Потому что было видно, что они гуляют уже... давно. Понимаешь?

— Понимаю, — согласился Федор. — Значит, Геннадий Иванович, Сережа и Павлик.

— В санатории еще триста человек.

— А может быть, пятьсот.

— Вот именно. Она могла разговаривать...

— Не могла, — перебил Федор Тучков. — Я тебе уже говорил. Ей кажется, что она попала в дом престарелых. Дети четырнадцати и пятнадцати лет ее интересовать не могут. Никакой... молодежи здесь нет. Она разговаривает только с нами и то потому, что мы ее забавляем. Кстати, надо бы выяснить, зачем она вообще сюда приехала.

— Как зачем?! Отдыхать!

— Девушки ее возраста и общественного положения, — назидательно сказал Федор Тучков, — отдыхают в Турции, в клубе «Four Seasons» и там, не приходя в сознание, катаются на водных лыжах и летают на парашютах.

— Что такое клуб «Four Seasons»?

— Это такое специальное место. Питомник для райских цветов.

Марина немного подумала. Упоминание о райских цветах, из которого следовало сделать вывод, что сама Марина на такой цветок никак не тянет, ее задело.

— Как это выяснить?

— Что именно?

— Ну, зачем она приехала?

Федор Тучков Четвертый посмотрел на нее внимательно.

Она вступила на территорию, на которую он старательно и незаметно ее заманивал, на которой только она и могла быть ему полезна. Теперь следовало не торопиться, чтобы не спугнуть ее и заставить действовать в своих интересах.

— Ты можешь попробовать с ней поговорить, — сказал он осторожно. — Между вами, девочками. Вероника — натура импульсивная. Может, она тебе и расскажет... что-то интересное.

— Я попробую, — тут же согласилась Марина.

Его взяла досада — на себя.

Вот как. И не пришлось ничего выдумывать. Она так увлеклась своим «детективом», что, сама того не зная, готова ему служить. Один раз уже послужила — нашла ремень. Вряд ли она понимала, какую важную улику обнаружила, но он-то точно знал, насколько она важна!

Марина походила по комнате и присела на край дивана, довольно далеко от него.

— Вадик говорил Галке, что это «она». Я не поняла, про кого они говорили. Я только слышала, что это «она» и теперь все станет известно! Да, и еще, что жена думает, что он в Алуште, а теперь все откроется. Федор, я уверена, что «она» — это Валентина Васильна. Если они с Пашей шантажируют Веронику, может, они и Вадика шантажируют, а? Может, они знают, что он приехал не с женой, а с любовницей, и угрожают все рассказать жене?

— Даже слепому ясно, что он приехал не с женой, а с любовницей, — пробурчал Тучков Четвертый. — У нее на лбу написано, что она любовница, а не жена.

— На лбу? — переспросила Марина.

— Угу.

— А в милицию он зачем собрался? Откуда он узнал, что покойника... утопили?

— Да, — согласился Федор Тучков, — непонятно. И еще непонятней, почему он в милицию так и не пошел.

— Откуда ты знаешь, что он не пошел?

— По-моему, ты его видела в парке, а не в милиции.

— Может, он уже был там и вернулся!

— Сорок километров до райцентра и столько же обратно. Итого, восемьдесят. Написать заявление. Дождаться, чтобы его зарегистрировали. Ответить на вопросы. На это нужен целый день. Он сказал Галке, что они не пойдут кататься на лошадях, потому что ему надо в милицию, и они отправились в парк гулять.

Марина почесала нос. Ее личное «приключение», кажется, набирало обороты. Она даже азарт почувствовала, как настоящая сыщица.

— Я придумала, как узнать, на чем приехал сын Павлик, — придвинувшись к Федору, сообщила она вполголоса.

— Зачем нам это знать?

— Ну как зачем! Обязательно нужно. Зачем и откуда. И на сколько.

Федор как-то неопределенно пожал плечами. Очевидно, все-таки отчасти он был тупой, не понимал самых простых вещей! Сейчас она ему продемонстрирует свои детективные таланты, нечего смотреть на нее с такой веселенькой усмешечкой!

— Пошли, — решительно сказала она и поднялась.

— Куда?

— На улицу.

— В парк? Гулять?

Усмешечка стала очевидной. Взбрыкивающее сердце перестало прыгать, и спине стало холодно.

— У вас... другие планы?

Была с ней такая история. Лет семь назад она позвонила однокурснику, с которым повстречалась на каком-то «летии» выпуска. Он был «временно не женат», раскован, мил, подвез ее до дома на длинной иностранной машине и оставил свою визитную карточку. Она мучилась две недели, а потом позвонила.

Он сказал: «У меня другие планы». Холодным, уверенным, очень мужским тоном отказа.

Никогда, ни до, ни после этого, Марина не испытывала такого стыда. Даже сейчас, спустя столько лет, было стыдно, стыдно...

Федор Тучков ничего не понял. То есть совсем ничего. То есть он не обратил на обуявшие ее мучения никакого внимания.

Он выбрался из кресла и спросил озабоченно:

— Ты рюкзак берешь?

— Что?

— Рюкзак брать или не брать?

Он... идет с ней? У него нет... других планов?

— Я возьму сама, спасибо.

— Пожалуйста, но лучше я.

— Не надо!

Он удивился и сунул ей рюкзак.

— Я не знал, что это так важно. Прошу прощения.

Сжимая рюкзак, Марина выскочила из номера и с преувеличенным вниманием стала возиться с ключом.

Все-таки он идет с ней! На этот раз ничего такого не случилось. У него *нет* других планов.

— Мы должны выйти через главный вход, — распорядилась Марина.

— Зачем? Здесь гораздо ближе.

— Так надо.

— Ну надо так надо.

Коридор был бесконечен и безнадежен, подобно Китайской стене. В нем оказалось множество дверей, поворотов, закоулков и ступенек вверх, а потом вниз.

Федор Тучков шел следом за Мариной, смотрел ей в затылок и мрачно думал о том, как утром держал ее за шею.

Он не хотел ничего затягивать и понятия не имел, как это можно сделать, «не затягивая».

Если он все правильно понимает, ему придется сначала лет пять за ней ухаживать, потом еще несколько лет проверять свои чувства, а потом, ближе к пенсии, купить лютики и отправиться к ее маме с папой с предложением руки и сердца. Мама с папой, разумеется, откажут под тем предлогом, что соискатель еще слишком молод и неопытен.

Такой план ему вовсе не подходил. Лучше всего было бы остаться сейчас в ее номере, с распахнутой «в лето» балконной дверью, в ее постели, или на диване, или неважно где! В первый раз все будет очень быстро — вряд ли он сможет продемонстрировать чудеса выносливости и ловкости после того, как поцеловал ее в бассейне и узнал, как она пахнет, дышит и двигается. Во второй — это будет медленно и со вкусом. В третий — как придется.

Возле распахнутой в коридор, а не «в лето» двери старшей медсестры, где на стульчиках, как правило, сидели несколько пенсионеров, Марина вдруг стала хромать и хвататься за коленку. Федор Тучков к такому повороту событий не был готов.

— Что такое?!

— Мне больно, — ненатуральным голосом прохныкала Марина, — что-то... вступило!

— Ты что? — Он присел и снизу заглянул ей в глаза. Она не могла хныкать *всерьез*. Да у нее даже получалось плохо!

— Помоги мне. Мне... нужно сесть.

И решительно прохромала в комнату старшей сестры.

Медсестра пила чай из широкой чашки, усердно дула на него. Завидев Марину, она заявила не слишком любезно:

— Обед. После трех приходите.

— Я не могу после трех, — все тем же ломаным голосом простонала Марина, — у меня что-то с ногой. Случилось... Только что... В коридоре...

— Ах, боже мой, — вздохнула медсестра и с сожалением поставила свою чашку, — что такое с ней случилось?

— Я вчера упала, — призналась Марина. Федор смотрел на нее во все глаза. Она всем весом оперлась

162

на его руку и опустилась в кресло. — У меня трещина была когда-то. Теперь, когда падаю, болит ужасно!

— У вас лечащий кто? Морошкина? Или Васильченко? Вы в каком номере?

— В пятнадцатом «люксе».

При упоминании «люкса» сестра немного смягчилась.

— Значит, Васильченко. Непременно сходите завтра, пусть он вам электрофорез назначит или парафин. Что же вы сразу не сказали, что у вас... боли!

— Да не было никаких болей! Это я вчера упала!

— А вы что ж не поддержали? — игриво поинтересовалась у Федора медсестрица.

— Да, — согласился Федор и мотнул головой. — То есть нет.

Марина стискивала его ладонь, только и всего. Соображать было трудно.

— А у вас нет... бинтика? — заискивающе попросила Марина и посмотрела на сестру умоляюще. — Эластичного? Я бы завязала, и все прошло бы! Я до завтра не доживу...

— Ах, боже мой. Принесу, принесу сейчас, посидите.

Она оглядела стол, сунула в карман какие-то ключи, поднялась — халат облепил сказочных размеров бюст, — улыбнулась Тучкову Четвертому и протиснулась мимо них в коридор.

Четвертый и Внезапно Захромавшая проводили ее глазами.

— Ну? — спросил Федор, опасаясь, что она немедленно выдернет руку. — Что за шоу?

Конечно, она выдернула.

— Стойте и смотрите. Если она придет, предупредите меня!

Марина кинулась к пустому столу, на котором лежала толстенная амбарная книга — тот самый гроссбух, изобретенный то ли Конан Дойлом, то ли Джоном Б. Пристли! — распахнула и стала торопливо листать, сначала в одну, потом в другую сторону.

Отлистала и повела пальцем снизу вверх.

— Что мы ищем? — Федор Тучков покинул свой пост номер один у двери. Приблизился и стал смотреть с интересом.

— Вернитесь туда, — прошипела Марина и показала куда. В минуту серьезной опасности она почему-то снова перешла на «вы».

Федор засмеялся.

— Нечего смеяться. Я хочу узнать, на чем приехал сын Павлик. И когда.

— Вчера вечером или сегодня утром, — подсказал Федор, оперся о стол и тоже стал смотреть. — Вот в этой графе.

— Тут нет фамилии Зуб!

— Зато есть Лазарев. Видите? Павел Лазарев. Прописан в Москве. Приехал на машине. Тут и номер имеется, смотри ты!

— Так и есть! — торжествующе воскликнула Марина. — Он не сын!

— Или у него фамилия отца, — предположил Федор. — Кстати, так чаще всего и бывает.

— Валентина Васильна из Ростова, она все время это повторяет, а Павлик из Москвы.

— Он вполне может жить в Москве, а его мать вполне может жить в Ростове. Позвольте мне.

— Что?

— Перевернуть страницу.

— Зачем?

Он взял Марину за лапку, перевернул голубую разлинованную страницу и уставился на нее с неподдельным интересом. Марина посмотрела число, выведенное сверху, — пять дней назад.

Нервно оглядываясь на распахнутую дверь в коридор, она зашипела и дернула его руку:

— Зачем вы это смотрите?! Пять дней назад покойник еще был жив!

— Вот именно.

— Что — именно? Федор, давайте положим ее на место и...

Тут Тучков Четвертый неожиданно хмыкнул:

— Странно.

— Что?

Он перелистал страницы и опять посмотрел.

Шаги зазвучали неожиданно близко и казались слишком быстрыми.

— Федор!

— Да-да. Конечно.

Вернувшаяся медсестра едва не застукала их. Марина только-только успела плюхнуться в кресло, а Федор придать себе более или менее сочувственную позу, как она влетела в кабинетик и сунула Марине бинт.

— Вот. Еле нашла. Мы вообще-то не даем, но раз так получилось... Умеете бинтовать?

— Еще бы! Спасибо, большое спасибо, вы меня просто спасли! Я вчера так неудачно упала.

Из недр колониальных штанов Федор Тучков добыл сытенький кожаный бумажник, извлек купюру и стал совать ее в направлении медсестрицыного бюста.

— Не надо, что вы, что вы! — восклицала та, очевидно, из последних сил сдерживаясь, чтобы «не принять».

— Как же не надо! Обязательно надо! За беспокойство! Так уж принято! Вы уж пожалуйста... с благодарностью... от нас...

Представление разыгрывалось отличное. Марина переводила взгляд с Федора на сестру.

Медсестрица вздохнула — бюст колыхнулся — и купюру «приняла».

— Ну, спасибо вам. Хотите, я сама забинтую.

— Нет! — вскрикнула Марина. — Я сейчас сама, дома. То есть спасибо вам.

Когда они выходили, никаких следов купюры уже не было, а владелица кабинета мирно прихлебывала чай из широкой чашки. Все стало как было.

— Виртуоз сыска, — оценил Марину Федор Тучков, когда они отошли от кабинета. Увесистую бомбочку скрученного эластичного бинта он нес в руке. — Мастер перевоплощения.

— Ну, мы узнали все, что хотели, — со скромной гордостью констатировала Марина. — Павел Лазарев прибыл сегодня утром. Номер машины есть. Интересно, зачем они их записывают?

— Наверное, чтобы никто не уехал, не заплатив за стоянку или охрану, или что-то в этом духе.

— Точно! — обрадовалась Марина. — Теперь нужно посмотреть на его машину.

— Зачем? — довольно кисло спросил Федор. — Что нам это даст?

— Как что даст? Очень многое даст!

— Что именно?

Марина была уверена, что как только взглянет на машину Павлика Лазарева, сразу определит, бандит он или не бандит. Есть миллион мелких деталей, которые женский взгляд всегда может отметить, а женская логика и интуиция дадут им правильное толкование.

Вот только вряд ли ей удастся объяснить Федору Тучкову про логику и интуицию, особенно женские.

— Я хочу посмотреть на его машину, — повторила она упрямо. — Я все равно пойду.

— Конечно, конечно, — согласился Федор быстро и любезно.

Стоянка была у самых ворот, довольно далеко от главного корпуса. Идти рядом с Тучковым Четвертым Марине было неудобно. По ее мнению, они слишком походили на парочку из какой-нибудь «эстрадной миниатюры» про жизнь отдыхающих. Кроме того, его уверенная близость ее нервировала — а что, если узнает мама? Ну как-нибудь случайно! Мама, которая тридцать три раза сказала ей перед отъездом, чтобы она не вздумала заводить курортные романы!

«Теперь тебе надо быть особенно усидчивой и работать особенно много, чтобы оправдать свои звания. Перед тобой блестящее будущее в науке. Вычислительные методы, в которых ты так преуспела, еще много лет будут востребованы. Твоя цель теперь — ведущие университеты мира. Когда тебя пригласят работать в Беркли или Йель, я буду знать, что прожила эту жизнь не зря и воспитала достойную дочь».

До приглашения в Беркли и Йель дочь не могла считаться вполне достойной.

«Если тебя сейчас потянет на пошлые удовольствия, ты все себе испортишь. Тебя никуда не возьмут. Ты упустишь свой шанс. Кроме того, тебя же любит Эдик. Вряд ли ты станешь ломать жизнь старому другу!»

Конечно, не станет! Другое дело, что Эдик по отношению к ней скорее всего испытывает то же самое тягостное, долгое, унылое чувство долга — ну да, так получилось, я урод, и ты урод, я доктор наук, и ты доктор наук, я старый холостяк, и ты... тоже. Ну куда ж деваться, тем более все давно решилось без нас, и тебе мама советует «не спешить с браком», а мне мама советует «не торопиться с женитьбой». Мы и не спешим и не торопимся, нам уж по тридцать пять давно, у меня лысина, а у тебя вон морщины, зато мы выполняем все свои обязательства. Я хороший сын, а ты хорошая дочь. Мы оба хорошие ребята. Главное, умные очень, ибо только чрезвычайно умным может прийти в голову носить в нагрудном кармане дольку чеснока — от простуды.

Марина сбоку взглянула на Федора и возмутилась про себя. Вид у него был чудовищно самодовольный — так по крайней мере ей показалось.

— А вы? Что вы там смотрели? Пять дней назад тут вообще ничего не происходило!

Федор на ходу сорвал травинку и сунул ее в рот. Травинка теперь торчала у него между передними зубами. Фу, какая гадкая привычка! Просто ужас!

— Пять дней назад все как раз и произошло.

— Что?!

— Убийство было готово. Роли распределены. Покойник обречен.

Марина поежилась.

— А в амбарной книге про это написано?

Федор Тучков выдернул травинку, осмотрел ее внимательно со всех сторон и опять сунул в зубы.

— В амбарной книге написано, что Георгий Чуев, наш покойник, жил в номере триста двадцать пять, на третьем этаже главного корпуса.

— Ну и что? Разве имеет значение, где именно он жил?

— Вероника вчера вечером рассказала нам, что видела, как он выходил из номера напротив и даже поздоровался с ней. Вероника живет прямо над тобой. В семнадцатом «люксе». Выходит, он выходил из восемнадцатого?

Марина молчала.

— Если сам он жил в триста двадцать пятом, значит, в восемнадцатом «люксе» жили его знакомые или знакомая, от которой он уходил утром. Правильно?

Марина все молчала.

— Напротив восемнадцатого «люкса» в книге написано — ремонт. Там никто не жил. Зачем он туда ходил?

— Зачем?

— Я не знаю.

Почему-то Марина была уверена, что знает. Он так уверенно говорил. А она сама совершенно забыла про то, что Вероника видела покойника тем самым утром, когда, по мнению местной милиции, он пришел на берег прудика, да и свалился в воду.

«Вот тебе и «приключение». Эх ты! Забыть такую важную деталь! Даже не деталь, а целое обстоятельство. Ты забыла, а он все помнил!»

Отвернувшись, она стала смотреть в лес, даже

здесь, в «цивилизованной части» санатория, стояв-ший сплошной стеной. Нет, все-таки она, видимо, не совсем «дитя мегаполиса», потому что лес завора-живал ее.

Между желтыми и черными стволами, как будто вырезанными из цельных кусков янтаря, вдруг мельк-нуло что-то большое, закачались кусты орешника, и следующее, такое же большое, прошло совсем рядом с первым. Марина схватила за руку Федора Тучкова.

— Что?!

— Смотрите! Смотрите, там!

— Что?

— Ну вон! Вы что, не видите?! Такое... громадное. И дальше еще одно!

Федор посмотрел в лес, а потом опять на нее. Про-фессорша держалась за него крепко, как за спаса-тельный круг.

Опять, черт возьми! Что прикажете делать, ува-жаемый доктор наук? Ходить с вами за ручку, как в кино «Еще раз про любовь»?

— Федор, что там такое?

Он осторожно освободил руку. Она ничего не за-метила — от страха.

— Там лошади. На территории конная база. Вадик с Галкой собирались кататься. Вы забыли?

То большое, что двигалось по лесу, выступило из стволов и в самом деле оказалось лошадью. Она бы-ла гладкая, шоколадная — или как надо говорить про лошадей? Гнедая? Длинный шелковый хвост, вни-мательные уши, трепетные бархатные ноздри, тем-ные, очень красивые, совсем человеческие глаза...

На лошади сидел какой-то наездник в надвинутой кепочке, болтал ногами.

Лошадь выступала неторопливо, как будто на-
слаждалась прогулкой, а может, и в самом деле на-
слаждалась. Вторая, рыжая, шла следом, без седока,
стремена болтались и цепляли за ветки. Марина
смотрела, глаза у нее горели.

Федор вдруг удивился:

— Ты любишь лошадей?

— Не знаю. Я раньше видела их только в кино про
Гражданскую войну. Как ты думаешь, может, мне
потом... сходить? Покататься?

— Можно покататься, — согласился Федор. —
Можно просто на конюшню зайти. Посмотреть на
них поближе. Для первого раза.

— Нас не пустят, наверное.

— Пустят. Мы попросим, и нас пустят.

Марина проводила глазами удаляющиеся гордые
спины.

— А у меня даже собаки никогда не было, — неожиданно пожаловалась она Федору Тучкову. Ей было очень жалко себя. — От собаки шерсти очень
много. Гулять с ней надо, а у нас некому. Я, наверное, кошку заведу. Приеду и заведу. Я давно хочу
кошку. Или собаку. Собаку, конечно, лучше, но у
нас с ней некому будет гулять. А у вас есть?

— Кошка, собака или лошадь?

Марина улыбнулась:

— Ну хоть кто-нибудь.

— У меня нет. У родителей собака и кот. Кота мама нашла на помойке и принесла домой. Он года два
отъедался и осознавал свое положение. Теперь хозяин дома.

— Как его зовут?

— Зайцев. Это фамилия.

— А имя?

— У него только фамилия. Не знаю почему. А собаку зовут Луи-Филипп.

— Красиво, — оценила Марина. — А у него какая фамилия?

— Тучков его фамилия, — буркнул Федор Федорович, — Луи-Филипп Тучков. Давай тут срежем, а то мы к обеду не доберемся.

Тропинка была узенькая и сразу как будто проваливалась в лес.

— Сколько же километров здесь территория?

— Да кто в этих местах когда считал километры?! Что, в России земли мало?

— Как это ты вспомнил, что Вероника видела его, когда утром выходила из своего номера, а он выходил из соседнего!

— Я не забывал.

— А может, она врет.

— Зачем?

— Чтобы отвести от себя подозрения.

— И навести их на номер, в котором ремонт? Вчера еще никому, кроме тебя, не было известно, что он не сам утонул, твой покойник. Вчера она вполне могла не стараться отвести от себя подозрения — ее никто и ни в чем не подозревал.

— Я не верю, что это Вероника.

Федор промолчал. Какая-то птаха вдруг вылетела из куста и стремительно взмыла в небо. Раздался короткий треск.

— Что это такое? — вполголоса спросила Марина и быстро оглянулась по сторонам. Хорошо хоть пруд совсем в другой части парка, до него далеко.

Нет, пожалуй, она все-таки «дитя мегаполиса». Лес ее пугает.

— Тс-с, — Федор Тучков приложил палец к губам. — Не шуми. Там... кто-то есть.

— Где?

Он кивнул в сторону кустов. Кругом были сплошные заросли, бурелом и янтарные стволы сосен, высоко-высоко вверху освещенные солнцем.

— Может, лошадь? Отбилась от стада?

Профессорша и докторша наук имела об образе жизни лошадей самое смутное представление.

Но Федор не слушал ее.

Он пригнулся, как будто что-то высматривая, шагнул в траву, оперся на руки. Марина стала дышать по крайней мере вдвое реже. В ушах зазвенело от напряжения. Федор на четвереньках неуклюже ополз вокруг куста. Проворно выпрямился и с шумом раздвинул ветки.

Там, за ветками, кто-то стоял. Марина увидела человеческую фигуру и пронзительно взвизгнула.

— Тихо!

— Мариночка, это же я! Не пугайтесь.

В кусте, между ветками, торчал Геннадий Иванович. Он был бледен и улыбался неуверенной улыбкой.

— Я вас напугал? Простите великодушно.

— Вылезайте, — приказал Федор.

Геннадий Иванович послушно выбрался из куста и сделал попытку отряхнуть брюки, утыканные зелеными хвостиками репьев. Репьи не отряхивались.

— Что вы там делали, Геннадий Иванович?!

— А я... гулял. Гулял в лесу. Нет ничего лучше, чем прогулка по лесу, верно, Федор Федорович?

— Как же там можно гулять? — неуверенно спросила Марина. — Там бурелом.

— Я люблю природу, — категорически заявил пришедший в себя Геннадий Иванович. — Я люблю гулять вдали от людей. Бурелом мне ничуть не мешает. Что наш с вами теннисный урок, Федор Федорович? Состоится?

Тучков Четвертый немедленно сделал сладкое лицо, которое Марина уже так хорошо знала.

— Ну, разумеется, если вы хотите, Геннадий Иванович.

— Очень хочу, Федор Федорович!

— И я, можно сказать, мечтаю.

Птицы, вспугнутые Марининым воплем, опять закричали на разные голоса. Васнецовский лес как будто ожил. Федор Федорович посмотрел на кусты и деревья, задрав прилизанную голову. Геннадий Иванович тоже посмотрел. И Марина следом за ними тоже взглянула.

Кое-где между соснами очень высоко шумели тонкие березки, сквозь которые просвечивало голубое небо, и казалось, что там, в небе, очень жарко.

— Ну я пошел, — полувопросительно сказал Геннадий Иванович.

Тучков посторонился, и любитель гулять вдали от людей пошел по тропинке, независимо помахивая веточкой.

— Что он тут делал? — шепотом спросила Марина. — Как он сюда попал?

— Попасть сюда очень просто. Он пришел пешком, как и мы. Судя по его штанам, шел он действительно через лес.

В последний раз перед поворотом мелькнула спина с сильно застиранной надписью наискосок «Спорт-лото». Буква «С» помещалась на левой лопатке, а последняя «О» скрывалась за узким ремнем шта-пельных брючат.

— Федор, что он там делал? — повторила Мари-на. — Зачем он там стоял?! В кустах?! Или он следил за нами?

Федор Тучков пожал плечами. Фиолетовая распа-шонка колыхнулась.

— А... с какой целью за нами можно следить?

— Может быть, преступник — это он и есть?! Ген-надий Иванович?!

Федор Тучков поморщился как-то на редкость вы-разительно, а потом сказал учтиво:

— Я не стал бы делать никаких выводов, пока нам ничего не известно.

— Но он там стоял, когда мы шли мимо! А шли мы, между прочим, на стоянку, чтобы проверить, на чем приехал Паша!

— Кстати, нам надо поторопиться, если мы хотим еще немного погулять. Здесь довольно далеко.

— А раз он там стоял, значит, мог слышать, о чем мы говорили!

— Помнится, мы вспоминали фамилии нашего кота и собаки. Также смотрели на лошадей.

— А что, если он шел за нами от самого корпуса? Или... Федор, он мог видеть, что мы смотрели книгу! Он мог видеть и решить, что мы что-то знаем!

— Между прочим, уже второй час.

— Почему я не догадалась посмотреть, кто такой этот Геннадий Иванович!

— Геннадий Иванович работает в «Моссельхоз-продукте». Старшим специалистом.

— Откуда ты знаешь?

— Ну, я-то как раз посмотрел, — заявил Федор Тучков Четвертый.

— Это ничего не значит! Он может быть кем угодно! Вернее, кто угодно может быть преступником, даже старший специалист «Моссельхозпродукта». Но если преступник — он, значит, у него должны быть мотивы. Какие у него мотивы? А, Федор?

— Не знаю, — признался Тучков Четвертый. Марина отчаянно соображала.

— Но если убийца — Геннадий Иванович, выходит, что покойник имел к нему какое-то отношение, да?

— Очень тонко подмечено.

— Какое он мог иметь отношение к покойнику?

— Понятия не имею.

— Вполне возможно, что покойник и его тоже шантажировал.

— Признаться, я уже несколько запутался в том, кто кого шантажировал.

— Смотри. Если покойник действительно был шантажистом, он вполне мог шантажировать и Геннадия Ивановича тоже. И тот мог его убить. Он убил и решил, что все в порядке. Никто ничего не узнает — просто несчастный случай, утонул человек в пруду, да и все. Неожиданно мы узнаем, что это убийство, а вовсе не несчастный случай. Геннадий Иванович пугается, а тут еще приезжает Павлик, который вполне может быть шантажистом номер два.

— А Валентина Васильна номер три.

— Да. — Она так увлеклась, что не обратила внимания на то, что Федор неожиданно полез в траву, наклонился и стал там шарить. — Павлик запугал Веронику или угрожал ей, ведь он вполне мог подумать, что это она убила его приятеля! Она боится и думает, что он отомстит ей! Поэтому она и кричала, что ее смерть будет на его совести, как будто у таких людей может быть совесть!

— На.

— Что?!

— На.

Марина перевела дыхание. Прямо перед ее носом была широченная ладонь с сильно вырезанными линиями — какие там бывают линии, жизни и любви, что ли? — с желтыми бугорками мозолей. На ладони лежала земляника, всего несколько крупных, красных июльских ягод. Они пахли забытым, сказочным запахом.

— Уже земляника началась, — буднично сказал Тучков Четвертый.

— Началась, — пробормотала Марина, рассматривая ягоды.

— Ты любишь землянику?

— Кто же не любит землянику?

Высоко-высоко вверху шумели березы, лес как будто вздыхал. Марина осторожно взяла у него из ладони земляничину. Он смотрел.

Разве она могла съесть ее, когда он смотрел?!

— А вы... ты?

— Что?

— Не любишь землянику?

Федор Тучков Четвертый свободной рукой взял Марину за шею, притянул к себе и ссыпал все ягоды до одной ей в рот. После чего зачем-то понюхал ладонь и пошел вперед по тропинке. Через несколько шагов он оглянулся и помахал рукой. Как ни в чем не бывало помахал.

— Догоняй!

Марина потрусила следом. В голове у нее шумело и как будто березы качались.

Все оттого, что он приложил свою ладонь к ее губам. В ладони была земляника.

Она догнала его и пошла, в упор рассматривая фиолетовую спину.

Спина сделала оборот, и перед ее носом оказалась обширная грудная клетка — из распашонки воздвигалась массивная шея с железной цепочкой. Марина твердо решила, что больше никуда смотреть ни за что не станет.

— Нам обязательно идти на стоянку?

— Да. Мне надо проверить свои... подозрения.

— Подозрения, — повторил Федор Тучков странным тоном. — Ну, конечно.

Машину сына Павлика они нашли очень быстро. Она стояла близко к воротам, наверно, потому, что приехала только вчера поздно ночью.

— Ну вот, — удовлетворенно заявила Марина, едва взглянув на нее, — я так и знала.

И перевела на Федора Федоровича торжествующий взгляд.

Машина — «Мерседес», не слишком новый, но достаточно угрожающий, — оказалась именно такой, как она и предполагала. Она даже похвалила себя тихонько.

Тонированные стекла отражали дневной свет, и казалось, будто внутри был гроб. Марина приставила ладони ко лбу козырьком и придвинулась вплотную к окну.

Рассмотреть, что там, было трудно. Угадывалось

что-то как будто белое и длинное на переднем сиденье, а больше ничего.

— Эй! Чего надо?! Отойдите от машины сейчас же!!

Голос был не слишком громкий, но угрожающий, какой-то такой, что Марину продрал мороз, и она отпрыгнула назад, зацепилась за ржавую цепь, ограждающую каждое «парковочное» место, боль взметнулась из коленки и ударила в голову и проткнула ее насквозь, как гнилую тыкву.

— Отойдите от машины!

Павлик в зеркальных очках, шортах и без майки приближался к ним со стороны ворот. Бицепсы, трицепсы и также прочая мышечная масса сверкали на солнце, перекатывались и поигрывали. Чугунный лоб нахмурен, отчего бульдожьи складки наползали на очки. На правом пудовом кулачище болталась кожаная сумочка, именуемая в народе «барсеткой», а к шортам спереди пристегнут мобильный телефон в кожаном футлярчике.

Марина стала оглядываться по сторонам, но некого, некого было позвать на помощь, даже охранник скорее всего спал в своей будке, а до «жилых корпусов» так далеко... Черт бы побрал этот санаторий с его территорией, «почти целиком отданной лесу», как говорилось в рекламном проспекте!

— Во, блин, дела! Че вам тут надо?! Какого хрена тогда за охрану платить, если всякий может!

Он подошел вплотную, Марина попятилась, Федор Тучков поддержал ее. Павлик сорвал с физиономии очки и стал рассматривать дверь своей драгоценной машины. Колупнул что-то ногтем и опять стал рассматривать.

— Че вам надо возле моей машины?! Вам че, делать больше нечего?!

— Марина хотела посмотреть тонированные стекла, — вдруг сказал Федор Тучков. Как-то так сказал, что сразу стало ясно — именно это и только это она и хотела сделать и подозревать их в посягательствах на машину глупо. — Я недавно решил на свою тоже темные поставить. Она хотела посмотреть, как это будет выглядеть.

Павлик окинул ее взглядом, смерил с головы до ног. Взгляд перестал быть таким, как у ящерицы, хотя глаза остались холодными, как будто отливали ртутью.

— Ну че? — вдруг спросил он. — Посмотрели?

— Посмотрели.

— А ваша где машина?

Федор Тучков качнул головой направо. Павлик взглянул направо, и Марина тоже взглянула. Справа стоял целый ряд машин, и невозможно было угадать, какая из них принадлежит Федору Тучкову, но Павлик, очевидно, угадал, потому что ответом удовлетворился.

— А че, этот сторож хренов дрыхнет, что ли?

— Черт его знает.

— Не, если дрыхнет, я за ихний паркинг платить не стану! Бабки тянут, а сторожить ни хрена!

Федор Тучков пожал плечами — колыхнулись фиолетовые волны.

Марине показалось, что он держится как-то несколько свысока, так, что чугунноголовый Павлик как будто немного его опасается, хоть и старается не подать виду.

— Ну, ладно, мне... того... вещи надо вынуть. Я вчера не стал. Поздно уж было.

Неизвестно почему Тучков Четвертый не уходил и Марину под локоток придерживал.

Мигнули фары, машина свистнула, чмокнули двери.

Павлик распахнул водительскую дверь и полез внутрь. Марина заглянула в салон. То белое и длинное, что она заметила из-за мутного стекла, оказалось свернутой в трубку газетой. Перегнутый твердый знак с волнистым хвостом свидетельствовал о том, что это газета «Коммерсантъ».

Павлик читает «Коммерсантъ»?!

Марина вообще была не слишком уверена, что он умеет читать, а если уж умеет, то журнал «Клевые парни», но «Коммерсантъ»?!

Вдалеке показался заспанный, но бдительный сторож, привлеченный возней на вверенной ему территории, и Марина поняла, что сейчас начнется сражение, перед которым Бородинское, ставшее последним для предка Федора Тучкова, — сущий пустяк.

— Пошли, — приказал потомок и увел ее.

За спиной разворачивалась баталия, и стало ясно, за кем будет виктория, а за кем — конфузия.

— Не, ты че, блин?! Спишь, что ли?! Я б уж давно ее угнал, если б мне надо было!

— Да ты ж не угнал!

— Да я, твою мать, тебе такого снотворного пропишу, что!

— Да че ты надрываешься-то?! Цела твоя машина!

— Да если б она не цела! И еще бабки им плати, охрана, блин! На хрена мне за такую охрану еще бабки платить!

Марина и Федор отошли уже довольно далеко, когда она обнаружила, что он держит ее под руку — ужас какой! Она приостановилась — как будто для того, чтобы поправить сандалию, и рука оказалась на свободе.

Вот так-то лучше. Она не позволит себе, не позволит ему, не позволит, чтобы мама подумала, не позволит, чтобы бабушка расстроилась...

А Эдик Акулевич, кстати, еще постоянно втирает в лысину луковый сок, смешанный с соком редьки и постным маслом. Это его Маринина бабушка научила — для роста волос.

...Ну и что? Ну и что?!

Что самое главное в мужчине? Самое главное в мужчине — это ум. Только почему-то ее все тянет заглянуть за ворот чудовищной фиолетовой распашонки, потрогать твердую кожу — есть на ней волосы или нет?! — вытащить странный медальон из двух железок и рассмотреть его получше. И еще пальцами — вот самыми подушечками, легко-легко! — провести по монументальной шее, снизу вверх, до заросшей твердой скулы, от которой чуть слышно и свежо пахнет, и щека кажется влажной и волнующей.

Сбоку Марина посмотрела на Тучкова Четвертого. Только вчера она была уверена, что он кретин. Вид у него был задумчивый.

Как только она увидела этот задумчивый вид, «приключение» моментально вернулось. Конечно, ну конечно же! Она ведет «расследование»!

— Ну Павлик-то точно за нами следил, — выпалила Марина. — Совершенно точно! Это значит, что он знает, что мы знаем, что он не знает, кто убил его напарника, и хочет, чтобы мы выяснили, и тогда он убьет того, кто убил.

— Для профессора математики, — заметил Федор кротко, — ты выражаешься на редкость ясно.

— Но ты же все понял, да? Понял же?

— Я понял, что в газету у него завернут отрезок трубы, — сказал Федор. — Старой и ржавой. Зачем?

Марина ахнула. Она не заметила никакого отрезка трубы. Она заметила газету — «Коммерсантъ», а отрезка не заметила.

— Ночью ехал, что ли? Боялся бандитов?

— Да он сам бандит!

— Мы этого не знаем.

— Вы, может быть, и не знаете, а я точно уверена!

Федор Тучков почесал за ухом.

— Видишь ли, точно ни в чем нельзя быть уверенным. Можно только предполагать, с той или иной степенью вероятности.

Ну вот, опять! Опять понесло от него скукой, гладкостью и гавайской пестроцветной рубахой!

Если кто и найдет убийцу несчастного Георгия Чуева из номера триста двадцать пять, то это будет она сама, Марина, и никто ей в этом не поможет, зря она так уж растаяла на его утреннем теннисном бенефисе, а потом еще в бассейне, когда он поцеловал ее, а потом еще в коридоре, когда он...

Впереди и справа лежала река, — «О, Волга, пышна, величава, прости, но прежде удостой...» — блестела между деревьями ясным июльским блеском. Марина ходила купаться под вечер, когда на санаторном пляже было мало людей, — в следующий раз поедет на заимку, там совсем никаких людей не будет, прав

Федор Тучков! — но навещала реку по нескольку раз в день.

— Пошли? Это быстро. Мы просто мимо пройдем. Или вы спешите?

— Я не спешу, — возразил Федор. — А почему, кстати, вы не купаетесь?

Пока она придумывала, что бы такое ему сказать поумнее, из-за поворота дорожки прямо на них выскочила Галка, не жена, а любовница Вадима, у которой это слово было написано на лбу, по крайней мере по мнению Федора Тучкова.

— Галя! Что с вами?! Вы... упали?! Ушиблись?!

Лицо у нее было залито слезами, рот странно перекошен, и Марина не сразу поняла, что это оттого, что помада размазана по подбородку.

— Господи, что случилось?!

Галя посмотрела на них обоих, губы еще больше повело в сторону, она как будто захлебнулась слезами, потому что зажала рот рукой, замотала головой и кинулась бежать — вверх по дорожке. Волосы извивались и ползали по ее спине.

— Галя!

Но она уже пропала за поворотом дорожки.

Марина посмотрела на Федора, а Федор на Марину.

— Что с ней такое? Господи, ее нельзя отпускать в таком состоянии! Она не в себе! Что могло случиться?!

Марина порывалась бежать следом, но Федор ее придержал.

— Да все, что угодно. Ей могли позвонить из дома и сказать, что заболел ребенок, или с работы и сказать, что с первого числа ее сокращают. Все, что угодно.

— Не все, — возразила Марина. — Так можно рыдать, только когда... кончилась жизнь и дальше все темно.

— Ты когда-нибудь рыдала так, как будто кончилась жизнь?

— Нет. Никогда.

— Тогда откуда ты знаешь?

— Я знаю.

Они помолчали. Река нестерпимо сверкала между деревьями.

— Все это непонятно, — промолвил Федор Тучков, нашарил в переднем кармане защитных бриджей темные очки и нацепил их на нос. Очки делали его странным образом похожим на Павлика Лазарева. — Очень непонятно. Ремень не тот. Вероника видела, как покойник выходил из комнаты напротив. Что он там делал? Сама она неизвестно куда бегала утром, да еще соврала, что не бегала. Зачем? Непонятно. Зачем Элеонора патрулировала территорию с корзиной? О чем она тебе проговорилась?

— Когда... проговорилась?

— Тогда же. Утром. Она сказала, что Оленька что-то видела, или слышала, или ей показалось.

— Да, — согласилась Марина, — сказала.

— Что имелось в виду? Что ей могло показаться? Она *знала* покойного или все это выдумки ее мамаши? Почему Элеонора так перепугалась? С кем ссорилась Вероника на балконе? Кого боится Вадим? Кто эта «она»? Между прочим, если ты уверена, что Вероника ссорилась с мужчиной...

— С мужчиной.

— Значит, есть еще какая-то женщина. Вадим ее боится. Что это за женщина?

— И еще Юля с Сережей, помнишь, на дорожке? И Вероника вчера ночью. С кем она говорила?

Федор Тучков покрутил головой.

— Получается так, что каждый что-то скрывает, и нам нужно выяснить, что именно и имеет ли это отношение к... убийству.

Ах, какие прекрасные, «детективные» слова! Кажется, где-то неподалеку бродит загорелый полицейский капитан с пушкой, засунутой за ремень выцветших и потертых джинсов, и еще кажется, прошелестела юбка горничной — уж не сжимает ли она в кармашке своего кружевного фартука пузырек темного стекла с надписью «Яд»?!

По Марининому лицу как-то сама собой растеклась счастливая и сосредоточенная улыбка.

— Поговори с Вероникой, — попросил Федор. — Если сможешь, поговори еще с Элеонорой, а лучше с Оленькой. Самое лучшее — с обеими. Выясни, что имела в виду мамаша, когда сказала, что Оленька встретилась с покойным в магазине и после этого расстроилась. С Галей тоже можно попробовать поговорить. Выяснить, что это такое с ней... приключилось.

— Она не станет разговаривать.

— Почему?

Марина пожала плечами.

— Все ясно, — сказал Федор задумчиво. — Страсть ее скрутила своей мозолистой рукой. Вся в слезах и в губной помаде.

Тут Марина обозлилась:

— Вы что, никогда не были так влюблены, чтобы... как она... чтобы... до слез...

— А вы что? Были?

— Почему вы говорите это таким тоном? Или влюбиться, по-вашему, стыдно?!

— Боже сохрани, — перепугался Федор Тучков, — наоборот, почетно.

Марина посмотрела на него, а он на нее.

— Вы странный человек, Федор Федорович.

— Я не одобряю истерик, — жестко сказал он. — Ни на каком уровне. Ни по какому поводу. Если человек в истерике, значит, с ним не все в порядке. Значит, его нужно подлечить. Моя мать врач. Знаете, как называется состояние, в котором пребывает наша Галя?

— Как?

— Неконтролируемая истероидная реакция.

Марина моргнула. Он усмехнулся:

— Просто у вас сформированы устойчивые стереотипы. Раз она в такой истерике, значит, у нее такая сильная любовь. Или у него. Это... неправильные стереотипы. Любовь и истерика никак между собой не связаны. — Он немного подумал: — Вернее, не совсем так. Очень часто под влиянием данных стереотипов мы как раз и принимаем истерику за любовь, а на самом деле...

— Федор, — перебила его Марина, — ты что? Психиатр?

— Моя мать врач, — повторил он терпеливо, — очень хороший. Кстати, она преподавала на курсе, где училась Лена Малышева.

— Кто?!

— Лена Малышева. Она теперь ведет программу «Здоровье». Мама всегда про нее говорила — талантливая девочка.

— Малышева?!

— Ну да. Мы, между прочим, дружили. Я даже в нее влюблен был. Но она выбрала... не меня.

— Какие у тебя... знакомства! — сказала Марина небрежно. Упоминание о том, что он был влюблен, да еще в телевизионную звезду, ее расстроило.

Елена Малышева! Подумать только! Бабушка только и делала, что рассказывала, что «рекомендовала», а чего «не рекомендовала» Малышева в очередной программе.

И еще Марину раздражало, что он так все разложил по полочкам — вот это любовь, вот это «истероидная реакция», страсть скрутила мозолистой рукой!

Еще три дня назад он стоял перед ней, слегка согнувшись в пояснице, и предлагал пластмассовую зажигалку, а она была как Снежная королева — недоступная, отстраненная, холодная, в шляпе из итальянской соломки и платье а-ля «рюсс пейзан».

Мама права — ни в коем случае никого нельзя «допускать до себя». «Допущенные» немедленно наглеют и садятся на шею.

— Мне нужно вернуться в номер, — холодно сказала она.

— Как угодно, — тут же отозвался Тучков Четвертый. — Может быть, пройдем... над рекой?

Над рекой так над рекой, шут с ним.

И все, все! Больше ни за что она не станет с ним любезничать и вообще разговаривать не станет, не то что целоваться, пусть идет к своей Малышевой и...

— Смотри!

Марина схватила Федора за руку.

Над обрывом, по самому краю, степенно вышагивали лошади, выступив из-за деревьев. На спинах у них покачивались отдыхающие. Некоторые сидели, судорожно вцепившись в поводья, другие, наоборот, расслабленно и свободно. Какой-то мальчишка — маленький совсем! — сидел в седле впереди отца, и они держали поводья вместе. Большие руки, а сверху маленькие замурзанные ручки. Мальчишка подпрыгивал от счастья и все время оглядывался и верещал, а отец наклонялся, причем видно было, что наклоняться ему неудобно, и что-то говорил ему в макушку. Третьим от конца был Вадим.

— Она рыдает, — задумчиво проговорил Федор Федорович, — а он катается. Занятно.

Марина рассматривала лошадей, и ей было все равно, что именно он говорит.

— Федор, а мы можем покататься?

— Ну, конечно.

— Ты уверен?

— Ну, конечно.

— А это... трудно?

— Нет. Они же шагом идут.

Лошади прядали ушами, встряхивали гривами. Марина не могла оторвать от них глаз. Почему-то никогда раньше ей не приходило в голову, что лошади — это так красиво!

Самая первая черная — или как надо говорить? Вороная? — которую вел в поводу хрупкий юноша в джинсах и кепочке, стала поворачивать обратно к лесу. Все остальные двинулись за ним.

— Так не слишком интересно кататься, — констатировал Федор Федорович. — Но для первого раза, конечно, можно. Впрочем, для первого можно и на плацу.

В следующую секунду что-то случилось.

Лошадь Вадима вдруг взвилась на дыбы. Марина

ахнула. Закричал мальчишка, который сидел впереди отца. Юноша в кепочке еще только поворачивался, бросив поводья, а лошадь Вадима все сильнее молотила в воздухе передними ногами и злобно и коротко ржала.

— Ах ты! — закричал на нее юноша и побежал, доставая из-за голенища слабый кнутик. Остальные лошади вдруг забеспокоились и затанцевали над обрывом.

— Федор!

Лошадь ударилась копытами о землю, странно изогнулась, поддала крупом, и от этого движения Вадим пробкой вылетел из седла.

— Федор!!

Вадим упал очень неудачно, спиной в обрыв, упал и покатился, и за ним поднималась пыль, а люди кричали, и мужик с ребенком в конце концов спрыгнул на землю и быстро ссадил мальчишку. Марина видела, как тот стоит на земле среди движущихся лошадиных ног — странно маленький и беззащитный.

Лошадь унеслась в лес — болтались поводья, и стремена цеплялись за кусты. Юноша, потерявший свою кепочку, метался между испуганными животными. Какая-то женщина пронзительно завизжала.

Почему-то Марина вдруг увидела среди лошадей Федора Тучкова Четвертого и даже оглянулась, потому что до этого он стоял рядом с ней. Он хватал поводья и пытался удержать животных, а лошади задирали морды, косили глазами, как будто разом обезумели. Снизу, из-под обрыва, мчался кто-то в подвернутых тренировочных штанах, и еще кто-то бежал, и тот самый мужик как из-под земли вырос перед Мариной и сунул ей в руки перепуганного мальчишку. Мальчишка был увесистый и громко ревел — на одной ноте.

Марина отбежала с ним подальше.

— Тише, тише, маленький, — приговаривала она, — тише, тише... Все в порядке. Это лошадки играют. Играют лошадки.

Все кончилось в одну секунду.

Изнутри плотного облака пыли вдруг вышел Федор Тучков, держа под уздцы двух потных лошадей. Они больше не задирали морды и не дрожали, шли спокойно, только уши у них ходили и раздувались ноздри. Отец мальчишки оказался как бы с другой стороны, и он пытался снять с лошади какую-то тучную даму в панаме.

— Видишь, видишь? — спрашивала Марина у мальчишки. — Все обошлось, все хорошо.

Мальчишка больше не гудел, только длинно всхлипывал и прижимался к Марине боком, и она обнимала его и чувствовала, как дрожит маленькое тельце.

Федор Тучков передал поводья тому самому типу в подвернутых тренировочных штанах, подоспевшему снизу, а сам ринулся с обрыва, осыпая за собой огромные неровные пласты песка.

— Федор!! — закричала Марина и закашлялась от пыли.

Люди кое-как спускались на землю, доходили до травы и почему-то садились на нее, как будто только что пережили катастрофу самолета.

— Спасибо вам, — подскочивший молодой мужик схватил своего мальца в охапку и крепко прижал к себе.

Малец пискнул:

— Папочка! — И обнял его за шею, и прижался, и уткнулся, а потом пристроил подбородок на плечо и уставился на Марину блестящими глазами. Отец тоже посмотрел.

— Испугались?

— Очень.

— А мы с женой утром поссорились из-за этих лошадей! Она говорит — не ходи, опасно, да еще с Сашкой. А я говорю — чего там опасного!

— Что случилось? Вы не видели?

— Да у одного лошадь как взбесилась! Ну и остальные переполошились. Пошли, Сашка, скорей к матери, а то она как узнает, так тоже... переполошится! Пошли, Сашка!

Тут Марина вдруг вспомнила про Вадима и про то, как страшно он упал и покатился в обрыв и как Федор Федорович, осыпая огромные пласты песка и смешно перебирая ногами, побежал под горку. Она вскочила, ринулась за ним, даже оттолкнула кого-то с дороги, чего никогда раньше не делала. Небольшая толпишка стояла на краю обрыва, и еще одна — побольше — обнаружилась, когда Марина заглянула вниз, и по пляжу кто-то бежал, и лица у всех были одинаковые испуганно-любопытные.

Федора Тучкова Четвертого нигде не было.

Марина стала осторожно спускаться прямо здесь, где песчаные острова обрушивались из-под ног бесшумной лавиной. До лесенки ей бежать не хотелось. Только бы нога не подвернулась и не зашлась от боли.

На половине спуска она не удержалась, взмахнула руками и с размаху села в песок. Немного проехала в песчаной лавине и оказалась у ног Павлика Лазарева.

— Здрас-сте, — поздоровался Павлик. Марина

снизу вверх смотрела на него. Он не сделал ни одного движения, чтобы помочь ей подняться. Вид у него был недовольный, и только, никакого любопытства.

— Поехал на лошадке кататься! — жалостливо сказал кто-то в толпе. — Вот и покатался!

— Жену надо бы найти, — высказался еще кто-то. — Или с кем он тут?

Уже все было ясно, даже по тому, как странно люди молчат или говорят сдавленными «жалостливыми» голосами, все было ясно, а слова только подтвердили догадку, но Марина все-таки спросила:

— А он... что он? Он... вообще-то жив?

— Вообще-то он помер, — нехотя сказал Павлик. — Шею сломал или спину. А может, и то и другое.

И сверху вниз посмотрел на Марину, которая все ковырялась в песке у самых его ног, поправил на носу зеркальные очки и добавил задумчиво:

— Вот подлость какая!

— Да потому что это не развлечение для праздных гуляк-с! Нет-с, не развлечение! Мы же не кельты, которые рождались в седле! Мы не приспособлены, ленивы, неловки! Как можно этого не понимать! Лошадь — животное тонкое, интеллектуальное, непростое!

— Да че же ты говоришь, Иоаныч? Вот у нас в том годе мерин Звонкий повез, стало быть, председателеву тешшу в дальний лес, да и случись тама у них...

— Генрих Янович, разве такое возможно, чтобы лошадь ни с того ни с сего сбросила седока?

Это Федор Тучков спросил, и Марина даже голову не повернула. Он не стал с ней разговаривать, когда она в конце концов пробралась к нему там, на обрыве.

Он просто отвернулся от нее.

Он не сказал ей ни слова.

Он с досадой стряхнул ее руку, когда она взяла его за широкое запястье.

Больше никогда в жизни она не приблизится к нему.

Больше никогда в жизни она не станет на него смотреть.

Больше никогда в жизни она не возьмет его за руку.

— Генрих Янович?

— Да, ты нам ответь, ответь, Иоаныч!

— Ирина Михайловна, почему вы называете деда Иоаныч?

— Дак а как же? Иоаныч и есь!

— Да он Янович! Генрих Янович!

— Вот недослышала я! Как ты говоришь? Яков-леч?

— Вероника, не приставай к Ирине Михайловне! Мне, собственно, решительно все равно, как именно...

— Это же не дикий мустанг! Это обычный... укрощенный жеребец! Почему он вдруг его сбросил?!

— Не знаю, Федор Федорович, ничего не могу толком ответить. Могло быть все, что угодно. Лошадь от испуга или от боли...

— Дак, стало быть, в дальний лес! А тама по веснянке мужики наши волчицу караулили. Волчица-то на Угурь-озеро ушла и щенят увела, а дух ейный, волчий, остался, и вот наш мерин Звонкий...

— Ни испуга, ни боли! Я в двух шагах стоял. Лошадь успокоилась моментально.

— Такое тоже возможно, Федор Федорович! Говорю же, животное непростое, интеллектуальное, не всегда управляемое!

— А неуправляемое, так и нечего скакать! Моду взяли — на лошадях! Ковбои какие! Еще бой быков бы тут устроили! Оленька чуть дух не испустила, когда услышала!

— Это не мода, Элеонора Яковлевна. Это спорт такой.

— Ах, перестаньте, Вероника, что еще за спорт! Подумаешь, скачки с препятствиями!

— Самый лучший спорт — это бег, я всегда говорил. Легкая атлетика...

— ...королева спорта, — перебила его Вероника, — это всем известно, Сереженька, вы нам уже сообщали сто тридцать три раза.

Юля невозмутимо дожевала салат и сказала веско:

— Ну это же правда. А правду можно повторять сколько угодно. На то она и правда.

Это глубоко философское замечание заставило всех замолчать. Марина посмотрела на соседей.

Вероника жевала яблоко, ее дед сердито тыкал вилкой в котлету. Бледная Оленька куталась в шаль, хотя в санаторной столовой было душно и пахло «общепитом». Геннадий Иванович рассеянно посвистывал, глядя в сторону. Павлик и его мамаша обедали как ни в чем не бывало — одинаково хлебали борщ и заедали толстыми кусками белого хлеба. Даже уши у них двигались одинаково. Юля с Сережей переглядывались. Федор Тучков — на него Марина посмотрела в последнюю очередь — был мрачен. Дальше стояли два пустых стула, придвинутые друг к другу вплотную.

Марина отвела глаза.

Нет, это невозможно. Так не бывает. Утром он был жив и здоров и собирался со своей Галкой «кататься на лошадках». Вот и покатался.

Он собирался не только «кататься», он собирался еще в милицию, потому что знал что-то об убийстве. Он не пошел в милицию, а пошел «на лошадок», и вот теперь все.

Все. Никто никогда ничего не узнает.

Самое ужасное, что теперь Марине не с кем даже поговорить — Федора Тучкова Четвертого она раз и навсегда исключила из своей жизни, — а ей так хотелось поговорить, и так жалко было этого молодого балбеса, и так непонятно, о чем плакала Галка и о чем он собирался рассказать в этой самой милиции!

Поначалу она подумала было, что его вполне могли «убрать» — ведь он объявил, что собирается в милицию! Он объявил и стал опасен, и убийца вполне мог разделаться с ним — все в духе ее настоящего «детективного приключения». Но потом она вспомнила, что своими глазами видела, как все произошло, — разве можно видеть чужими глазами?! И в том, что она видела, был только один «несчастный случай» и не было никакого убийства!

Все равно жаль, что пришлось исключить из своей жизни Федора Тучкова и теперь с ним нельзя поговорить.

Бедная Галка, у которой на лбу написано, что она любовница, а не жена. Бедная жена, которой только предстоит узнать, что ее муж так глупо погиб, да еще не в Алуште, а в дальней российской глубинке, и что он был вовсе не хорошим мужем, а так, среднестатистическим стрекозлом!

— Хорошо, что на этих лошадях больше никто не

угробился! Сколько там народу было! А если бы они всех в обрыв перекидали?!

— Да это случайность, Элеонора Яковлевна! Хотя я говорил и еще раз повторю-с — конный спорт не развлечение для отдыхающих!

— Я согласна, — отдуваясь после борща, заявила Валентина Васильна. — Я девчонкой в деревне на всех лошадях скакала и ничего не боялась, а теперь ни за что не сяду, потому что конь — это вам не тачка на колесах! У него, у коня, характер имеется!

— Дед, как ты думаешь, теперь базу закроют?

— Понятия не имею.

— Конечно, нужно закрыть. Эти животные опасны! — Оленька вступила в дискуссию, по самые брови утопившись в шаль. Ее голос из шали звучал глухо и странно.

— Животные ни при чем. Они просто животные, и только.

— Как это ни при чем, когда молодой человек погиб! Такой славный молодой человек, ему бы еще жить и жить!

— Он мог разбиться на машине, — равнодушно заявила Вероника, — или утонуть в бассейне. Сколько угодно таких случаев.

Мать и дочь одновременно поморщились — одна страдальчески, вторая негодующе.

— Вы бы лучше помолчали, Вика, — в сердцах сказала мать.

— Нельзя быть такой... железобетонной, — вслед почти прошептала дочь.

Федор Тучков о чем-то думал — на лице не было ни сладости, ни приятности, одна только забота и еще, пожалуй, досада. Марина не хотела на него еще раз смотреть, но все-таки посмотрела. Как только исчезла сладость, исчезла и вся повадка благодушного кретина, и сразу стало понятно, что он и есть тот самый мужчина эпохи Возрождения, который поразил ее воображение.

«Ну вот, опять. Не стану о нем думать. Больше не буду на него смотреть.

Я не могу. Я не хочу. Я боюсь его.

Еще я боюсь маму и — совсем немного — себя».

Она вернется в Москву, расскажет все Эдику, и они вместе посмеются над «отпускной» Мариной Евгеньевной, затеявшей «детектив» и взявшей в помощники такого неподходящего типа, как Федор Тучков!

Марина нагнулась и стала шарить в рюкзаке. Господи, никогда и ни о чем она не рассказывала Эдику! У Эдика не было времени на пустые разговоры, все его время было строго распределено — работа на работе, работа дома, работа на даче в Малаховке, работа в гостях. Возьмись она рассказывать ему о своей жизни, он бы, наверное, в обморок хлопнулся! А потом, очнувшись, непременно «потерял бы всякое уважение» к такой недалекой особе, как Марина.

«Я был о тебе лучшего мнения, — вот как бы он сказал. — Мне и в голову не приходило, что тебя могут интересовать такие глупости. Я даже представить себе не мог, что тебя взволнуют какие-то там... трупы».

Ее должны волновать только красота научных формулировок и логическая стройность Эдиковых мыслей. Впрочем, мысли могли принадлежать не только Эдику, но еще Альберту или Эрнесту. Соответственно Эйнштейну и Резерфорду. Резерфорду в меньшей степени, ибо он все-таки более ремесленник, чем ученый.

Она вернется в Москву и взашей вытолкает Эдика из своей жизни. Господи, почему никогда раньше она не догадывалась, что он просто скучен, невыносимо скучен, как телефонный справочник, зачитываемый вслух, как статьи критика Писарева, как школьная форма восьмидесятых годов!

Геннадий Иванович понуро выбрался из-за стола и поклонился.

— Я с вашего разрешения... Настроение хуже некуда, сами понимаете. Наш теннисный урок, Федор Федорович?

— Как угодно, — ответил Тучков Четвертый, позабыв сделать сладкое лицо, и Геннадий Иванович несколько осекся. Мать и дочь переглянулись с тревогой — очевидно, боялись пропустить урок и в то же время усердно делали вид, что «происшествие подействовало на них самым ужасным образом» и нежная Оленька никак не может играть, потому что «едва-едва держит себя в руках».

— Быть может, завтра?

— Быть может, — согласился Тучков Четвертый.

— Тогда договоримся утречком, а сейчас...

Марина тоже выбралась из-за стола и торопливо пожелала всем присутствующим приятного аппетита. В конце концов, в номере у нее кофе и сухая колбаса. Она вполне может устроить себе небольшое пиршество — просто чтобы отвлечься от грустных мыслей.

Она устроит пиршество, а потом подумает над своим «детективом», в котором все было как будто немного ненастоящее. Даже смерть теперь, когда позабылись страх и тошнота и то, как водоросли ползали по белому с зеленью мертвому лицу, казалась нереальной, как будто увиденной в кино.

Запиликал чей-то мобильный телефон, и сын Павлик перестал методически пережевывать пищу и глубокомысленно посмотрел себе на живот, где был пристегнут чехол с телефоном.

Его живот не звонил.

— Алло, — сказала Вероника томным голосом, и все уставились на нее. — Да, привет, дуся! Дусечка, я обедаю! Да-а, да-а, все там же! Ну смертная просто, ну, дусечка! Ну я тут просто концы отдаю. Ужасно. Ужасно. Да. Никого нет.

— Вот наглая девка, — громко прошептала Элеонора Яковлевна. — Оленька, а ты кушай!

— У нас тут все не слава богу — то один в пруду утонул, теперь второй с лошади грохнулся! Дусечка, я приеду и расскажу тебе! Как ты там, мальчик мой?

При упоминании о «мальчике» у Элеоноры Яковлевны вмиг выросли уши — длинные-предлинные, чрезвычайно любопытные. Оленька вынырнула из своего платка. Геннадий Иванович побрел к выходу. Федор Тучков продолжал жевать. Юля с Сережей перестали шептаться. Сын Павлик так уставился взглядом ящерицы на Веронику, что у нее вдруг покраснели ухо и щека. Валентина Васильна подкинула ему в тарелку свою котлету.

— Нет, солнышко, раньше никак не получается! Как там в Москве? А у нас жара. Ну все. Ну не скучай. Я тебя люблю. Съезди в университет или позвони, потому что у меня практика, а я смогу только в августе, я всех предупредила, но на всякий случай

Юрию Ивановичу... Да, дусечка. Ну, целую, мой хороший. Пока.

Вероника нажала кнопку и обвела присутствующих скромно-торжествующим взглядом. Павлик уткнулся в тарелку, моментально слопал подложенную котлету и столкнул на пол Вероникину трубку. Сунулись поднимать сразу все, но Федор Тучков вырвался вперед и первым схватил трофей. Вероника улыбнулась. Оленька тихонько вздохнула. Уши Элеоноры Яковлевны втянулись обратно.

Так, быстро подумала Марина. Вот и ответ на вопрос, который задавал ей Федор Тучков, когда еще пребывал в состоянии кретина и недоумка.

Вероника разговаривала с кем-то под Марининым балконом, и Федор предполагал, что у нее романтическое свидание. Ее «романтическое свидание» осталось в Москве, в университете. Вот так все правильно.

Значит, под балконом с ней был шантажист, а вовсе не любовник. Значит, сегодня утром она тоже ходила не на свидание, а на встречу с неизвестным бандитом, поэтому и соврала, что пришла прямо из дома — боялась. Бедная Вероника.

Нужно придумать, как именно вызвать ее на откровенность, и постараться помочь. Марина сто раз помогала студентам, попавшим в неразрешимые ситуации, — по крайней мере им казалось, что они неразрешимые. Может, поговорить с ее дедом?

Вслед за Геннадием Ивановичем Марина побрела по проходу и вскоре выбралась на волю, оставив позади общепитовские запахи и звон тарелок.

Курить на лавочке возле ореховых дверей она не стала. Решение было принято, а Федор Тучков мог в любую минуту заявиться на эту самую лавочку и изменить ее решение.

Как же так получилось, что лошадь сбросила Вадима, да еще так, что он... погиб? Никого не сбрасывала, а его сбросила! Что за странная и непонятная вещь — судьба?! Откуда она берется и куда утаскивает людей, хоть бы даже в нее и не верящих?

Санаторий был как будто пришибленный — гуляющих почти нет, а те, что есть, унылы и неразговорчивы. Две черные «Волги» и «Скорая помощь» с грязными боками стояли перед крыльцом, почти под портиком с монументальными колоннами в стиле сталинского ампира. Раньше машины никогда сюда не подъезжали.

Марина обошла здание, и ноги сами принесли ее к обрыву, к тому месту, где все случилось. Там еще толпился народ, хотя бедолагу Вадима давно унесли и следов никаких не осталось, кроме утрамбованного конскими копытами песка. Марина заглянула вниз — во-он там он упал, а потом огляделась.

Идеальное место для убийства, сказал кто-то внутри ее. Впереди обрыв, а позади лес. Лошади идут по самому краю. Наверное, катающимся нравится — острые ощущения! Чувствуешь себя лихим казаком из войска Степки Разина, который не боится ни бога, ни черта с дьяволом, скачет себе по кручам, помахивает нагаечкой, насвистывает лихую разбойничью песню!

Внизу лежала Волга, широкая и быстрая, а на той стороне красные горы возвышались почти до неба, и запыленный грузовичок лез вверх, натужно ревел мотором, звук доносился едва-едва, как будто во много раз уменьшенный. Марина знала, что на той стороне пристань, где бабы ведрами продают очень вкусную вишню «владимирку», бордовую и сладкую, и еще воблу, пахнущую смолой и солнцем, и еще красную смородину — здесь говорят «смороду».

Идеальное место для убийства, только как? Как убить?! Как заставить лошадь — обученную, смирную, не какого-то там мустанга, как выразился Федор Тучков, — сбросить человека? Испугать? Марина стояла в двух шагах и знала, что никто и ничем лошадь не пугал. Сделать больно? Да, но никто — никто! — не приближался к лошадям.

Из-под горы кто-то поднимался, Марина видела только кепку и равномерно двигающиеся ноги в грязненьких джинсах. Хватаясь руками, человек влез на обрыв и оказался нос к носу с Мариной — худой, жилистый, с загорелым, как будто копченым лицом.

Это он, вспомнила Марина. Он вел под уздцы первую лошадь, когда все случилось.

Человек взглянул на нее, и она, уже решившая, что сейчас непременно его о чем-нибудь спросит, прикусила язык.

Во-первых, человек оказался девчонкой — лет шестнадцати, не больше. Во-вторых, у нее были замученные и очень несчастные глаза.

Она прошла было мимо, но потом оглянулась:

— Курить есть?

Марина торопливо полезла в рюкзак и достала пачку:

— Вот.

Девчонка неловко вытащила сигарету жесткими, как будто негнущимися пальцами и сунула в рот.

— Он ни в чем не виноват, — вдруг сказала она.

— Вадим? — удивилась Марина.

— Да не Вадим, а Мальчик! Мальчик сбросил этого мужика, но он ни в чем не виноват!

— А... разве говорят, что виноват?

— Нет! Только я же вижу, как на меня все смотрят! Они думают, что это я виновата или Мальчик! Я, может, и виновата, а Мальчик ни в чем не виноват!

— Ну, конечно, нет, — успокоительно сказала Марина, — это просто случайность.

— Да, случайность! У нас конь в жизни никого не сбрасывал! И я! Я же не могла сразу! Да и что я?! Держать мне его, что ль, было?! За штаны, что ль?! Ну не можешь в седле сидеть, или боишься, или, может, настроение плохое, ну тогда и не садись в седло — зачем? А Мальчик виноват! Никто не виноват! А его, может, продадут теперь, а это самый лучший конь!

— Ты успокойся, — сказала Марина, вспомнив своих студентов. — Пойдем на травке посидим. Хочешь?

Девчонка отрицательно мотнула головой, но поплелась за Мариной «на травку» и уселась, по-турецки скрестив босые ноги. Джинсы задрались, и открылись грязные щиколотки.

Марина тоже закурила, искоса осторожно поглядывая на собеседницу. Спрашивать в лоб нельзя. Придется в обход.

— Ты... давно работаешь?

— Как работаю?

— С лошадьми?

— Да я всю жизнь с лошадьми! Я родилась в конюшне!

— Как это?

— Ну так. Маманя меня родила, считай, на конюшне. Она тренером была, а до того наездницей.

Знаменитой, между прочим! Сейчас на пенсии, и все равно возле лошадей, каждый день приходит то на плац, то на конюшню! Хитрая — вроде бы ко мне, а сама к лошадям!

Тут девчонка засмеялась, и стало понятно, что ей нравится, что «маманя» каждый день приходит «к лошадям».

— Как тебя зовут?

— Зоя, а вас?

— Марина. Можно Марина Евгеньевна, если тебе удобней.

— Не, не удобней. На конюшне все на «ты». Вон Володька. Он мне в деды годится, а я его — Володька да Володька. И все так, потому что удобней.

— Ну, конечно, — согласилась Марина.

Они помолчали. С Волги несло крепким и теплым ветром, шелестели листья, в траве качались головки цветов. Пробежал деловитый буксир, крикнул сиплым голосом.

— Это «Ермак», — сказала девчонка равнодушно. — Он в Астрахань бежит.

— Зачем?

— Как зачем? За баржой. Он баржу таскает до Нижнего, а бывает, что и до Ярославля.

— Откуда ты знаешь?

— Да у меня отец капитан! Только он на «Смелом» капитан, на Каспий ходит. Я не только этих, я всех, кто тут ходит, по голосам знаю. Даже катерки. Раньше меня отец с собой брал, а теперь я не хожу.

— Почему?

— А лошади? — удивилась девчонка. — Как же мне уйти?

Действительно, подумала Марина. Как же уйти, если лошади ждут?

— Слушай, — помолчав, спросила она, — а как это вышло, что Мальчик его сбросил? Или он такой... с характером?

Девчонка моментально насторожилась, даже перестала совать в рот сигарету. Она так курила — сунет сигарету в рот, подержит и вытащит. Видно, противно ей было и непривычно.

— А кто не с характером?! Все с характером! Мальчик — хороший конь, и характер у него хороший!

— А раньше он никого не сбрасывал?

— Да чего ему сбрасывать-то? — закричала девчонка. — Он что, больной, что ли?! Он пять лет людей катает и никого не сбрасывал!

— Может, заболел?

— И не болел он!

— Тогда почему?

— Откуда я знаю! Не понравилось ему, может!

— А так... бывает?

— Как?

— Ну вот, чтобы не понравилось, и поэтому лошадь... сердится и нервничает.

— Ну, бывает, сердится, бывает, нервничает, но никогда он никого не сбрасывал! Да еще при мне! Он, знаете, как меня любит? Он для меня на все готов! Он же меня видел все время, он знал, что я рядом иду!

Марина быстро соображала.

— То есть так, чтобы ни с того ни с сего, взял и на дыбы, — так не бывает?

— У нас не бывает, — отрезала девчонка. — Может, где и бывает, а у нас хорошая конюшня, мы лошадей любим, и они нас любят, у нас тренеры самые хорошие, и конюхи тоже! Володька в прошлом году жеребенка домой забрал, потому что отопление выключили! Так он его на руках тащил! До самого дома! И спас! Он даже не заболел, жеребенок-то!

Значит, лошадь никто специально не пугал, она шла привычным маршрутом, каким ходит уже пять лет, и Зоя все время была в поле ее зрения, а это, оказывается, важно, и «конюшня у них хорошая», а Вадим упал и разбился насмерть. Девчонка говорит, что это невозможно — ну, почти невозможно!

Так-так...

— А Мальчика теперь ни за что не допустят людей катать, — печально сказала девчонка. — А он людей любит. Он без людей затоскует быстро, а меня разве кто послушает! Скажут, человека убил!

— Никто не скажет, — горячо возразила Марина. Ей жалко было девчонку и коня по имени Мальчик, которого подозревали в убийстве.

Девчонка только вздохнула печально, потушила сигарету о землю и далеко зашвырнула. Марина проводила окурок глазами.

— Пойду я. — Зоя поднялась и похлопала себя по джинсовым коленям, отряхнула как будто. — Поговорю с ним хоть, с Мальчиком-то, он ведь тоже переживает! Лошади, как люди, только еще лучше, потому что они подлостей не делают!

Марина проводила ее глазами, еще посидела, а потом пошла по краю обрыва.

Да. Что это за люди, которые делают подлости?

Павлик сказал про смерть Вадима — вот подлость какая!

Вадим что-то знал о той, первой смерти и собирался пойти в милицию. Но почему-то не пошел, а отправился «кататься на лошадке» и погиб. Совершенно случайно. Лошади не делают подлостей.

Будь на месте Марины полицейский капитан в выцветших и потертых джинсах, он непременно заподозрил бы во всем этом... умысел. Только какой? Какой?! Как можно заставить лошадь убить человека?

— Марина?

Она оглянулась так стремительно, что чуть не поехала с кручи вниз, засеменила ногами, охнула от боли и с размаху плюхнулась на попу, в кучу песка.

— Марина!

Юля немедленно и унизительно, как бабку, угодившую в лужу, стала тянуть Марину за руку, а встать у той никак не получалось, потому что ноги оказались почему-то выше головы, и так они ковырялись довольно долго.

— Хватит! — тяжело дыша, сказала наконец Марина. — Юля, хватит, отпустите меня!

— Я должна вам помочь! Вы же не можете встать!

— Юля, отпустите меня, кому я говорю! Я сама.

Юля посмотрела на Марину с сомнением. От жары и унизительного положения та была совершенно красная, лоб взмок, и, кажется, волосы на висках взмокли тоже.

Готовая в любую минуту подставить сильное плечико, Юля наблюдала, как Марина встала на четвереньки, а потом осторожно поднялась на ноги, не полностью ступая на больную ногу.

— Это я во всем виновата, — покаялась Юля. — Я вас напугала. Вы о чем-то задумались, а я так неожиданно...

Дело не в том, что — неожиданно. Дело в том, что

Марина почему-то решила, что окликнул ее Федор Федорович Тучков Четвертый, про Юлю она даже и не подумала, хотя обмануться и принять Юлю за Федора Федоровича было очень трудно. Пожалуй, что и невозможно.

Тем не менее Марина ошиблась.

Нет, нет, скорей в Москву, в Москву, к Эдику Акулевичу, маме, а также к Эрнесту и Альберту!

Марина независимо потерла коленку, украдкой смахнула пот со лба, распрямилась и улыбнулась.

— А Сережа?

— У него сейчас ванны. Я обычно в это время отдыхаю, но сегодня мне что-то не отдыхается.

— Да.

— И как это его угораздило так неудачно свалиться? Вам куда? К корпусу? Или вы гуляете?

Марина понятия не имела, гуляет она или нет, — скорее нет, чем да, — но на всякий случай призналась, что гуляет.

— Можно мне с вами?

Федора Тучкова Марина исключила из своей жизни, а больше гулять ей было не с кем, поэтому она согласилась, и они побрели вдоль леса — прихрамывающая профессорша и озабоченная спортсменка.

— Хотела пойти поплавать, но в бассейне сейчас, как назло, технический перерыв. И Ольга Павловна все время твердит, что там неуютно и нехорошо, и я теперь купаюсь с гораздо меньшим... удовольствием. А вы, Марина?

— Какая Ольга Павловна? Ах, Оленька!

— Ольга Павловна, — поправила Юля строго. —

Она сама там была раз или два и с тех пор все твердит.

— Я ее почти не слушаю, — пробормотала Марина. — Если ее слушать, с ума можно сойти.

— Зря вы не занимаетесь физкультурой, — назидательно сказала Юля, — особенно если у вас болит нога. Когда начнется артрит, будет уже поздно.

— У меня нога болит не из-за артрита! — Марине не понравилось, что Юля навязывает ей такую старушечью болезнь. — Я на лыжах когда-то упала.

— Вы катаетесь?! — возликовала Юля. — Мы каждый год летаем в Хорватию на снег! Там, конечно, не так хорошо, как в Австрии, но все-таки лучше, чем на подмосковных горках. А вы где?

— Нигде. В деревне Гжель. Знаете такую? Замечательное место. Сначала на электричке, потом на автобусе немножко и в лес. Только обязательно термос надо с собой брать, потому что замерзаешь, когда долго ходишь.

— А-а, — растерянно протянула Юля, — а я почему-то думала, что вы на горных...

— Я так и поняла.

Некоторое время они шли молча.

— Вы не знаете, отчего Галя так сильно плакала? — вдруг спросила Марина.

— Когда?

— Ну вот... перед самым происшествием. Мы ее встретили, у нее все лицо было залито слезами, и даже помада размазалась. Вы... не знаете?

— Нет. А вы?

— Я с ней не разговаривала после того, как Вадим... упал. Я ее даже не видела. Я думаю, что она ни с кем не разговаривала.

— Вы думаете, у нее было предчувствие?

— Я не верю ни в какие предчувствия, — сказала Марина с досадой. — Просто она как-то очень плакала, и я даже удивилась, что она так плачет, а Вадим все-таки пошел кататься! Это как-то странно.

— Сережа бы так никогда не поступил, — вставила Юля.

— Мне тоже казалось, что он должен ее утешать. Или они так сильно поссорились, что ли?

— Я ни разу не видела, чтобы они ссорились, — заметила Юля. — По-моему, очень довольные друг другом молодые люди. Он такой типичный отпускной муж. А она такая же типичная... секретарша из офиса. Мне кажется, они их специально нанимают для того, чтобы с ними спать. Как вы думаете?

Марина ни о чем таком никогда не думала. Вообще секретарши ее особенно не интересовали, но зато она своими ушами — как будто можно чужими! — слышала, как Вадим сокрушался, что «жена теперь узнает все»!

— Надо же было, чтобы так не повезло — две смерти подряд! — продолжала Юля, и глаза у нее сузились, как будто она смотрела на солнце. — Мы в отпуске лет семь не были. Поехали, и вот пожалуйста! Весь отпуск испорчен.

— Ну, — сказала Марина сухо, — по сравнению с неприятностями, которые постигли Вадима, испорченный отпуск — это ерунда.

Юля взглянула на нее с изумлением.

— И все-таки почему лошадь его сбросила? — сама у себя спросила Марина. — Ну почему? Или лошадь тоже опасалась, что он пойдет в милицию и что-то такое там расскажет?

— При чем здесь лошадь и милиция?!

Марина сорвала травинку, сунула в рот и тут же выдернула — Федор Тучков все теребил травинки, а она как раз недавно исключила его из своей жизни. Навсегда.

— Вадим сказал за завтраком, что тот... утопленник на самом деле не сам утонул, а его утопили. Вы не помните?

— Это ерунда.

— Откуда вы знаете?

— Кому он нужен?!

— А почему он не может быть кому-то нужен?

— Это ерунда, — внушительно повторила Юля. — Чушь. По-моему, утопить человека очень трудно. Гораздо легче застрелить.

— Если есть из чего стрелять, то легче, — согласилась Марина.

— Можно еще зарезать, — продолжала Юля как ни в чем не бывало. — Можно с балкона сбросить. Но топить?! Зачем?!

— Вадим считал, что зачем-то его утопили. Он сказал, что знает точно.

— Господи, ну что он мог знать! — горячо воскликнула Юля, и Марина зорко на нее взглянула. — Откуда?! Они ведь даже знакомы не были!

— Откуда вы знаете?

Юля осеклась и даже несколько секунд молчала, как будто быстро соображая, что бы такое ответить. Марина смотрела все так же внимательно.

— Ничего такого я не знаю, — выдала наконец плохо приготовившаяся Юля. — Я так думаю.

— Вы *думаете*, что они не были знакомы?

— Смотрите, вон Павел. — Юля показала в глубину романтической еловой аллейки, уходившей вправо. В аллейке была густая тень, и оттуда как будто тянуло запахом мха и грибов, хотя лето выдалось сухое и теплое. Ветхая беседочка виднелась за густыми и тяжелыми лапами — полусгнившая белая решетка, облезлая дранка на крыше, свисающая клоками, иссеченный дождями серый от времени деревянный шарик на макушке — украшение.

Павлик Лазарев заглянул в беседку, потом посмотрел по сторонам и зачем-то полез внутрь.

— Что ему там нужно? — шепотом спросила Марина у своей спутницы. — Зачем он туда полез? Она того и гляди обвалится, эта беседка!

— Не знаю, — тоже почему-то шепотом отвечала Юля. — Давайте?

— Что?

— Посмотрим.

— Как мы посмотрим? — не поняла Марина.

— Ну... подкрадемся и посмотрим, что он там делает.

Они обе смотрели друг на друга и соображали.

— Ну давайте, — решила Марина. — Подкрадемся. Только ползти на животе я не смогу. У меня нога.

— Не надо ползти! Мы просто пройдем несколько раз мимо, как будто мы прогуливаемся.

По этой аллее никто не прогуливался — слишком сумеречно в ней было, темно, даже в разгар дня. Зато иголки так густо устилали старый асфальт, что шагов совсем не было слышно.

— Сначала просто пройдем мимо, — на ухо Марине просвистела Юля, — потом повернем и еще раз пройдем.

— А если он нас заметит?

На это Юля ничего не ответила.

«Вряд ли он немедленно убьет нас обеих, — решила Марина. — Все-таки день, и пристань не так далеко, а там всегда народ. Кроме того, нас двое. Юля быстро бегает. Она быстро побежит и позовет на помощь Федора Тучкова».

Нет, Федора не позовет, потому что Марина исключила его из своей жизни. Мама права. Такие, как Федор Тучков, вращаются по какой-то другой орбите, лежащей в какой-то другой плоскости, и пересечение их орбит не сулит ничего хорошего и вообще возможно только в случае мировой катастрофы.

Хоть бы один раз с Мариной произошло что-нибудь, отдаленно напоминающее мировую катастрофу!

В беседке разговаривали. Пока слышен был только один голос — мужской, — и то непонятно чей. Юля взяла Марину под локоть сильными, какими-то острыми пальцами и заставила замедлить шаг. Иголки еле слышно поскрипывали под ногами и чуть-чуть скользили.

Марина оглянулась. В аллее они оказались совсем одни. Елочные своды смыкались над головой так плотно, что не было видно неба. Дорожка, с которой они свернули, чтобы «подкрасться» к беседке, казалась очень далекой и очень светлой.

Марине очень захотелось вернуться. Она вернулась бы, если бы не Юля, которая твердо держала ее под локоть. Не Юля и не любопытство, и неизвестно еще, что было сильнее!

Голос звучал все отчетливее, но слов по-прежнему не разобрать. Казалось, что Павлик говорит один, произносит какую-то длинную речь. Лекцию, что ли, читает?!

Со стороны аллеи, по которой под ручку шли заговорщицы, беседку закрывала хилая, но раскидистая елка, и разглядеть, что происходит за тонкими ветками и трухлявой белой решеткой, было невозможно.

— Ну что? — одними губами спросила Марина.

— Дойдем до конца и пройдем еще раз, — беззвучно ответила Юля.

— Ничего не видно!

— Если не увидим, попробуем с другой стороны!

Марина посмотрела в «другую сторону». Со всех «других» сторон беседка оказалась окружена плотными зарослями папоротника и крапивы. Крапива была сочная и самодовольная, как будто приготовившаяся жалить. Темно-зеленые скрюченные макушки доставали примерно до пояса.

Марина ни за что не полезла бы в нее, но любопытство, любопытство!

В беседке все смолкло, и они приостановились, вцепившись друг в друга и стараясь не дышать. От того, что старались, сопение выходило особенно громким, даже каким-то смачным. Юля пнула Марину в бок локтем. Марина вдохнула и больше не выдыхала.

В беседке опять забубнили, и они пошли. Марина тихонько выдохнула. Теперь невыносимо хотелось курить — наверное, от напряжения.

— Давай свернем.

— Куда?

— Туда. — Юля подбородком показала в крапиву. — С дорожки мы ничего не увидим.

Глаза у нее горели сыщицким азартом. Марина жалела, что ввязалась в эту авантюру.

Ее мама и бабушка были твердо убеждены, что Марине не должно и не может быть никакого дела до окружающих. Интересоваться чужими проблемами — недостойно и обременительно. Занимайся лучше своими.

Марина, не глядя на Юлю, решительно полезла в крапиву, которая не менее решительно ужалила Маринин голый локоть. Потом бок. Потом шею. Потом подмышку. Потом щеку. Щека немедленно и ужасно зачесалась. Марина почесала ее, потом подмышку, потом шею, потом бок.

Юля сзади тихонька ахнула, и Марина злорадно подумала, что и ей не сладко.

Верхушки крапивы качались из стороны в сторону, как пальмы в фильме Стивена Спилберга, когда через них ломился тираннозавр.

— Тихо! — Ветхая решетка была уже совсем близко. Юля сзади замерла, кажется, не успев опустить на землю ногу.

В беседке наступила тишина, а потом Павлик снова забубнил.

Марине показалось, что она слышит слова «убью» и «сука».

Господи боже мой, лучше бы «мышьяк» — хорошее, глубоко преступное слово!

Они добрались до серых досок, уложенных «елочкой». Все тело чесалось и невыносимо горело, как будто Марина долго сидела на муравьиной куче. Доски кое-где покрыты скрученными чешуйками старой белой краски.

В беседке молчали.

Юля дернула Марину за руку, и та оглянулась.

Юля показала вверх. Очевидно, это означало, что

Марина должна взобраться на деревянную реечку, которая опоясывала беседку, и заглянуть внутрь. Реечка была прибита довольно высоко и казалась не слишком надежной. Чтобы стать на нее, придется ухватиться за ветхий подоконник, навалиться на него животом. Интересно, обломится рейка или нет? Если обломится, Павлик выскочит, и тогда им несдобровать. Вся затея пойдет насмарку. Он поймет, что они за ним следили, станет осторожным и ничем себя не выдаст. В том, что преступник именно он — вместе с его мамочкой! — Марина уже не сомневалась.

Пожалуй, она точно знала и кто жертва.

Марина наугад сунула Юле рюкзак, ухватилась за шершавые доски и нашарила сандалией реечку. Вроде бы держится. По крайней мере сразу не отвалилась.

Осторожно, по сантиметру, Марина стала поднимать себя над стенкой беседки. Под носом у нее сильно пахло пылью от старых досок.

Ветер нагнал облаков, солнце нырнуло в них, и стало совсем темно, как будто наступило затмение.

Она осторожно выдвинулась из-за стенки, и прямо перед ее глазами за трухлявым переплетом оказался Павлик — светлые шорты и черная бандитская майка. Сосна лезла в ухо, кололась. Марина оттолкнула ее рукой.

Павлик молчал, и его неведомый собеседник тоже молчал, невозможно было разглядеть, кто это, — человек стоял в самом темном и дальнем углу, просто тень.

Юля сзади потянула ее за штаны, и Марина отмахнулась. Кажется, она попала сообщнице по носу, потому что послышался короткий сдавленный хрюк, и все смолкло.

— Завтра же, — проговорил Павлик, и его голос громом грянул в странной предгрозовой тишине. — Завтра же, я сказал.

Тень в углу завозилась, завздыхала и промолчала.

— Больше я не жду, хватит с меня. Ну хватит уже!

Марина подтянулась повыше, навалилась животом, чтобы рассмотреть того, неведомого, и, конечно, проклятая рейка у нее под ногой с предательским и очень громким треском подломилась, как будто выстрелил пистолет.

Павлик стремительно обернулся, и Марина увидела, что в руке у него *на самом деле* пистолет.

— А-а-а!!!

Спиной она повалилась в заросли крапивы, разодрала бок о какой-то сук — от боли свело затылок.

— Твою мать!!

Павлик изнутри рванул трухлявую решетку, посыпались щепки, прошлогодние листья и еще какой-то мусор, но решетка устояла.

— Бежим!!

Марина перекатилась на четвереньки. Юля была далеко впереди, она и вправду бегала быстро. Марина кое-как вскочила на ноги и неуверенно побежала, оступаясь, путаясь в папоротнике и крапиве, которая жалила все безжалостнее. Или ей так казалось? Ветки хлестали по лицу и голым рукам, свирепый топот за спиной все приближался, и так далеко было до людей, до спасительной санаторной дорожки, где в большой будке жила черная собака, а в будке поменьше рыжая собака, и вечером, когда спадала жара, они по очереди лениво гавкали на гуляющих!

— Быстрее, быстрее!

Васнецовский лес расступался, вокруг как будто светлело, пот заливал глаза, и что-то текло по боку, как будто она упала в воду, а не в крапиву.

С разгону они выскочили на асфальт, изнемогая, пробежали еще немного и оказались прямо перед сеткой теннисного корта.

На корте были люди. Господи, спасибо тебе!..

С этой стороны калитка отсутствовала, а сетка оказалась высока. Проламываясь через сирень, как тираннозавры, порождение неконтролируемого режиссерского воображения, они добежали до ворот. Ворота были закручены цепью и закрыты на висячий замок и тоже заложены сеткой, зато по сваренным чугунным прутьям можно попытаться перелезть.

Поминутно оглядываясь и обливаясь потом, молча, они проворно, как кошки, полезли по прутьям наверх.

Сердце разрывалось в горле. Еще чуть-чуть, и разорвется совсем. И ни один врач, пусть даже Елена Малышева, не сможет заново сшить его!

— Что здесь происходит? Черт возьми, что это такое?!

Марина перенесла ногу через верхнюю перекладину и посмотрела вниз. Под воротами, вытаращив глаза и задрав голову, стоял Федор Федорович Тучков Четвертый.

— Федор, что там такое?! — изумленно спросили с корта.

Он на секунду оглянулся, ничего не сказал и опять повернулся к сетке, на которой застряла Марина. Юля спрыгнула, а Марина застряла.

Что-то случилось с ней в тот момент, когда она его

увидела — кепка козырьком назад, шорты, майка, на лице несказанное изумление. Оно было больше лица, не помещалось на нем.

— Марина, черт тебя побери, что ты делаешь?! Юля, что случилось?!

— Ни... ничего, — тяжело дыша, выговорила спрыгнувшая на асфальт Юля. — Мы просто бежали... на время... а... потом... испугались...

Выговорив, она наклонилась вперед и уперлась ладонями в колени, как будто не могла больше стоять прямо, а Марина поняла, что с этих самых ворот слезть никогда не сможет.

Ни-ког-да. Никогда.

— Куда вы бежали?! Что значит — на время?! Вы что?! Бредите?! Марина, слезай немедленно! Сейчас же! Слезай, кому я говорю!

Марина закрыла глаза и из последних сил уцепилась пальцами за рифленый чугунный прут. В голове шумело, во рту было так сухо, как будто она неделю провела в пустыне, и что-то текло по боку, но, кажется, не вода.

— Марина!

— Я не могу, — пробормотала она и услышала себя как будто со стороны. — Я не могу слезть... Никак не могу.

К Федору подошел еще кто-то, задрал голову и тоже стал смотреть. Марине внезапно стало очень больно, так больно, что пресеклось дыхание, и больно было везде, и в пальцах, и в животе, и в боку, по которому все что-то текло.

— Так, все ясно.

Это Федор сказал. Марина не открыла глаз, потому что знала — как только она их откроет, ее вырвет.

Что-то сильно грохнуло об асфальт, ворота затряслись, и она еще подумала, что Тучков Четвертый решил стряхнуть ее на землю, как грушу. Мысли были медленные и холодные, как мельничные жернова.

— Марина.

И внутри тоже было холодно. Наверное, пока она сидела на воротах, началась зима.

— Марина, открой глаза и посмотри на меня. Давай. Открывай.

Он же не знал, что она не может открыть глаза!

— Марина.

— Федор Федорович, помочь?

— Марина.

Будь что будет! Она открыла глаза, и странно расплывающееся зрение не сразу сфокусировалось на кепке Тучкова Четвертого, которая оказалась почему-то очень близко.

— Хорошо. Теперь давай руку. Давай мне руку.

Какую руку? Марина понятия не имела, где у нее эта самая рука.

Тогда он сам неизвестно как отцепил ее намертво прикипевшую к чугунному пруту руку, а потом вторую, и она стала стремительно съезжать вниз, но почему-то не упала, кто-то ее подхватил, поддержал, и оказалось, что это Федор.

— Что случилось, я не понял?!

— Мы бежали и упали. — Это сказала Юля. Голоса доносились к Марине издалека и с некоторым опозданием.

— Куда вы бежали?!

— По лесу.

Тогда Федор Тучков отчетливо выговорил:

— Идиотки.

И они куда-то пошли. Шли довольно долго и тяжело, с каждой минутой становилось все тяжелее, как полякам, увлекаемым в болото Иваном Сусаниным. А потом пришли и оказались в совершенно незнакомом месте. Чем-то оно напоминало Маринин санаторный номер, но это был точно не он.

— Где ты так разодрала бок?! Ты что? Куда тебя несло?! Зачем?!

— Я спасалась. — Зубы стучали сами по себе, словно это были не ее зубы.

— От кого, черт возьми?!

— От Павлика. Он хотел меня застрелить из пистолета.

Теплая жесткая ладонь — Марина отлично помнила желтые бугорки мозолей — легла на ее холодный лоб.

— Почему он хотел тебя застрелить?

— Потому что я его видела в беседке.

— Что он там делал?

На этот простой вопрос она не могла ответить.

— Он там... стоял.

— Ясно. Снимай майку.

Марина послушно сняла ее.

— А это что?

— Где?

— Вот это все.

Марина скосила глаза вниз. На коже были неровные красные бугристые вздутия — много.

— А, это крапива.

— Ты что, валялась в крапиве?

— Н-нет. Я сквозь нее лезла.

— Куда?

— В беседку.

— Боже, помоги мне, — вдруг сквозь зубы попросил Федор Тучков. — В какую беседку?

— В еловой аллее есть беседка. Туда зашел Павлик. Мы с Юлей решили подкрасться и посмотреть, что он там делает. Он нас заметил и погнался. Мы... еле успели убежать. У него был пистолет. Я думала, он меня убьет... это он тут всех убивает...

— Кого — всех?

— Людей.

— Вадим упал с лошади.

— Зойка сказала, что просто так лошадь никого сбросить не может. Это еще нужно проверить, сам он упал или ему кто-то помог...

— Какая Зойка?

— С конюшни.

— Держи руку и не прижимай ее к боку.

— Почему?

— Потому.

Никогда в жизни профессора Марины Евгеньевны Корсунской не было человека, который на вопрос «почему?» мог ответить «потому». Впрочем, Федора Тучкова она тоже сегодня исключила из своей жизни навсегда.

Что-то зашуршало, звякнуло и полилось. Держать руку на весу было трудно.

— Положи вот так. Только к боку не прижимай.

Откуда он узнал, что ей трудно?

— Сейчас будет щипать, не дергайся. Вообще-то, если бы я уединился в беседке с девушкой, а какие-то безумные стали бы за мной подсматривать, я бы, пожалуй, тоже рассердился.

В боку стало так больно, что глаза полезли на лоб.

Марина прижала к ним ладони. Воздух не проходил в горло, потому что боль стиснула и его, скрутила, завязала узлом.

— Сейчас все пройдет. Дыши ртом.

— Он не с девушкой, — хрипло дыша, сказала Марина. — Не с девушкой. Он бандит и шантажист.

Холодная капля проползла по виску, скатилась на шею.

— Ты что-то услышала?

— Он сказал — завтра же. Больше ждать не могу. Потом эта штука подломилась, и я упала, прямо в крапиву, и, кажется, поранилась обо что-то.

— Не кажется, а точно.

— И мы побежали.

— И ты видела у него пистолет?

— Да.

— Он держал его в руке, когда разговаривал? Или потом вытащил, когда под тобой что-то подломилось?

— Не знаю. Я не заметила. Когда он повернулся, у него точно был пистолет.

Она вдруг снова увидела это движение: человек поворачивается к ней, блестит пистолет, и узкое дуло с черным зрачком — Марина никогда не думала, что оно такое узкое, пистолетное дуло, — упирается почти в ее живот.

— Марина.

Почти в живот. В мягкие беззащитные ткани. Самое уязвимое место.

— Марина.

Легко ему говорить, жалобно подумала она. В него-то никто не целился из пистолета!

— Чья это была идея?

— Какая?

— Подсматривать за Павликом.

— Моя. Или Юлина. Или наша общая.

— Чья?

— Я не помню.

— Иди и умойся. И не трясись ты так, ничего страшного с тобой не случилось.

— Мне... больно.

— Пройдет.

Он несколько секунд постоял рядом с ней, выжидая, что она пойдет умываться, но она не двигалась с места, и тогда он поднял ее за локоть, отвел в ванную и умыл.

На полочке стояли странные пузырьки, пахло Федором Тучковым, и полотенца висели с другой стороны.

— А... где мы?

— Мы в ванной.

— Нет, в другом смысле. В глобальном.

Федор Тучков усмехнулся в зеркале. Марина видела его лицо — загорелое — и свое — бледное, веснушчатое. На щеке красный толстый волдырь. На шее еще один. На плечах волдырей не счесть. Даже за краем белого лифчика волдырь. Марина оттянула атласную полоску и посмотрела.

Ну точно. Волдырь.

Тут в зеркале она поймала еще один его взгляд.

Караул! Помогите!

Она стоит в чьей-то чужой ванной, в одном лифчике, а рядом с ней чужой мужчина, которого она навсегда исключила из жизни! Он стоит у нее за спиной, смотрит на нее в зеркале, и у него странное сосредоточенное выражение лица, и это двойное присутствие — за плечом и перед глазами — как будто полностью лишает ее свободы.

Вы окружены. Сопротивление бесполезно.

Марина заметалась. Он учтиво посторонился. Она свалила в ванну одно полотенце, второе упало ей на голову, она стянула его и моментально в него завернулась.

Только чтоб он не видел. Только чтоб его взгляд не был таким сосредоточенно-мужским.

— А где моя... майка?

— Нигде. Ее больше нет. Я дам тебе другую.

— Федор Федорович, мне надо идти. Все мои вещи у меня в номере. Я могу сама достать, а вы не ходите.

— Я не собираюсь никуда идти, — громко сказал он уже из-за двери. — Я дам тебе свою майку. Поносить.

— Спасибо, но это невозможно.

Боже, что скажет мама! И бабушка не переживет! Господи, как узнать, большая у нее там рана или не очень? Заживет она до Москвы или так и останется? Если останется, мама непременно все выпытает — Марина никогда и ничего не умела от нее скрывать! — и еще драгоценная шляпа из итальянской соломки, когда высохла, стала похожа на перестоявшую сыроежку.

— Руки вверх!

Марина ахнула и задрала руки — вот как ее запугал бандит Павлик! Полотенце упало. Федор подхватил его. Мягкая ткань скользнула по рукам, по груди, по животу. Марина зажмурилась.

— Давай чай пить.

— Что?

— Чай.

И тут ей так захотелось чаю, большую-преболь- шую кружку, и хорошо бы с лимоном, что она поза- была об опасности, и о маме, и о шляпе из итальян- ской соломки, и потащилась за Федором Тучковым в комнату и позволила усадить себя в кресло, и взяла у него сигарету — как индеец наваху трубку мира.

От сигареты моментально зашумело в голове.

— Рассказывай.

— Что?

— Как что? Все. Твое появление на корте было не- сколько неожиданным и волнующим, я бы сказал. Я, признаться, ничего не понял. Я играл в теннис с Владимиром Петровичем, потом смотрю — кто-то через забор лезет, хотя в двадцати метрах калитка! Думал, что молодежь развлекается. Думал, сейчас по шее дам, чтоб играть не мешали. Оказалось, что это вы с Юлей возвращаетесь с прогулки. У тебя бок в крови, майка разодрана, и вообще ты то и дело норо- вишь свалиться в обморок. А сама на заборе. Я ду- мал, что мне не удастся тебя от него оторвать.

— От кого?

— От забора. Как ты туда попала?

Марина закрыла глаза. Шум в голове прошел, стало повеселее.

— Я же тебе говорила! За нами гнался Павлик. Он хотел меня застрелить, когда увидел, что я подсмат- риваю. В меня раньше никогда не целились из пис- толета. Это очень страшно.

— Я знаю.

— Откуда?

— Вспомни, он держал пистолет в руке или выта- щил его из кармана?

— Не знаю. Держал, наверное.

— То есть он разговаривал с кем-то и держал его на прицеле?

— Да. Наверное, да.

— Занятно.

— Федор, ты можешь мне не верить, но я...

— Я верю. А с кем он разговаривал, не разглядела?

— Нет. Какая-то скрюченная фигура в углу. Я даже не слышала ни слова.

— А Павлик что говорил?

— Что больше не может ждать, что завтра или никогда. Федор, он шантажист и бандит, точно! — Марина решительно потушила в пепельнице сигарету. — А тот, в углу... он был похож... на Геннадия Ивановича, да! Такой узенький, прилизанный, в чем-то коричневом.

— На Геннадия Ивановича, — повторил Тучков Четвертый задумчиво.

— Ну, конечно! Кстати, он же отменил партию в теннис, правильно? Ну, с тобой! Он сказал, что подавлен и все такое! Вы даже договорились, что все переносится на завтра.

— Я все равно пошел, — буркнул Федор Тучков сердито. — Ты куда-то пропала, а у меня было ужасное настроение.

Марина не стала вникать в то, что он говорит.

— Я не пропала! Я пошла к тому месту, где все случилось с Вадимом. Я поговорила с девчонкой, которая вела первую лошадь. Она мне сказала, что Мальчик не мог просто так взять и кого-то сбросить с обрыва.

— Какой мальчик?

— Так зовут коня. Мальчик. Она сказала, что он спокойный и любит людей.

— Спокойный и любит, но Вадим разбился. Насмерть.

— Что-то тут не то, Федор.

— Тут — это где?

В руке у нее как бы из воздуха материализовалась большая белая кружка, сестра-близнец ее собственной большой белой кружки. От нее поднимался пар. Чай был рубиновый, а кусок лимона толстый. Марина глотнула и зажмурилась.

Там был не только лимон и сахар, но и еще что-то.

— Что ты туда налил?

— Коньяку.

— Я никогда не пью спиртное днем!

— А по заборам ты когда-нибудь лазишь?

— Нет.

— Днем? — усомнился Федор Тучков.

Она промолчала, сделала большой глоток, обожглась и стала дуть на чай.

— Хочешь есть? Ты за обедом ничего не ела.

— Откуда ты знаешь?

— Мы сидим за одним столом.

— Ты смотрел... за мной?!

— На тебя, — поправил он вежливо. — Я смотрел на тебя. Ты ничего не ела, вроде Оленьки. Хочешь?

— А что... у тебя есть?

Он опять усмехнулся — глазами. Марина никогда не видела глаз, которые могли бы так усмехаться. Как это у него получается?

— У меня есть колбаса, бублики. Йогурты, кажется, тоже есть.

— Тогда колбасу и бублик.

229

Он принес ей бублик и колбасу на тарелочке. Колбаса была холодная, а бублик свежий.

— Вадим хотел идти в милицию и погиб.

— Это несчастный случай. Мы же все видели своими глазами.

— Федор, — энергично жуя бублик, начала Марина, — ну давай просто представим себе, что это не несчастный случай! Ну почему у тебя нет никакого воображения?!

— У меня сколько хочешь воображения.

— У тебя его вовсе нет, как у моих студентов! Две трети из них не могут себе представить, что если из бесконечной последовательности удалить бесконечное число членов, то она все равно будет равна бесконечности, а не нулю!

— Почему бесконечности? — удивился Федор. — Нулю.

Марина застонала:

— Да не нулю! Ну как тебе это объяснить! Дай мне бумагу и ручку! У тебя есть? Или ты писать не умеешь?

— Я умею. Не слишком хорошо, конечно, но умею.

— Смотри. Вот луч. Это бесконечное множество точек. Это нуль. Это точка А. Выбираем ее произвольно. Если нам нужно убрать бесконечное число точек...

Он смотрел за ее рукой и не слушал, она поняла это совершенно точно, когда мельком на него взглянула. Он просто смотрел на ее руку, которая проворно и как будто сама по себе рисовала на бумаге.

Она опомнилась:

— Прости, пожалуйста. Тебе это, наверное, совсем не интересно. Я просто увлеклась ни с того ни с сего. Наверное, мне на работу надо.

«Тебе надо ко мне в постель, — мрачно подумал Федор Тучков Четвертый. — И мне надо, чтобы ты хотела ко мне в постель».

Как это все некстати!

— Твоя задача математически некорректна, — заявил он. — Зря ты так стараешься.

Марина смотрела на него с первобытным изумлением, потом осторожно засмеялась и замолчала. Почему-то ей вдруг подумалось, что говорил он вовсе не о луче с точкой А.

Нужно быстро и аккуратно свернуть в тихое и безопасное место. Если такое еще осталось в непосредственной близости от Федора Тучкова.

— Давай представим себе, что Вадима кто-то убил. Давай просто попробуем.

— Попробуем, — согласился Федор Федорович, думая только о постели и о том, как ему теперь быть с профессоршей.

— Лошадь можно напугать или внезапно причинить ей боль, чтобы она взвилась на дыбы и сбросила седока, особенно если он не слишком умелый.

— Марина, мы стояли там. Никто не пугал лошадь и не причинял ей боль.

— Федор, то, что мы этого *не видели*, еще не означает, что этого *не было*.

Ого!.. Он даже засмеялся от удовольствия.

— К лошадям никто и близко не подходил.

— Не подходил у нас на глазах. А если *до этого*?

— Что значит до?

— Ну, вчера или накануне!

Тучков Четвертый встал и налил им еще по кружке чаю. Полез в какой-то шкафчик и вынул оттуда пузатую круглую бутылку.

— Мне больше не надо! — перепугалась Марина.

— Ну, конечно, — согласился он и налил — довольно много, на палец примерно. Эдик Акулевич всегда наливал ей именно столько вина, примерно на палец. Наверное, боялся, что она впадет в алкогольную зависимость и ее карьера пострадает.

Нельзя, нельзя так думать о старом друге! Он проверенный, близкий человек, и черт с ним, с геморроем и долькой чеснока в нагрудном кармане! То, что она так о нем думает, — предательство!

— Ты любишь Дика Фрэнсиса?

— Не знаю. А что?

— Он много писал про лошадей. Он в прошлом был знаменитый жокей. У него есть роман про то, как лошадь приучили пугаться вспышки фонаря. И достаточно было выйти на скаковое поле с фонарем, чтобы лошадь поднималась на дыбы и сбрасывала жокея. У них на этом был целый бизнес построен.

— Красиво, — оценил Федор Тучков. — Но не слишком правдоподобно. Вряд ли кто-то тренировал лошадь специально, чтобы убить Вадима.

— Может быть, не Вадима! Но когда он сказал, что пойдет в милицию, от него решили избавиться именно таким способом!

Федор Тучков развернул леденец «Взлетный» и кинул себе за щеку.

— Способ убийства какой-то ненадежный, — высказался он, подумав. — Лошадь может сбросить, человек ушибется, и все дела. Это же не скачки с препятствиями! Они не скачут галопом, а медленно идут.

— Там же обрыв!

— Да ни при чем обрыв, — поморщившись, сказал

Федор. — Даже с обрыва можно упасть и не получить никаких серьезных повреждений. Ему просто очень не повезло.

Марина подула на свой чай и проговорила, стараясь быть убедительной:

— Есть два очень странных обстоятельства. Первое. Вадим сказал, что знает что-то о трупе в пруду и собирается заявить в милицию. Второе. Вадим идет кататься на лошади, падает и разбивается. Это не может быть совпадением.

— Это может быть совпадением.

— Федор. Нет.

— Да.

Черт бы побрал этих загорелых полицейских капитанов в выцветших и потертых джинсах! Вечно они уверены, что умнее всех, и упрямы, как мулы!

— Вовсе необязательно, что человек умрет, если его сбросит лошадь. А раз в этом нельзя быть твердо уверенным, значит, это не убийство!

— Убийство.

— Мы толчем воду в ступе, — заявил Тучков Четвертый.

Марина с силой поставила кружку на полированный столик. Немного чаю даже выплеснулось наружу. Она быстро смахнула лужицу ладонью.

Он не заметил. Или сделал вид?

— Если тебе ничего не показалось и у Павлика есть пистолет, зачем ему тренировать лошадей, чтобы они сбрасывали седоков? Почему не выстрелить?

— Павлик не тренировал никаких лошадей!

— Тогда кто тренировал?

— Кто-то еще. Я пока не знаю.

— Если Павлик главный злодей, то, значит, есть еще второстепенный злодей?

— Злодейка, — объявила Марина уверенно. — Вадим сказал, что это «она». Что он «ее» узнал.

— Это она тренирует лошадей?

— Федор Федорович, мне надоела ваша глупая ирония.

— Ирония и жалость! — провозгласил Тучков Четвертый плаксиво, и Марина уставилась на него. Кажется, он чуть смутился. — Ты что? Это Хемингуэй. Забыла?

Здрасте-пожалуйста! До Хемингуэя добрались! Еще чуть-чуть, и выяснится, что он поклонник Кафки, на ночь почитывает Ричарда Баха, а в столе на работе у него припрятан Пауло Куэльо!

Эта задача математически некорректна!

Поклонник Кафки наклонился вперед и стал задумчиво чесать лодыжку. Чесал громко и со вкусом. Из-за ворота майки опять вывалился странный медальон. Марина отвернулась.

Вот беда.

— С лошадьми неясность, — объявил Тучков Четвертый и перестал чесаться. — Как способ убийства это не годится. Кроме того, мы сами видели, что лошадь никто не пугал. Если только...

Марина замерла.

Он захватил в горсть свой невиданный медальон и несколько раз задумчиво подбросил вверх. Железки на толстой цепи приятно позвякивали.

Он подбросил в последний раз, поймал и решительно зашвырнул их за майку.

— Ты как?

— Что? — не поняла Марина.

— Как ты себя чувствуешь?

— А... хорошо. А что?

— Пройдемся?

— Куда?

— К обрыву. — Он поднялся и протянул руку, для того чтобы помочь Марине встать. Прямо у нее перед носом возникла широкая загорелая мужская ладонь. Она смотрела-смотрела, а потом нерешительно вложила в ладонь свои пальцы.

Он сильно потянул ее. Она поднялась и сразу же отступила, потому что оказалась слишком близко к нему.

— Мне, наверное, надо переодеться. Наверное, ваша майка...

— Это ненадолго, — сказал Федор Федорович Тучков любезно. — Только туда и обратно. Заодно уж навестим и... место происшествия.

— Какого... происшествия?

— Того, где Павлик тебя чуть не убил путем выстреливания из пистолета.

«Он надо мной издевается. От души, радостно. Наверное, ему приятно выставлять меня идиоткой. Мужики не любят образованных женщин. Им нравится, когда женщина глупа и слаба.

Ну уж нет. Моей глупости и слабости ему не видать.

Это мое единственное приключение в жизни. Первый и последний шанс. Я его себе нашла, я и буду разбираться и лавры не отдам никому. Вернее, не лавры, а это особое упоение, когда наконец-то кажется, что живешь, живешь, а не «проводишь жизнь» — в длинной и узкой комнате, за стареньким компьютером, на неуютном диване, в холодной аудитории, возле мамы и бабушки за вечерним чаепитием!»

Марина решительно одернула майку, которая была ей широковата, кроме того, имела невыносимо желтый цвет и надпись, приходившуюся ровнехонько на середину левой груди. Надпись сообщала о том, что «Спортмастеру» 10 лет». Редкой красоты вещь.

— Через главный вход, — распорядился Федор Тучков. — Там ближе.

— А мы что? Спешим?

Он посмотрел ей в спину.

Он очень спешил, а ей знать об этом не полагалось. В последний раз он так спешил — он отлично это помнил, — когда опаздывал на свидание, которого добивался несколько месяцев. Он добился, а служба его задержала. Он опаздывал и знал — ждать его никто не будет.

Никто и не ждал. Ему было тогда двадцать два года.

Почему-то он и сейчас уверен, что *эта* — совсем не такая, как та, из двадцати двух его лет, — тоже не станет ждать. Он должен что-то с ней сделать очень быстро.

Очень быстро, Жакоб.

Да, да, он подловит ее в ту самую секунду, когда она станет исподтишка таращиться на его ноги, или плечи, или руки, или губы, или... еще что-нибудь! Черт возьми, какое жаркое нынче лето! Он подловит ее, и она не сможет от него убежать. Он давно уже принял решение и знал, что не отступит.

А потом что?! Что потом-то?!

Недельный санаторный секс, черт его побери совсем, то в ее, то в его номере «люкс»?!

Ну и что? Ну и недельный, ну и санаторный! Чем плохо? Вроде всем хорошо, удобно очень. Он свободный человек. Профессорша тоже не обременена ни супругом, ни малютками, все будет «как у больших» — мило и корректно, с милым и корректным расставанием, когда кончится отпуск.

А там Москва, работа, конец лета, «немного солнца в холодной воде», теннис по субботам, громадное серое здание, бесконечный коридор с бесконечным числом дверей — сколько ни убирай членов из последовательности, она все равно останется бесконечной!

Что делать? Как быть?

Что должен делать мужчина сорока двух лет от роду, женатый, разведенный, если ему внезапно и очень сильно захотелось повезти девственную профессоршу на дачу и там познакомить с дворнягой по имени Луи-Филипп — мать нашла на помойке пропадающего щенка и притащила домой? Отец недолго бубнил, что это не дом, а проходной двор, и повез щенка в ветлечебницу за паспортом и прививками. А с дачи чтобы они непременно поехали домой — в их общий, неведомый, несуществующий дом, — и валялись бы на диване, пока показывают позднюю воскресную киношку, и прихлебывали чай из одной кружки, потому что лень идти за второй, а потом тискались под жарким одеялом, а потом спали как убитые, дозанимавшись любовью до звона в ушах!

Что делать, если все не ко времени, и странно, и часовой механизм был запущен, еще когда они целовались в бассейне, и он тогда думал, что она его оттолкнет, а она обняла?

Что делать, если он вообще не знает — *как*?! Как

быть с женщиной, которая, отводя несчастные глаза, призналась, что «никого и никогда», а потом смотрела на него как на заморское чудо?!

И он еще должен тащить ее с забора, переодевать на ней майки, трогать розовую, гладкую, теплую кожу на боку, как раз там, где начинается изгиб бедра, и делать при этом джентльменский вид, и «сохранять лицо», и внятно отвечать на вопросы, и вообще геройствовать по полной программе, потому что это именно то, чего от него ждут!

Сто лет он не шел ни у кого на поводу и не делал того, чего от него «ожидали».

Зря он решил тогда, что она может быть ему полезна. Поздно теперь перерешать, потому что часовой механизм пущен, секунды тикают, время уходит.

Видит бог, он перерешил бы, если бы мог!

Она споткнулась впереди, и он корректно поддержал ее под локоть — продолжая геройствовать по полной программе!

— Это нога, — сказала Марина, чтобы нарушить молчание, потому что он странно молчал. Это заставляло ее волноваться.

— Болит?

— Нет. Не очень.

— Конечно, было бы лучше, если бы ты не скакала по лесу.

— Федор, как ты думаешь, а Павлик мог разговаривать с Геннадием Ивановичем?

Тучков Четвертый пожал плечами.

— Что это значит?

— Это значит, что я не знаю. Ты видела хоть один раз, чтобы Павлик с кем-нибудь разговаривал? Ну, кроме того случая, когда он разговаривал с нами на стоянке?

— Он специально ни с кем не разговаривает, потому что он...

— Убийца и бандит, — перебил Федор Федорович. — Значит, это Геннадию Ивановичу он угрожал пистолетом? И Геннадию Ивановичу говорил, что завтра последний срок и больше ждать он не может? Если так, то при чем здесь Вероника?

— Вероника? — неуверенно переспросила Марина.

— Ну да. Ты считала, что Павлик и его мамаша шантажируют Веронику. И Геннадия Ивановича тоже? И покойника, того, первого, тоже шантажировали?

— Кстати, Геннадий Иванович зачем-то следил за нами в лесу, — язвительно напомнила ему Марина. — Зачем? Что он хотел услышать?

— Ты уверена, что он именно следил?

— Ну, конечно! Что он еще мог делать в кустах?! — Тут ее внезапно осенило, и это было так ослепительно и ярко, что она даже остановилась и схватила его за руку.

Федор посмотрел на ее пальцы, взявшиеся за его запястье.

Черт ее побери. Черт ее побери совсем.

Зачем она его трогает? Женщина тридцати пяти лет, какой бы неопытной она ни была, не может не понимать, что мужчина расценивает эти... хватания совершенно определенным образом и совершенно определенным образом же на них реагирует!

— А что, если Геннадий Иванович, Павлик и Валентина Васильна — все трое...

— Шантажисты? Преступники?

Марина посмотрела на него. Он не улыбался.

— Ну, да. Шантажисты и преступники. Так бывает! И они прикончили своего четвертого... коллегу, а потом решили избавиться от Вадима, потому что тот о чем-то догадался.

— Вот о чем я никак не могу догадаться, так это о том, зачем Веронике понадобилась инсценировка с телефонным звонком.

Марина замерла посреди малинового коридора, и рот у нее приоткрылся.

— Ка-какая инсценировка? С каким телефонным звонком?!

— За обедом она разговаривала по телефону. Щебетала про университет и постоянно повторяла что-то вроде «дуся и любовь моя».

Марина отлично это помнила. Она даже похвалила себя за то, что оказалась проницательнее Федора Тучкова, который заподозрил было, что у Вероники любовное свидание — ночью, под санаторным забором! — а умная Марина была уверена, что Вероникин «роман» в Москве, а вовсе не на Волге-реке!

— Что значит — инсценировка, Федор?! Она разговаривала с приятелем, все это слышали!

— Все слышали, что она разговаривала, но никто не слышал, что с приятелем.

Марина смотрела на него.

— Телефон у нее упал, — продолжил он негромко. — Я его поднял.

— Ну и что?

— Дата последнего вызова — вечер вчерашнего дня.

— Откуда ты знаешь?!

— Это очень просто. Телефон фиксирует все вы-

зовы, ставит время и продолжительность разговора.
Чтобы это уточнить, нужно нажать одну кнопку. Я ее
нажал и уточнил.

— Да, но... он же звонил!

— Марин, это очень просто. Ты набираешь что-то
вроде «тон звонка» и нажимаешь «о'кей». Он начинает звонить. В это время можно сказать «алло», и
будет полная видимость звонка.

— Да, но... зачем?! Зачем?!

— Я не знаю, — признался Федор Тучков. — На
сегодняшний момент это самое непонятное, потому
что разговор был совершенно бессмысленный. То
есть абсолютно. Дуся, я тебя люблю, сходи в дека-
нат, скука смертная... Разве что...

— Что?!

— Да так.

— Нет, скажи — что?!

Он толкнул перед ней дверь, и они вышли на улицу, в ровное, спелое июльское тепло.

— Ничего, — Федор Тучков водрузил на нос темные очки. — Это еще нужно проверить. А ты с ней
поговори. Попробуй.

— В этих очках ты очень похож на Павлика Лазарева, — зачем-то сказала Марина.

— Вот именно, — почему-то согласился он.

Ветер с Волги был крепким и плотным, поднимал
мелкую волну. Над красными горами на том берегу
висели пышные облака с темными доньями. Тень
бежала по середине реки — бежала, бежала, а потом
пропадала неизвестно куда. Щелкал вылинявший флаг
на алюминиевом флагштоке, провод тонко звенел.

— Дождь будет, — тоном ведущего программы

«Прогноз погоды» сказал Федор Тучков. — Гроза идет. Успеть бы до нее.

— Что успеть?

— Посмотреть, что здесь такое.

Полицейские капитаны в выцветших и потертых джинсах, с их всезнайским тоном, очевидно, хороши только в романах, мрачно подумала Марина. В жизни нет ничего хуже, чем когда тебя принимают за идиотку. Она раздраженно пригладила вздыбленные ветром волосы.

— Где он упал? Здесь?

— Чуть подальше. Вот здесь. Смотри, еще следы не все затоптали.

— Не все, — согласился Федор Тучков. — Это точно.

Он оглядывался с рассеянным видом, кажется, даже посвистывал тихонько, и Марина опять усомнилась, не кретин ли он.

Черт его знает? Может, первое впечатление самое правильное?

Пооглядывавшись, он присел на корточки в самую кучу размешанного ногами песка и вперил взгляд в пыль.

— Ты потерял обручальное кольцо своей бабушки? — тревожно осведомилась Марина. — С бриллиантами и изумрудами?

— Почти, — согласился он. Не поднимаясь с корточек, он переместился на шаг и снова стал смотреть.

Марина присела рядом. Очень близко оказалась загорелая мужская нога — длинные мышцы, жесткие золотистые волосы.

Боже, помоги мне!

— Что ты ищешь?

— Я пока сам не знаю, — вежливо отозвался Федор Тучков Четвертый. — Я просто смотрю. Проверяю твое подозрение.

— Какое мое подозрение?!

Он мельком глянул на нее:

— Относительно того, что лошадь могли сильно напугать или причинить ей боль, чтобы она сбросила наездника. Ты сказала, что, если мы не видели, это еще не значит, что этого не было.

Федор зачерпнул горсть песка и ссыпал обратно. На ладони не осталось ничего интересного. Марина тоже зачерпнула и ссыпала — у нее на ладони осталась пивная пробка. Она посмотрела на нее с отвращением и отшвырнула.

— Как может выглядеть то, что мы ищем?

— Я не знаю, — повторил он с вежливым раздражением. — Я скажу тебе, когда найду.

Некоторое время они молча рылись в песке. Хорошо, что над обрывом в этот час не было отдыхающих! Подбежал веснушчатый мальчишка, приостановился и посмотрел на них.

— Дядь, вы в куличики играете? — спросил он через некоторое время и почесал нос.

— Мы играем в песочек, — объяснил Федор Тучков туманно.

— Вы, дядь, лучше в куличики, — посоветовал мальчишка. — Только здесь песок сухой. У воды куличики лучше.

Марина оглянулась на него и улыбнулась. Надо же, какой заботливый!

Мальчишка еще постоял, а потом поскакал вверх, к корпусу, откуда протяжно и заунывно кричали: «Славик, Славик!»

243

Сильный порыв ветра с Волги швырнул песок в лицо. Марина зажмурилась, дернула головой и стала тереть моментально заслезившиеся глаза. Песок попал под веки, смотреть было больно, и глаза она открыла не сразу.

А когда открыла, увидела, что в руке у Федора Тучкова длинный металлический прутик, похожий на стержень от шариковой ручки.

Марина моментально перестала обливаться слезами и тереть глаза.

— Что это?!

— Железка.

Марина придвинулась поближе, так, что почти коснулась коленкой его ноги, и стала разглядывать прутик. Прутик как прутик. На проволоку не похож, сделан из какой-то твердой стали. Один кончик очень острый, второй тупой, как будто с темной бороздкой.

— Слушай, — произнес Тучков Четвертый медленно. — Это просто потрясающе. Ты оказалась права.

Марина немного погордилась, что «оказалась права», хотя до конца ей не было ясно, в чем именно, и тем, что он это признал, тоже погордилась.

Ну хоть в чем-то права, а то полицейский капитан совсем уж перестал считать ее стоящим напарником! Впрочем, это *ее* «приключение», и как раз капитан — напарник, а главное действующее лицо — она сама.

— В чем?! В чем я права?!

— Лошадь сбросила его не просто так. И мы действительно не могли видеть, что с ней что-то произошло.

Он сел в песок, неудобно подвернув под себя ногу, и близко поднес прутик к глазам.

— Нет, — произнес он через некоторое время. — Так ничего не видно.

— А что должно быть видно? — сгорая от любопытства, спросила Марина.

Он постучал себя по ладони.

— Черт возьми, это же совершенно нелогично! — задумчиво сказал он сам себе. — Он ведь мог и не упасть! Или упасть, но не разбиться! Или разбиться, но не насмерть! Что за странный способ? И вообще... зачем?

— Он же что-то знал, — подсказала Марина. — Хотел в милицию идти. Его убили, чтобы он туда не пошел!

Федор Тучков снова поднес прутик к глазам.

Марина слегка толкнула его в плечо. Он оперся рукой о землю.

— Что?

— Почему ты не веришь, что его могли убить, чтобы он не пошел в милицию? Он же заявил, что знает — покойник не сам утонул, это убийство!

— Ну и что? — спросил Федор Федорович все с тем же вежливым раздражением.

— Как — что?! Преступник понял — ему угрожает разоблачение...

— Преступникам угрожает разоблачение только в книжках, Марина. Представь себе, что ты милиционер. Из райотдела. У тебя на территории утонул отдыхающий. И все вроде бы понятно. Пришел пьяный, сел на берегу, свалился и не выплыл.

— Но он не сам свалился!

— Да-да. Конечно. Разумеется. К тебе приходит Вадим... как его фамилия?

— Не знаю.

— Ну, значит, просто Вадим или Марина Евгеньевна Корсунская и говорят, что точно знают, что покойник утонул не сам, а его утопили злые люди. Это, говорят Марина или Вадим, вовсе даже не несчастный случай, а кровавое убийство, и приводят некие доказательства. Абсолютно дикие, вроде нашего с тобой ремня. Значит, налицо преступление, которое нужно расследовать, доводить до конца, то есть до суда, собирать улики и свидетельские показания, предъявлять обвинение и так далее. В лучшем случае милиционер попросил бы Вадима ничего не придумывать, а тихо, спокойно и с удовольствием отдыхать в таком райском месте, как наш санаторий. В худшем — выгнал бы взашей. Вот тебе и все разоблачение. Только очень наивный человек мог решить, что Вадимовы разоблачения опасны. Наш... преступник не наивный человек.

И словно в доказательство он снова постучал прутиком по ладони.

— Значит, преступление все-таки было?

— Безусловно. И, как я теперь понимаю, не одно.

— А прутик при чем?

— Я тебе все расскажу, — пообещал он серьезно, — только дай мне время.

Это должна была говорить *она* — ведь это *ее* «приключение», первое и последнее, единственное в жизни! Почему он присваивает себе ее «приключение»?! Зачем оно ему?! У него-то все еще будет или уже сто раз было, а она должна исчерпать свое «приключение» до конца!

Кажется, он что-то такое почувствовал, потому что поднялся — ветер взлохматил вечно прилизанные волосы и пузырем надул фиолетовую распашонку — и снова, как тогда, в номере, протянул Марине руку.

— Нам нужно успеть до дождя.

— Дождя не будет, — заявила Марина. Просто так заявила — потому что он только что присвоил ее «приключение».

Тучков Четвертый благоразумно промолчал, еще поизучал пыль, а потом проворно двинулся в кусты, за которыми начинался лес. Марина потащилась за ним.

«Приключение» следовало как-то отбить себе, пока, правда, неизвестно как.

— А здесь что мы будем искать?

Тучков Четвертый ползал на четвереньках в траве, низко наклонив голову. Марине показалось даже, что он принюхивается.

— Это не могло быть далеко, — бормотал он себе под нос. — Духовое ружье тут ни при чем. Значит, где-то здесь.

— О господи, — простонала Марина и присела рядом с ним, — какое еще духовое ружье?!

— Сядь, пожалуйста, — попросил Федор Федорович и с силой надавил ей на плечо. Она плюхнулась в траву. Боль стрельнула в бок. — Я сейчас. Я только посмотрю.

— Что?!

Он вернулся к обрыву, стал на край и закричал ей оттуда:

— Поправее! Чуть-чуть поправее, пожалуйста, — как будто фотограф выстраивал композицию! — Теперь чуть назад. Так. Теперь сядь на землю и не шевелись.

Марина не шевелилась. Он подошел, опустился на четвереньки рядом с ней и стал смотреть в траву.

— Я думаю, что это здесь. Точнее, я уверен, что здесь. Левее или правее было бы видно с обрыва, а ближе-дальше — с дорожки, на которой мы с тобой стояли.

— Что видно, Федор?

Загорелые пальцы вдруг ловко выпростали из травы разноцветный коробок спичек с экзотической картинкой.

— Это Геннадий Иванович потерял, — уверенно сказала Марина, посмотрев на коробок. — Помнишь, у него такой был? Ты еще говорил, что странно, что он его с собой носит!

— Помню, — согласился Федор Тучков. Он потряс коробок — внутри негромко загремели спички, — а потом открыл и опять закрыл.

— Я не ожидал, — проговорил он задумчиво. — Даже... странно. Я не думал, что это может быть... Геннадий Иванович.

— Это Павлик, — заявила Марина.

Федор Тучков вдруг как будто о чем-то вспомнил.

— Да-да, — повторил он, — Павлик. Пошли, Марина.

— Куда теперь?

— В беседку.

Марина остановилась:

— Я туда не пойду. Я не хочу. Мне там не понравилось.

Он оглянулся.

— Тогда я один, — как ни в чем не бывало решил

он. — Советую тебе вернуться в корпус. Дождь все-таки хлынет.

Как — он один?! Один в украденном у нее «приключении»?! Да еще так просто, даже не попытавшись ее уговорить?!

— Нет, я с тобой.

Он уже шагал впереди, и ей пришлось унизительно его догонять, как собачке.

— Ты не бойся. — Он взял ее за руку и сразу же отпустил, даже не позволил себе пожать. Надо геройствовать до конца, и он геройствовал, что ему еще оставалось! — Я не дам тебя в обиду.

Эта старомодная и милая учтивость привела Марину в восторг.

Он не даст ее в обиду, надо же! Что-то было в этом школьное, благородное, давнее — она ходит в школу по его улице, и он защищает ее от хулиганов, за что нередко сам бывает бит, но даже с фонарем под глазом остается благородным и храбрым.

Наверное, если бы кто-нибудь защитил ее от хулиганов, когда ей было тринадцать лет, ее жизнь сложилась бы иначе.

Возможно, ручей повернул бы в другое русло и в конце концов добежал бы до края любви, и верности, и счастья. Не до Принстона или Йеля, а до края счастья — когда на кухне свет, в дверях собака и в выходные «всей семьей». И может быть, даже был бы ребенок. Толстый славный лысый ребенок, в пахнущих чистотой и утюгом одежках, круглый, любопытный, наивный, похожий на отца, чтобы было кому сказать, уткнувшись носом в шершавую, твердую, вкусно пахнущую щеку: «Наш сын похож на тебя».

Но никто и никогда не защитил ее от хулиганов, и

хулиганов-то никаких не было, не от кого защищать. Значит, и ручей не добежит и не повернет. И неизвестно еще, будет ли Принстон или Йель, но выходных на даче не будет точно, и никогда и никому она не скажет про сына, что он — похож, и сына никакого тоже, наверное, уже не будет.

— Что случилось? — осторожно спросил рядом Тучков Четвертый. — Ты плачешь? Если тебе так не хочется идти в эту беседку, мы можем не ходить. Я схожу один... попозже.

— При чем тут беседка?! — вспылила Марина.

— Тогда что с тобой?

Не могла же она сказать ему, что плачет потому, что у нее нет сына и даже отца для него нет!

Федор подал ей носовой платок — сильно накрахмаленный, твердый, в жуткую клетку. Марина приняла платок и вытерла глаза.

— Где вы встретились с Юлей?

— Прямо у обрыва. Она меня окликнула. Так неожиданно, что я даже упала.

О том, что ей показалось, что ее окликнул Федор Тучков, которого она недавно исключила из своей жизни, и дело было именно в этом, а не в том, что — неожиданно, Марина умолчала.

— Я с девчонкой разговаривала, с Зоей, которая за лошадьми смотрит. Потом она ушла, а я осталась. Потом Юля... меня окликнула.

— Она была одна? Без Сережи?

— Сережа принимал ванну, — ответила Марина и скорчила смешную гримасу, позабавившую Федора Тучкова. — Мы пошли вверх, к корпусу. Только не здесь, а в обход, во-он там, за елками.

Федор Тучков остановился.

— А почему тогда мы идем здесь, если вы шли там?

— Не знаю.

Федор пристально посмотрел на нее.

Поцеловать? Не поцеловать?

Решив, что не станет, он решительно повернулся и зашагал напрямик через лес к дальней дорожке, видневшейся между елками. Трава хлестала по голым ногам, оставляла на белых носках продолговатые хвостатые семечки.

Марина — опять как собачонка! — потрусила за ним.

Выскочив на асфальт, он остановился, и Марина остановилась, чуть не уткнувшись носом в его широкую спину.

— Где был Павлик?

— Нигде. То есть мы его увидели в аллее. Вон там. — Марина показала в глубь еловой аллеи. Там было сумрачно и тихо, ни одна ветка не качалась, несмотря на поднимающийся ветер, казалось, что аллея — как тоннель в другое измерение — не подвластна земным правилам.

— Что он делал, когда ты его увидела?

— Он в беседку заходил. Юля сказала — вон Павлик. А я сказала — давай посмотрим, что он там делает.

Все тело моментально зачесалось и загорелось, как будто она снова попала в крапиву. Бок заныл тоненько и протяжно. В голове стало как-то слишком просторно, как будто все мысли съежились от страха.

Они уже шли по аллее, по толстой подушке из иголок, которая едва слышно поскрипывала под ногами.

Вот и белая решетка в скрученных струпьях краски, и деревянный шарик на макушке, и труха, насыпавшаяся из нижнего венца.

— Здесь нет крапивы, — нарочито громко сказал Тучков Четвертый. — Где ты ее взяла?

Марина показала где. Заросли были до пояса.

Федор Федорович присвистнул:

— И ты туда полезла?!

— Я же хотела услышать, о чем он там говорит и с кем!

Тучков с отвращением посмотрел в крапиву.

— Даже ради следственного эксперимента, — объявил он, — *я* туда не полезу. *Мне* это не под силу.

Он говорил громко и четко, а Марине хотелось его одернуть, приложить палец к губам. Все ей казалось, что их подслушивают.

Кто мог их подслушивать? И зачем?

— Видишь, где решетка покосилась, — шепотом сказала Марина и подбородком показала, где. — Вот оттуда я смотрела... И слушала.

— Ужас какой.

Высоко-высоко шумел ветер, но сюда не долетал, проносился мимо. Старые, как будто седые елки даже не качались, только их лапы чуть-чуть ходили вверх-вниз, потревоженные присутствием Федора и Марины.

— Федор, — вдруг пискнула она тоненьким голосом, — я боюсь.

Он оглянулся на нее.

Несчастье ее жизни заключалось в том, что никто никогда и ни от чего ее не спасал, и ей было необходимо, чтобы кто-нибудь все-таки спас, хоть однажды. Федор этого не знал, но настоящий страх на бледном лице, многажды виденный им на других лицах, такой, что ни с чем нельзя перепутать, насторожил его.

— Что с тобой? У тебя запоздалая истерика?

Нет у нее никакой истерики, и не может быть, и не бывает никогда! Даже когда семь лет назад на предзащите кандидатской ее завалил завистливый и вредный заведующий кафедрой, у нее не было никакой истерики, только холодное, строго дозированное бешенство. Это самое дозированное бешенство заставило ее повторить попытку, а потом еще раз, и только на четвертый она защитилась — вот так.

— Ты все-таки вспомни, — начал он, думая, что, может, все дело именно в оружии, — у него сразу был пистолет или он его откуда-то вытащил?

Он знал, что бывает с людьми, которые впервые в жизни попадали под прицел.

Не под огонь. Просто под прицел.

— Не помню, — проскулила Марина. — Нет, вроде не вытаскивал. Вроде он у него уже был в руке.

Совсем плохо дело.

Значит, Павлик Лазарев держал кого-то на мушке довольно долго, судя по тому, что Юля и Марина — искавшие на свою задницу приключений! — успели подобраться к беседке и даже заглянуть внутрь!

Ничего себе Павлик Лазарев!..

Федор Тучков почти никогда и ничего не боялся. Так жизнь сложилась, так он себя в ней понимал, что бояться ему было как-то особенно и нечего, но тут, на трухлявом пороге беседки, он вдруг понял, что боится. Боится Павлика Лазарева с его пистолетом.

Делая над собой усилие, он заглянул внутрь. Там было еще темнее, чем снаружи, и в дальнем углу кто-то стоял.

От неожиданности Федор Тучков тяжело отпрыгнул назад, покачнулся, чуть не упал, схватился за ветхий столбушок — с крыши ему за шиворот посыпались ветки, иголки и давний мусор.

Марина завизжала.

— Тише!

Марина моментально перестала визжать и проворно зажала себе рот рукой. Федор Федорович, ругая себя за дамский испуг, вновь шагнул в беседку. Марина замерла снаружи и зажмурилась, перестала зажимать рот и зажала уши.

Высоко над головой шумел ветер.

Неожиданно невидимый за белой решеткой Федор Тучков громко и отчетливо хмыкнул. Марина расслышала смешок даже сквозь зажатые уши. Она отняла руки от ушей и прислушалась, не решаясь заглянуть в беседку. Он ходил там, внутри, — скрипели половицы, и вся постройка ходила ходуном.

Тут он внезапно выглянул и очутился прямо у нее перед носом.

— А-а! — бодро воскликнул он, как будто не чаял ее здесь увидеть и теперь радуется, что все-таки увидел. — Хочешь посмотреть, в кого ваш Павлик целился из пистолета?

Марина замерла.

— А... он все еще там?

— Все еще тут. Боюсь, что он тут уже давно.

В глазах у Марины потемнело.

— Федор... там еще один... труп?! Да?!

— Посмотри, — велел он и за руку втащил ее внутрь.

Несмотря на то что беседка была «открытая» и решетки со всех сторон пропускали воздух, Марине показалось, что здесь сильно воняет плесенью и пылью, как в чулане, и еще чем-то страшным и трудноопределимым.

В темноте дальнего угла кто-то стоял. Марина отшатнулась, чуть не упала, Федор ее поддержал. В неподвижности странной фигуры Марине почудилось что-то угрожающее, неестественное, застывшее, и в следующую секунду она поняла, в чем дело.

— Господи, — пробормотала она и оглянулась на Тучкова Четвертого. — Федор, что это такое?!

— Пионэр с горном, ты разве не видишь? — Почему-то Четвертый так и сказал «пионэр», с одесским прононсом. — Очевидно, именно ему Павлик говорил, что больше не может ждать ни дня и завтра последний срок. Хотелось бы мне знать, что имелось в виду.

В углу стояла гипсовая скульптура с горном во вскинутой руке. «Пионэр», когда-то, видимо, белый, впоследствии был выкрашен бронзовой краской, очевидно, для придания ему художественности. Краска теперь почти сошла. Гипс стал похож на разложившийся труп — по крайней мере Марина так себе представляла разложившиеся трупы. Он был неровного, неестественного, болезненного цвета, то ли серого, то ли желтого, то ли с зеленью. Кусок горна отвалился, и казалось, что бедолага «пионэр» держит в зубах нечто среднее между кальяном и секцией водопроводной трубы. Какие-то шутники лаком для ногтей подрисовали ему красные глаза. Еще не смытые дождями, лаковые глаза хищно горели. На груди было нацарапано неприличное слово.

Марина закрыла глаза и снова открыла.

— Федор?

— В беседке Павлик был один. Ни с кем не разговаривал и ни в кого не целился.

— Я же слышала, что он разговаривал!

— Ты слышала, что он говорил, а не разговаривал. Это совсем другое дело.

— Но зачем?! Зачем?!

— Чтобы ввести тебя в заблуждение. Напугать.

— Меня?!

Федор Тучков вздохнул выразительно.

— *Меня* там не было.

— Ерунда какая-то.

Он пожал плечами. Под майкой звякнули железки на толстой цепи.

— Пошли. Надо успеть до дождя.

— Федор, что это значит? Чем все это можно... объяснить?

— Я не знаю.

По очереди — Федор обернулся, чтобы подать ей руку, — они выбрались из беседки и скорым шагом пошли по сумрачной аллее. Иголки чуть поскрипывали под ногами, а вверху, над старыми елками, шелестело все тревожней и тревожней.

Будет дождь.

Едва поспевая за Тучковым Четвертым, Марина пыталась придумать объяснение происшедшему, но не могла. Ну зачем Павлику понадобилось ее пугать?! Зачем весь спектакль, да еще с пистолетом? Что за надобность пугать именно ее, она что, следователь прокуратуры, что ли?!

— Что ты вздыхаешь?

— Я так испугалась, когда он навел на меня пистолет, и теперь оказывается, что это просто... инсценировка.

— Тебе жаль, что ты... испугалась?

Она жалела, что ее «сильные эмоции» оказались напрасными. Ей ничто не угрожало. Павлик просто зачем-то сильно ее напугал. Может, хотел отомстить за то, что на стоянке они заглядывали в его драгоценную машину, а может, думал, что Марина что-то подозревает, и решил заставить себя бояться. Но все это была просто инсценировка. Зря она так испугалась, и неслась через лес, и карабкалась на сетчатый забор, и потом висела животом на воротах, вцепившись скрюченными пальцами в рифленый чугунный прут, и зря Федор лез за ней, и бок она зря поранила!

Неправильное выходило «приключение». Какое-то неполноценное, что ли!

— Почему ты вздыхаешь?

— Просто так.

— Больно ногу? Или бок?

Марина вскипела. Как он смеет так обыденно осведомляться о ее ноге или ране в боку, как будто он ее заботливый старший брат! В конце концов, она давно и твердо решила выкинуть его из своей жизни, и это просто случайность, что до сих пор не выкинула. Из-за Павлика и его штучек не выкинула!

Громыхнул вдалеке гром, осторожно, словно пробуя силы. Ветер налег на кусты и березы, так что затрещали странно оголившиеся ветки. Запахло озоновой свежестью и близкой грозой.

Кто-то резво пробежал к корпусу, смешно вскидывая ноги и руками прикрывая голову — от дождя. У леса уже лило — отвесная стена белого дождя двигалась по самому краю. Марине на лицо упала теплая капля, она зажмурилась, запрокинула голову и почти остановилась.

— Мариночка! — закричали от высоких ореховых дверей. — Скорее, сейчас хлынет!

— Черт бы побрал вашу романтическую натуру, — отчетливо сказал рядом Федор Тучков и с силой втянул ее под греческий портик.

Сразу за Марининой спиной с шумом обрушился дождь. Мелкая водяная пыль повисла в воздухе и возле крыльца стала проворно собираться. В ней крутились белые лепестки жасмина, сорванные бурей.

— Нужно идти внутрь, — вновь высказался Тучков Четвертый. — Здесь вскоре станет слишком сыро.

Марина пробормотала нечто невразумительное и дернула плечом. Высказывания в духе Эдика Акулевича в последнее время почему-то выводили ее из себя.

Ореховая дверь приоткрылась, из нее высунулась пергидрольная голова Валентины Васильны Зуб. Кудри, белые на концах и темные у корней, энергично завивались. Рот улыбался, показывая золотые зубы. Помада была «с перламутром», а лак на руках и ногах очень яркий и лишь слегка облупившийся. Босоножки на танкетке и спортивный костюм на «молнии». Красота.

Мама не подала бы ей руки. Мама не взглянула бы в ее сторону, не удостоила бы ее словом, а дочери потом сказала бы, что «простые» должны знать свое место, и это место расположено где-то очень далеко от нее, профессорской внучки, профессорской дочери, профессорской вдовы и даже профессорской матери!

Напрасно Марина пыталась ее убедить, что чем интеллигентнее человек, тем меньше его волнуют «классовые» различия и тем меньше он озабочен вопросами собственного статуса, ничего не помогало.

— Мариночка! — радостно воскликнула пергидрольная голова и еще чуть-чуть высунулась наружу. — Ну? Вымокла, что ли?!

— Мы успели до дождя, благодарю вас, — холодно сказала Марина, и Федор быстро на нее взглянул.

— Как себя чувствуешь-то, Мариночка?

— Спасибо, отлично.

— Как бок?

Лицо у нее стало растерянным. Федор усмехнулся в отдалении.

— Уже хорошо, спасибо большое.

— А только и разговору, как ты вот на Федор Федорыча свалилася с забору!

— Я... свалилась?!

— Ну, конечно, — быстро сказал Федор. — Кто же еще!

— Я не валилась. Я бежала от... — Тут Марина сообразила, что говорить ничего нельзя, совсем нельзя, замолчала и уставилась на жизнерадостную Валентину Васильну.

— Ну ясное дело, — согласилась та, — бежала, бежала, да прям Федорычу на голову и прибежала. А, Федорыч?

— Точно так, Валентина Васильна.

— Да ты че, Мариночка? И в мыслях не было тебя смущать! Дело молодое, горячее, не только с забора, с луны прыгнуть можно, если миламу-то в руки! А, Федорыч?

— Ясное дело, можно! — согласился Федор Тучков с готовностью.

Марина стала красная как рак.

— И Федорыч молодец, поймал тебя! Только чего-то ты в лесу носилась! Как будто больше и носиться негде! — Валентина Васильна выдвинулась из-за ореховой двери вся, посмотрела на дождь, покачала головой и зачерпнула в бездонном кармане семечек. — Хотите?

Присутствующие вежливо отказались.

Валентина Васильна нисколько не огорчилась и принялась проворно их лузгать. Шелуха полетела в лужу, в которой плавали лепестки позднего жасмина.

— Ну, зарядил теперь, не остановишь! Пашка из бани незнамо как пойдет, измокнет весь!

— А он в бане? — встрепенулась Марина. Почему-то ей казалось, что он бродит где-то неподалеку, может быть, прямо у Валентины за спиной стоит со своей пушкой.

— В бане, в бане! Любимое место его — баня. Приедет из Москвы своей, первым делом кричит: маманя, затопляй баню! А чего ее затоплять, когда она у меня к его приезду всегда топлена? Говорит: маманя, в Москве не бани, а грех один! Вот, говорит, построюсь, тогда и баньку на участочке налажу, какую надо, а не в каких они тама парятся! Дом строит, — похвасталась нежная мать и сняла с губы гирлянду шелухи, — хозяйственнай! Жениться, говорит, хочу, маманя! А я ему — женись, сынок, только осторожненько выбирай, не сразу чтоб, а подумавши! А то подцепит такая, вроде Вероники вашей, так хоть пропади совсем!

Марина открыла было рот, чтобы заявить решительный протест — в том смысле, что Вероника ни за что на свете не пойдет замуж за такую гориллу, как хозяйственный сынок Валентины Васильны, — но вовремя остановилась.

— Щас бабусю нашу встретила, — после некоторой паузы задумчиво сказала Валентина Васильна, — уезжать наладилась! И полсрока не прошло, а она уезжать! Я ей — куда несет-то вас, Ирина Михална? А она — надо, говорит, мне, Валя. Невестка позвонила, беда у нее какая-то. Вот ведь как. Бабка в первый раз на курорте, а тут — на тебе!

Сильный порыв ветра занес под греческий портик дождь. Марина поежилась. В желтой майке с надписью «Спортмастеру» 10 лет» стало холодно.

Федор взял ее за руку.

— Извините нас, Валентина Васильна. Марине нужно... переодеться.

Пергидрольная тетка хихикнула, махнула рукой, но семечки свои не оставила, так и продолжала лузгать.

— Откуда она знает про забор?! — зашипела Марина, как только они оказались в холле. — Ее же там не было!

— Слухом земля полнится, — заметил Федор рассеянно, — особенно земля санаторная.

Он остановился возле конторки, за которой сидела администраторша, и сделал отвратительно сладкое лицо.

— Здравствуйте.

— Добрый денечек!

— Нам бы вот... в баню записаться, — сказал Тучков Четвертый своим самым дурацким тоном. — Можно это?

— Ну, конечно! — закудахтала администраторша. — Конечно, можненько! Секундочку, я только гляну, как там у нас с желающими. Утречком хотите или вечерочком? Вечерочком, наверное, да?

На этот раз Марина покраснела не сплошным цветом, а пятнами.

— Да нам, собственно, все равно. Ну пусть вечерочком.

— Тогда записываю сию минуточку. Фамилию и номерочек ваш?

Федор сказал фамилию и «номерочек», и они с Мариной оказались записанными в сауну на «двадцать ноль-ноль».

— А долго можно... париться?

— Сеансик у нас четыре часа. Вы, значит, до двадцати четырех часиков можете. Никто там вас не обеспокоит, но, когда времечко выйдет, могут поторопить.

— Сеансик, который сейчас идет, начался в четыре?

— Совершенно точненько!

И провожала их взглядом до тех самых пор, пока малиновый коридор не свернул вправо.

Тут Марина выдернула у него руку, за которую он, оказывается, все время ее держал.

— Что это за дикая комедия?! С баней?!

— Это не комедия. Может, мне, как Павлику, страстно захотелось в баню?

— Это не мои проблемы. Почему ты считаешь, что тебе все позволено? Зачем ты все время ставишь меня в какое-то идиотское положение?!

— В какое именно положение?

— Ты зачем-то сказал ей, что мы хотим в баню! Конечно, она решила, что мы пойдем в нее вместе! Господи, мама сойдет с ума, если только узнает, что я!..

Федор Тучков немного подумал, а потом сказал:

— Ты можешь не ходить, если тебе не хочется. Я бы лично сходил, раз все равно дождь.

— Да администраторша решила, что мы с тобой пойдем... вдвоем! Господи, это ужасно! Она теперь все расскажет Валентине Васильне, и пойдут слухи... дурацкие!

— И что тогда произойдет?

Марина как будто поперхнулась, замолчала и посмотрела на него.

Черт его знает, что произойдет.

Скорее всего ничего не произойдет.

Просто очень страшно, вдруг мама узнает, что ее дочь-профессорша проводит время с «ухажером»!

— Ты не понимаешь. Мама меня не простит.

Он пожал плечами:

— За что?

— Ты не понимаешь, — повторила Марина. — За все. Я ужасно себя веду.

— Зато мы узнали, что Павлик с четырех часов завалился в баню. Во сколько ты была в беседке в первый раз?

Марина помолчала, соображая.

— Точно до четырех! Наверное, даже еще до трех! Сразу после обеда.

Федор посмотрел на нее.

— Нет, — быстро сказала она. — Даже не думай. Павлика-то я ни с кем не перепутала бы!

— Ты приняла гипсового пионера с горном за Геннадия Ивановича.

— Ну и что? Там было темно, а я без очков вообще не очень хорошо вижу! Но все-таки не настолько, чтобы перепутать Павлика!

— Может, это был не Павлик, а гипсовая девушка с веслом?

Марина вовсе не хотела улыбаться, потому что они почти ссорились, и вообще пора исключить его из своей жизни раз и навсегда — может, получится хоть на этот раз? — вернуться в свой номер, засесть в кресло с книжкой и кружкой. И наплевать на всех без исключения полицейских комиссаров в выцветших и потертых джинсах, и на «приключение» тоже наплевать — жила она без всяких приключений и дальше проживет, ничего такого, вон Эдик Акулевич даже не знает, что приключения существуют!

— Почему ты так смотришь? — поинтересовался Тучков Четвертый, еще не до конца исключенный из ее жизни.

— Как?..

— Как будто ты Валентина Васильна, а я Вероника, и твой сыночек собирается на мне жениться.

Не могла же она объяснить ему, что не хочет улыбаться его шуткам, зато хочет исключить его из своей жизни!

В холле, откуда на второй этаж поднималась лестница, они обнаружили бабусю Логвинову. Бабуся водила пальцем по расписанию автобусов, идущих в райцентр. Расписание было отпечатано на машинке и засунуто в прозрачный пластиковый карман.

«Росписание атправлений», — вот как было напечатано.

Бабуся оглянулась на Федора и Марину, спустила очки на кончик носа и благожелательно закивала.

— Вам помочь, Ирина Михайловна? — галантно спросил Федор Тучков.

— И-и, нет, милай! Че мне помогать? Бабка хоть и старая, а глаза вострые, все разглядела!

Марина до смерти боялась, что бабуся Логвинова сейчас тоже заговорит о том, как Марина свалилась с забора «прям в руки миламу», схватила Тучкова Четвертого за рукав и потянула. Тучков и бабуся посмотрели на нее с удивлением. Марина рукав выпустила.

— Вы уезжаете, Ирина Михайловна?

— Собираюсь потихонечку. Вызывают меня дети мои, чегой-то там у них... не заладилося.

— Заболел кто-то? — участливо спросил Федор.

— Свят, свят, — перекрестилась бабуся, — уж и свечку поставила, когда отправлялась, чтоб, значит, мне живой вернуться и чтоб тама, дома, все как следует было.

Бабуся замолчала. Федор ожидал продолжения, но его не последовало.

— Так что случилось-то, Ирина Михайловна?

— Зять мой захворал, сердешныя... Так захворал, что не чают, будет жив мужик иль нет!

— Сердце? — спросила Марина.

Отец когда-то умер от сердца. Она его почти не помнила. Только отдельные смешные словечки вроде «кормой вперед». А еще «кобель на бугру» — если что-нибудь торчит явно не на месте.

— Так не знаю я! Дочь в телефон говорит, приезжай, мать, не управимся без тебя! От беда, беда...

— А вы до Архангельска едете? — зачем-то спросил задумчивый Федор.

— До него, милай! А там близехонько; верст сто пийсят, и на месте. Мокша, село наше, большое. А рань-

ше больше было, до войны когда, а Логвиновых, по-
читай, шашнадцать семей!

— Трудно вам добираться, Ирина Михайловна.

— Так это разве ж трудно! В войну, от было трудно! А щас разве ж трудно! Больно люди балованы
стали, от им и трудно! А старикам ничо не трудно.

Бабуся еще взглянула в расписание и пошла прочь.
Косолапые ноги в плюшевых тапочках, палка, ко-
ричневые нитяные чулки, бедная юбка и платок.
Плат — так она говорила.

Федор и Марина смотрели ей вслед.

— Н-да, — промолвил Тучков Четвертый особым
«заключительным» голосом. — Ничего не понятно.
Она все время почему-то врет.

— Как?!

— Зачем ей расписание автобусов?

— Как зачем?! Она уезжает!

— Куда? — холодно поинтересовался Федор. —
Куда она уезжает?

— Домой. В эту свою Мокшу. Она же сказала —
зять заболел!

— Поезда останавливаются на нашей станции.
Питерский и московский. Или она в Мокшу на трамвае поедет?

— Почему... на трамвае?

— Потому что до Архангельска можно добраться
через Питер или Москву. Нет никаких прямых поездов от райцентра до Архангельска, это точно. Тогда
зачем ей в райцентр?

Марина была поражена.

— Ты точно знаешь, что нет таких поездов?

Он засмеялся:

— Точно. И звонок. Зачем она сказала, что дочь ей звонила?

— А что?

— Дочь не могла ей звонить, — убежденно проговорил Федор Тучков Четвертый.

Марина пришла в раздражение. Ей нравилась бабуся Логвинова, и хотелось ее защитить.

— Почему не могла?!

— Потому что не могла, и все тут.

— Ты что? — подозрительно спросила Марина. — Видел мобильный телефон ее дочери? Держал его в руках? Нажимал кнопки повторного вызова?

— Нет, — ответил Тучков Четвертый решительно, — ничего этого я не делал, но звонить она не могла.

— Почему?!

— Откуда она могла звонить? Из Архангельска, до которого сто пятьдесят верст? Или у нас в селах теперь такая... широкая междугородняя связь?

Марина была поражена.

— Дочь не стала бы звонить, — убежденно повторил Федор. — А если бы она бабусю не застала в номере или вообще не дозвонилась бы? Откуда у дочери в Мокше телефон санатория? Ну адрес, название еще туда-сюда, но телефон откуда? Дочь послала бы телеграмму — это вернее, проще и дешевле. И за сто пятьдесят верст не надо ехать.

— Черт тебя побери, — себе под нос пробормотала вежливая Марина в надежде, что он все-таки расслышит.

Может, он и расслышал, но виду не подал.

— Да, и еще количество Логвиновых! — как бы вспомнив, добавил он задумчиво.

267

— Что?

— В прошлый раз, по ее словам, в селе Мокша их было тринадцать семей. В этот раз оказалось шестнадцать. Тебе не кажется, что они размножаются подозрительно быстро?

Марина молчала.

Стукнула оконная створка, распахнулась. Ворвался влажный ветер, надул белую штору, капли забарабанили по подоконнику. Федор притворил окно.

— Пойдем. — Он отряхнул руки, влажные от дождя.

— Куда?

— Сварим кофе, — предложил он сердито. — Все равно дождь идет.

Дождь не шел, а лил и, кажется, залил все вокруг, в том числе и остатки Марининого здравого смысла. Остались еще самоуважение, гордость, девичья честь и что-то в этом роде. Бабушка могла бы перечислить наизусть, а Марина нет.

Про кофе никто даже не вспомнил. Наверное, никакого кофе вообще не было в программе. Наверное, Федор Тучков Четвертый с самого начала задумал... это.

Даже про себя, даже в горячке, Марина не могла это назвать. То, что он с ней делал. То, что она делала с ним.

Куда-то подевалась его фиолетовая распашонка. Марина понятия не имела, куда и когда, только теперь она трогала его, гладила, как будто пробовала на вкус вино, и с каждым глотком вкус становился все лучше и лучше.

Насыщеннее.

Она решила было ни за что на него не смотреть, но

ей очень хотелось — о, ужас! — и тогда она стала смотреть. За десять минут из нормальной женщины она превратилась в развратницу!

Федор запустил ей руку в волосы и легонько сжал затылок, и она забыла про маму с бабушкой.

Он знал, что ни за что не станет спешить — разве можно?! Еще он знал, что ни за что не потеряет голову на полпути — ему не двадцать лет, и у него есть жизненный опыт! Также он был уверен, что поначалу ему придется только и делать, что говорить, чтобы не напугать профессоршу до полусмерти, и он почти подготовился к лекции — а как же!

Он ужасно спешил, потерял голову и не сказал ей ни слова.

Ни одного.

Он только тискал ее так, что отрывал от пола, гладил так, что на ней оставались красные пятна, вдыхал ее запах, терся щекой о ее волосы, держал ее за шею, чтобы она не могла ни отвернуться, ни уклониться, и ждал катастрофы.

Она совсем ничего про это не знает.

То есть скорее всего она знает то, что показывают в фильмах или пишут в умных книгах. То есть гораздо меньше, чем просто ничего. Вернее, не меньше, а хуже, потому что она ждет от него чего-то, а он понятия не имеет — чего именно!

Он земной мужчина с земными же желаниями и примитивными мужскими мозгами. Вряд ли он сумеет правильно изобразить то, о чем писали в книгах и что показывали в фильмах.

Да и никаких таких книг он никогда не читал! Может, надо было?

Профессорша возле его уха сдавленно пискнула и

потянула свою руку, и ему пришлось освободить ее. Она смотрела на него во все глаза, и ему показалось, что она чувствует некую смесь ужаса и любопытства, и на миг ему вдруг стало противно.

— Что? — спросил он громко.

Специально громко, чтобы заглушить то противное, что оказалось так близко.

Она как будто вздрогнула и пропищала жалобно:

— Ничего...

— Тебе неприятно?

Нельзя, нельзя так спрашивать! Следует спросить как-то изысканно или возвышенно, или вообще не спрашивать, или...

Осторожно растопыренной ладонью она потрогала его бедро — там, где кончались теннисные шорты. Ладошка была влажной, и шерсть на ноге моментально встала дыбом.

— Ты такой... — растерянно пробормотала Марина и сделала движение, как будто слегка погладила его ногу.

— Какой?

— Странный.

— Почему? — Он уже почти не соображал. Пальцы забрались под плотную ткань и там замерли и только чуть подрагивали, как будто тряслась испуганная мышь.

— Плотный. И волосы на ногах.

Он собрался было с силами, чтобы затянуть что-нибудь в том духе, что волосы на ногах есть почти у всех мужчин на свете, такова уж их природа, но тут она вытащила руку, и его постигло тяжкое разочарование.

Он не знал, как нужно ее попросить, чтобы она еще его потрогала.

Совсем недавно он рассуждал о своей невиданной опытности и еще о том, что ему не двадцать лет, и все свои проблемы он решит легко — вот как.

Собственное тело сейчас казалось ему слишком большим, и чужим, и болезненным. Он как будто никак не мог к нему приспособиться, что ли?

Черт побери, даже в первый свой раз он чувствовал себя раскованнее, чем сейчас, когда профессорша сопела ему в ухо и все опускала глаза, чтобы рассмотреть получше!

Он уже и не хотел, чтобы она его рассматривала. Он не был уверен, что сможет это вынести.

Рука пробралась повыше и потрогала спину, потом бока, потом живот — по кругу. Потом ее ладошка оказалась у него за поясом шорт.

Если из бесконечной последовательности убрать бесконечное число членов, она все равно останется бесконечной.

Бесконечность. Не ноль. У вас нет никакой фантазии, как у моих студентов!

О, у него целая куча фантазий, не то что у студентов! Студентам и не снились такие фантазии, какие имеются у него в избытке!

Он тяжело дышал, и спина стала мокрой.

— Подожди.

— Что?

— Подожди, пожалуйста.

Она отдернула руки, поняв, что он просит серьезно.

Он просил серьезно, некоторым образом даже слезно. Марина посмотрела ему в лицо. Лицо выражало смесь отчаяния и странного веселья.

Вот беда, она понятия не имела, что должно выражать лицо мужчины, когда пытаешься залезть к нему в шорты!

— Почему... подождать?

Он засмеялся. Такого отчаяния он не испытывал давно. Или никогда не испытывал.

— Марина. Я тебя прошу.

— Что?

— Наверное, нам лучше... лечь.

— Лечь? — переспросила она дрогнувшим голосом.

В этом слове была некая неотвратимость, как приближающаяся смертная казнь, когда приговор уже объявлен, а приговоренный лежит, просунув голову в отвратительный срез гильотины.

— Да, — сказал он решительно.

Хотел добавить что-то вроде «не бойся» и не стал, потому что сам боялся до смерти.

— Федор, если ты не хочешь, мы можем... не продолжать. Я не обижусь. Правда.

Понадобилось несколько секунд, чтобы сообразить, о чем она говорит.

Зря он не читал никаких таких книг! Зря, черт побери все на свете, он не посмотрел в своей жизни ни одного бразильского или, на худой конец, мексиканского сериала! Наверное, это что-то оттуда. Наверное, там так принято говорить мужчине, который... который... который больше не может ждать и почти не отвечает за себя.

Федор Тучков Четвертый стиснул зубы и перехватил ее руки.

— Анекдот, — проскрипел он мрачно, — хочешь? На рельсах двое занимаются любовью. Едет паровоз.

Высовывается машинист, тянет ручку, паровоз начинает что есть силы гудеть и свистеть. Пара не уходит и продолжает свои занятия. Паровоз свистит, гудит, сипит, включает аварийный тормоз, кое-как останавливается в двух шагах от... парочки. — Марина моргнула, глядя в его покрасневшее лицо. — Выбегает машинист и начинает страшно ругаться. Молодой человек поднимается и говорит любезно: «Месье, кто-то из нас двоих должен был остановиться, вы или я. Так вот, я не мог».

Марина осторожно засмеялась.

— Если ты сейчас скажешь, что не можешь и не должна, я, конечно, тебя отпущу. — Он зачем-то поднял с пола свою одежду и швырнул в кресло. На спине, когда он нагнулся, выступила какая-то длинная, как будто переплетенная мышца. — Если не скажешь, значит, все. Паровоз, может, и остановится, а я точно нет.

«Зачем я говорю ей все это, — пронеслось в голове со свистом. — Зачем?! Кого изображаю?! Кого-то, кто сказал бы так в бразильском или, на худой конец, мексиканском сериале?!»

Поздно, поздно, и уже ничего нельзя изменить — нельзя было с той минуты, как она таращилась на него на корте, на его ноги и руки, а потом ела малину, и он видел, как она ее ест!

Почему он вообще ведет какие-то беседы, когда можно просто отнести ее в постель — роскошный санаторный трехспальный сексодром — и там попробовать что-нибудь с ней сделать, что-нибудь такое, что позволило бы жить дальше, не думая поминутно о том, как это будет?!

Но мало просто отнести ее в постель и попробовать. Нужно, чтобы это, непонятное, еще ни разу не случавшееся, повторялось вновь и вновь, и чтобы стало наплевать на конец лета и солнце в холодной воде, и на сорок два года, и на бесконечную работу, и чтобы вечером кто-то ждал ее дома, и чтобы любовь была простой и горячей, как в сказке, и однажды она сказала ему: «Наш сын похож на тебя!»

Так ведь бывает.

Бывает? Или только хочется, чтобы было?

Он предложил ей выбор, и теперь некуда деваться, нужно соблюдать условия этого выбора, и теперь нельзя просто отнести ее в трехспальную санаторную кровать!

Конечно, она боится его — и трехспальной кровати боится тоже! — а он сам открыл ей дорогу назад.

Марина положила руку ему на плечо. Он посмотрел — бледная узкая рука на его дубленой коже.

Боже, помоги мне!

— Ты... не переживай так, — сказала она ему на ухо. — Ты же не один. Вдвоем все-таки не так... страшно.

Он изумился. Даже дышать перестал — от изумления.

— Только тебе все равно придется быть со мной терпеливым, — как будто попросила она. — Я... ничего не умею.

Он перевел дыхание.

Лихорадка началась заново. Сомнения кончились. Время остановилось.

Оказывается, лежать значительно проще, чем стоять. Оказывается, нужно только перестать думать, и все станет просто и единственно правильно. Оказывается, вовсе не страшно, когда тебя касаются незнакомые руки, и другой человек рядом дышит и двигается и уже начинает потихоньку сходить с ума, и ты сходишь вместе с ним, просто потому, что не можешь отпустить его одного — *туда*, а еще потому, что и сам этого хочешь.

За открытой балконной дверью шумел дождь. Тянуло сыростью, холодом и запахом травы.

Хорошо, что пошел дождь. Если бы не пошел, они не помчались бы под крышу, и неизвестно, сколько времени прошло бы, прежде чем...

Федор Тучков стащил с себя шорты и зашвырнул их в угол. Марина смотрела на него остановившимися глазами. Зрачки были узкие-узкие.

Как хорошо, что никто не успел испортить ей... впечатление. Если *ему* удастся не испортить, все будет хорошо.

Он должен стараться. Он постарается. Он не допустит, чтобы она испытывала иронию и жалость.

Господи, откуда они взялись — ирония вместе с жалостью! — в такой неподходящий момент?!

Без желтой майки — сколько-то лет «Спортмастеру» — она оказалась необыкновенной: подвижной, крепкой, как будто шелковой на ощупь. И не было у нее никаких рыжих волос — красные, медные, какие угодно, только не рыжие! Почему он рассмотрел это только в постели?! Он вообще слишком... поверхностно смотрел на женщин, как будто не придавал им значения.

Впрочем, в самом деле не придавал.

А сейчас? Что с ним будет *после этого*?

Он не знал. Как будто с ним тоже все было впервые.

А еще анекдоты рассказывал, геройствовал, играл

в благородство — иди, я тебя не держу, путь свободен и все такое!

Кожа постепенно нагревалась, как будто под кроватью стоял рефлектор, и простыни становились горячими, и казалось, что они сейчас загорятся. В голове темнело, и не хотелось ждать прояснения.

Кажется, она уже перестала бояться, а он все продолжал, потому что вместо известной гусарской лихости чувствовал только нежность, и вожделение, и еще что-то труднообъяснимое.

Она поцеловала его в грудь, прямо в сердце, которое почему-то оказалось не внутри, а снаружи, и пульсировало, и горело, и билось, и было странно, что кровь не бьет из него фонтаном.

И до сих пор, кроме того самого анекдота, он так и не сказал ей ни слова! Он должен утешать и... направлять ее, а вместо этого ждал, что она его «направит»!

— Не бойся, — все-таки шепнул он прямо в ее изумленные глаза, которые тоже оказались *не зелеными*, — единственное, что смог выдавить из себя после анекдота, который должен был убедить ее в том, что он прекрасно владеет собой!

Потом все случилось.

Остановиться было нельзя, и — слава богу! — она не пыталась его остановить.

Только вперед. Только сейчас. Только с ней.

Дождь шумел в двух шагах. Кровь шумела внутри — почему-то он слышал, как она шумит. Гудит ровно и мощно.

Марина еще хотела его потрогать, но он не дал, потому что у него совсем не было сил. Он должен получить ее сейчас же. Нежность куда-то делась, куда-то он загнал ее, потому что она ему мешала погружаться в горячую лаву.

И когда лавы стало по горло, а потом она захлестнула его с головой, оказалось, что только так *это* и могло закончиться, только так, и никак иначе.

Только вперед, только сейчас и только с ней.

Марина была уверена, что никогда в жизни больше не сможет произнести ни одного слова. Также она была уверена, что никогда не сможет подумать ни одной связной мысли, как мартышка из мультфильма. Поэтому она очень удивилась сама себе, когда неожиданно сообщила Тучкову Четвертому:

— Это совсем не то, что я думала.

Некоторое время он молча смотрел на нее — очень близко, — а потом все же уточнил:

— В каком смысле?

— Во всех.

Он шевельнулся рядом, большой и тяжелый — мужчина эпохи Возрождения, еще бы! — и закинул за голову руки.

Не нужно было спрашивать, но он все-таки не удержался и спросил осторожно:

— Не то — это значит лучше? Или хуже?

Профессорша покосилась на него из-за вздыбленной подушки. Он вдруг разозлился и скинул подушку на пол, потому что она не давала взглянуть на профессоршу.

— Так как? Лучше или хуже?

— Не лучше и не хуже. Это совсем... другое.

— Что значит — другое?

Она промолчала.

— Марина?

— Я не знаю, — с отчаянием сказала она, — что ты ко мне пристал? Я не знаю ничего!

Он пристал, потому что хотел услышать, что ей было с ним хорошо и не страшно, что он открыл ей глаза на мир, что за эти волшебные мгновения вся жизнь ее изменилась — или еще какую-нибудь дикость в этом роде. Хорошо бы побольше и поцветистей.

Комплиментов ему хотелось. Похвал. Уверений в том, что все прекрасно, и еще немножко в том, что он герой-мужчина.

Он очень боялся за нее и за их неведомое будущее, ибо «конец лета» и «немного солнца в холодной воде» ему вовсе не подходили.

Начинать хорошо, когда тебе восемнадцать лет. Ну, можно начать в шестнадцать. Раньше не рекомендуется, а если позже, то не на двадцать лет. Начинать в тридцать с лишним — убийственно. Особенно когда имеется трезвая голова с трезвыми же мозгами, привычки «старого холостяка» и давно сформировавшееся представление о жизни — как о чем-то таком, где главное «хорошо учиться, слушаться старших и быть примером для октябрят»!

Что теперь делать? Как быть?

Санаторно-курортный роман то в ее, то в его номере «люкс», просто секс «от нечего делать» — и все? Все?!

А как же то, что он уже так хорошо придумал? Что казалось таким возможным и легким — вечная любовь, выходные на даче, преданность, в которой никому не приходит в голову сомневаться? И — «они жили долго и счастливо и умерли в один день»? И еще — «наш сын похож на тебя»?

Где теперь все это?

В руке у него оказалась ладонь — пальцы странно узкие, так отличающиеся от его собственных. Теплое дыхание легло на плечо. Медные волосы защекотали щеку.

Носом Марина потерлась о него и услышала его запах — того самого французского одеколона, чуть горьковатого, хвойного, сигарет, чистого пота и мужчины. От Эдика Акулевича никогда так не пахло...

Господи, о чем она думает?! Нет, нет, самое главное — *где*?! *В постели Федора Тучкова Четвертого*, вот где!

Надо о чем-то срочно его спросить, и она спросила:

— А почему ты не стал генералом?

Тучков Четвертый неуклюже повернулся на бок и теперь рассматривал ее. От этого ей стало не по себе. Она все отводила глаза, глядя ему в грудь — широкую и гладкую, почти без волос. На ногах были волосы, а на груди — нет.

Господи, о чем она думает?!

Он вытащил руку — в его руке была зажата Маринина — и стал рассматривать ее, как будто что-то очень интересное.

— Так почему?

— Что?

— Почему ты не стал генералом?

— Я стал генералом, — вдруг сказал он. — Тучковых *не* генералов не бывает.

— Ты же говорил, что... не стал!

— Я врал.

— Зачем?

— Чтобы не было никаких слухов.

— Господи, каких еще слухов?!

Он вздохнул. Грудь эпохи Возрождения поднялась и опустилась вместе с Марининой ладонью, которую он теперь прижимал к себе. Ладони было тепло.

— Давай пока не будем об этом говорить, — попросил он почти жалобно. — Давай лучше о том, как... все было.

Нет, вот о том, «как все было», Марина говорить ни за что не станет! Ни за что! Ни-ког-да!

Интересно, а на работе догадаются, что у нее теперь «есть мужчина»? Нет, наверное, «был мужчина» — вряд ли этот мужчина останется в настоящем времени!

Догадаются или нет?

Ну как в фильме «Служебный роман» — она придет утром на работу, а все вокруг будут таращиться, оборачиваться, пялить глаза, останавливаться, падать налево и направо и сами собой укладываться в штабеля!

И что он там говорит? Что врал?

Выходит, он никакой не капитан в выцветших и потертых джинсах, а целый генерал?!

— Ты правда генерал?

— Да.

— А ты генерал... чего?

— Контрразведка ФСБ.

Марина так подскочила, как будто в бок ей впилась выскочившая из середины трехспального сексодрома пружина — пыточное орудие.

Какая еще — контрразведка?! Что значит — ФСБ?!

Позвольте, но ведь каждый интеллигентный и уважающий себя человек должен ненавидеть «тайную полицию», «государство в государстве», наушников, шпионов и палачей, из которых состоит данная организация, прямая наследница всесильного, отвратительного, воняющего псиной и человеческими страданиями КГБ?!

Нормальный человек не может там работать, да еще дослужиться до больших чинов, да еще выглядеть так обманчиво мило — в распашонки наряжался и пестроцветные брюки!

Господи помилуй, ФСБ!

Бабушкиного отца чекисты расстреляли в Бутовской дубовой рощице, и бабушка узнала об этом всего лет десять назад, когда рассекретили какие-то архивы.

Они поехали искать место и не нашли — только огромные бетонные дома, со всех сторон дома, и скоростное шоссе, и люди, люди, толпы людей и никакого покоя, и никакой надежды на то, что покой этот когда-нибудь настанет.

Говорили про памятник, про скверик — не нашли ни памятника, ни ограды. Бабушка стала задыхаться, присаживаться на каждую лавочку, и они потащились домой, расстроенные, подавленные, как будто униженные еще и этим — битком набитый автобус, ругань, мокрые зонты, потом черная пасть метро — преисподняя, — и опять давка, ругань, тошнотворный дух. Бабушкина сухая рука в старенькой перчатке, судорожно уцепившаяся за блестящую ручку, мерное покачивание в темноте переполненного вагона — тоска, тоска...

Дед был профессор, биолог и, конечно, тоже получил свое — пятьдесят восьмая статья, «десять лет без права переписки», а это значило только одно — смерть. И если прадед лежал где-то близко, под бутовскими доминами и скоростными шоссе, то, где лежит дед, до сих пор не знает никто и, наверное, не узнает никогда.

Бабушку сослали в Казахстан — жена «врага народа». У мамы — «дочери врага народа» — астма. От того, что день и ночь рядом с их домом курились едким желтым дымом химические производства, на которых сплошь работали зэки — мужчины, женщины, старики. Одни умирали, привозили умирать других, вагонами, эшелонами.

«Arbeit macht frei» (*труд освобождает*), — писали на воротах нацистских концлагерей — потому что врали, — не столько тем, кого привозили и сразу выстраивали в очередь к печи крематория или газовой камере. Тем было все равно, их участь решалась задолго до того, как перед грузовиком или колонной распахивались ворота лагеря. Врали самим себе, самим себе «делали красиво», чтобы все-таки не так страшно было убивать — тысячами, десятками тысяч!

А эти, которые назывались когда-то НКВД, а потом КГБ, а теперь вот ФСБ, даже оправданий себе никаких не искали и надписей не писали, не в чем им было оправдываться! Они быстро вошли во вкус, они стали «над» всем человеческим, они решали, жить или умереть, и потом их тоже убивали — просто потому, что они становились не нужны, или опасны, или неудобны, а за их спинами уже маячили другие, готовые пытать и убивать!

— Что случилось? — спросил рядом генерал ФСБ Федор Федорович Тучков. — Что с тобой? Тебе плохо? Марина?

— Да, — быстро согласилась она, — мне плохо. Очень плохо. И потом, я забыла тебе сказать, что не сплю... — Она чуть было не произнесла «с палача-

ми», но вовремя остановилась, в самую распослед-
нюю секунду поймала себя за язык. — С руководите-
лями тайной канцелярии. Ты... извини меня, пожалуйста. Отвернись, я должна встать.

На лице у него было такое изумление, что она
даже задержалась на секунду, не сразу выскочила из
разгромленных недр сексодрома.

— С кем ты... не спишь, я не понял?

— Федор, ты все понял. Просто так случайно вышло, мы никак не можем... у нас все равно ничего не
получилось бы...

— Десять минут назад у нас все получилось пре-
восходно.

— Да, но... это только одна сторона. Ты не понимаешь. Я с этим выросла. Я не смогу.

— Что ты не сможешь?

Он зверел прямо на глазах.

Да нет, не может он озвереть. Интеллигентные
люди не только презирают секретные службы, они
еще отлично умеют держать себя в руках. И держат.

...Разве жандармские генералы могут быть интел-
лигентными?

— Федор, если бы я раньше знала, что ты... генерал, да еще... фээсбэшник... я бы...

— Я все понял, — любезно закончил он. — Наконец-то. Ты не подала бы мне руки. Ты не плюнула
бы в мою сторону. И когда я в первый раз спросил у
тебя про кошку, ты запулила бы в меня моим же ведром с мальками.

Марина молча смотрела на него.

— Я должен был сразу представиться, конечно. Но
у меня тут дело, и я не хочу, чтобы оно закончилось,
так и не начавшись.

«Она никогда не скажет, что наш сын похож на меня, — вдруг подумал он уныло. — Никогда. И дело, оказывается, не в том, что я плохо старался, или говорил не то, или не смотрел бразильские сериалы. Все дело в том, что у нас имеются глубокие идеологические противоречия».

Федор Тучков Четвертый — генерал, разумеется! — понятия не имел, что должен делать дальше. Оправдываться? Раскаиваться? Выставить ее, голую, в холл? Забыть о том, что она существует?

— Федор, я не хотела тебя обидеть. Просто у нас дома...

— Понятно, понятно. У вас дома хранились архивы Солженицына, а Шаламов прятался в подполе на вашей даче.

— Нет!

— Нет? Или все-таки да?

Он свесился с кровати, подхватил с пола подушку и преувеличенно осторожно пристроил ее на край.

— Если тебя интересуют подробности, то моя работа связана в основном с бумагами. Я пишу и читаю тонны бумаг. Я придумываю комбинации, девяносто процентов из которых никогда не осуществятся и не понадобятся, бог милостив!

— А ты?

— Что?

— Ничего, — бодро сказала Марина, — просто так.

— Я не расстреливаю людей, если ты об этом спрашиваешь. Я занимаюсь внешней разведкой. Я дослужился до генерала не потому, что метко стреляю или разбиваю кирпичи лбом, а потому, что я очень умный, черт тебя побери!

На этом месте Марина почему-то отвлеклась от своих инквизиторских и очень правильных мыслей.

— А кирпичи?

— Что?

— Вы вправду умеете разбивать лбом кирпичи?

— Мы — это кто?

— Ну... спецслужбы.

— Да, — согласился Федор Тучков, не ожидавший такого поворота. — Сотрудников спецслужб учат разным... приемам.

— А тебя?

— И меня учили когда-то. Только я использую голову не для того, чтобы разбивать ею кирпичи. Мы называемся аналитическая разведка. Ходим на работу в галстуках и с портфелями. У нас скучная, кропотливая, нудная работа. Мне очень нравится.

Марина подумала-подумала, покосилась на него и нерешительно пристроилась рядом. Слава богу, он не стал «делать лицо», усмехаться и все в таком духе. Он просто вытянул руку, и она нырнула и вынырнула у него под боком.

За серым окном ровно и усыпляюще шумел дождь.

— Прости меня, — сказала она, помолчав. — Бабушка всегда говорила, что убийца, который убивает на улицах, лучше, чем палач, который убивает просто потому, что это его работа. У нас такая семья, у нас все ненавидят... жандармов и тайную канцелярию.

Федор Тучков Четвертый — генерал контрразведки — молчал.

— Дед погиб. И прадед погиб. Маму ни в один институт не брали. Она жила у своей тетки, бабушкиной сестры, в Трехпрудном переулке. Бабушка не могла вернуться, а про детей Сталин сказал, что они за отцов не отвечают, и мама приехала в Москву. Она возвращалась в переулок, только когда темнело, чтобы ее не видел участковый. Все выходные, летом и зимой, она проводила в парке Горького, чтобы соседи не донесли, что она постоянно живет у тетки.

— Во всем этом виноват... я? — уточнил он и, выпростав руку, потянулся за сигаретами.

— Нет! Не ты, но ваша... система.

— Ни одна система не может быть виновата сама по себе! — Он закурил и с досадой помахал спичкой. На обгорелом кончике болтался живой огонек. Мелькнул и погас, осталась только струйка дыма. — Кто вообще во всем виноват? Ну кто? Кто заварил кашу? Военные? Гражданские? Духовенство? В четырнадцатом году началась война — кто ее начал? Зачем? Почему не остановились, когда поняли, что дальше нельзя, что дальше пропасть? Кто кричал — за войну до победного конца? Ты школьную историю помнишь? Про миллионы серых шинелей, про газовые атаки, про дезертирство?

Он раздраженно стряхнул пепел с сигареты.

— Моя мать всегда говорит, что грибок гниения разрастается только на мертвых тканях. Это закон природы. Живой ткани нет никакой необходимости разлагаться. Даже если на ней поселится какой-нибудь такой грибок, то быстро погибнет.

Они помолчали.

Да уж, подумал он тоскливо и длинно, как будто дождь пошел у него в голове, вот и свяжись с профессоршей. Она и в постели про историческую правду начнет толковать. Осуждать. Распекать. Разбирать по косточкам.

Черт бы ее побрал.

Марина сладко зевнула ему в бок. Он улыбнулся.

Только что она его презирала — за принадлежность «к тайной полиции» и еще за что-то. Теперь от души зевает. Может, и неплохо, что она профессорша!

— Ты говорил, что у тебя тут... а-а-а... прости, пожалуйста... дело.

— Дело.

— Какое?

— Я хотел тебя найти, — зачем-то сказал он. — Правда, оно того стоило?

Марина замерла.

Пожалуй, о его позорной генеральской биографии говорить было проще, а она не хотела усложнять — и так все вышло слишком сложно для одного отпуска.

Два трупа, один из которых нашла она сама, полицейский капитан — ах, нет, генерал, бери выше! — пистолет, из которого в нее целились, гипсовый пионер с горном, расписание автобусов, лошадь, вставшая на дыбы!

Следовало «увести разговор» — так писали в книгах. Писали про увиденное «своими глазами», как будто можно увидеть чужими, и еще писали «она быстро увела разговор в сторону», как будто разговор — это собачка на поводке!

Неуклюже потянув свою «собачку» за поводок, Марина спросила:

— Нет, ты говорил, что у тебя дело. Помнишь?

— Помню.

— Какое?

— Важное.

— Что значит — важное?

— То и значит.

Никогда в ее жизни не было человека, который на

вопрос «что это значит?» мог ответить «то и значит»! Впрочем, и этого она чуть из своей жизни не исключила, и так до конца и неясно, останется он в ней или нет.

Впрочем, это-то как раз ясно.

Федор Тучков Четвертый, генерал, навсегда останется в жизни Марины Корсунской, профессорши. Обратный вывод... сомнителен, а прямой... бесспорен.

— Так что за дело?

— Я приехал, чтобы найти человека, которого ты потом нашла в пруду мертвым. Георгия Чуева.

Это заявление так потрясло Марину, что она даже ни о чем не смогла сразу спросить Тучкова Четвертого, только вытаращила глаза.

— Что значит — найти? Ты что, охотился за ним? — все же спросила она спустя некоторое время.

— Ни черта я за ним не охотился, — с досадой сказал Тучков, — я же не агент национальной безопасности в исполнении Михаила Пореченкова! Я назначил ему встречу, именно здесь, и мы должны были здесь встретиться и поговорить.

— О чем?!

— Маруся, — проникновенно попросил Тучков, — прости меня, Маруся, я в печали!

— В какой еще печали?!

— Это шутка, — быстро сказал он. — Можно я тебя поцелую?

Наверняка он надеялся, что она моментально все позабудет, как влюбленная кошка. Наверняка надеялся, что ему удастся ее отвлечь. Наверняка был уверен, что такой неотразимый мужчина, как он, может заставить женщину сию же секунду fall in love, да еще безвозвратно, как в пропасть.

Но не тут-то было.

— Федор! — Она отодвинула его физиономию, которая оказалась слишком близко и надвигалась на нее абсолютно недвусмысленно. Щека была совсем рядом — вкусно пахнущая, твердая, чуть шершавая мужская щека. — Федор, ты должен мне это сказать.

— Сказать? — промурлыкал он, и мороз пробежал по ее спине, как будто стягивая кожу. — Сейчас скажу. Я тебя хочу. Очень.

— О... опять? — запнувшись от смущения, выдавила она.

— Опять, — признался он. — Ничего не могу с собой поделать.

— Поделать?

— Ну да. Поделать. От того-то я и в печали, Маруся.

— Не называй меня Марусей!

— Почему?

— Мне не нравится.

— Не буду.

Целовались они очень долго. Так долго, что Марине стало невыносимо жарко. Что такое с этой погодой? Только что ее продирал мороз, а теперь вот донимает жара.

Или это не с погодой, а с ней самой, с Мариной?

Свой важный вопрос она смогла задать лишь спустя некоторое время. Довольно продолжительное, кстати сказать.

Теперь генерал Тучков казался довольным и сонным — ничего общего с напряжением и ожиданием после... первого раза.

Наверное, за это время он к ней привык.

— Федор, что ты знаешь о «моем» покойнике? Ну расскажи, ты же обещал!

Он и вправду обещал.

— Георгий Чуев, сорок один год, бывший «афганец», танкист. Карьеру начал в восемьдесят шестом году в Ярославле. Ходил под тогдашним местным авторитетом, потом выбился к нему в доверенные лица и стал правой рукой. Кличка Чума. Убивал с особым шиком, так сказать, почерк у него был свой — точно в сердце и точно между глаз. На труп листочек прилаживал, на листочке цитатка из «Пира во время чумы», каждый раз разная. Говорят, что, если у него листочка с собой не было, он казни откладывал, не мог традицию нарушить. Очень ревностно к делу относился.

— Господи помилуй, — пробормотала Марина.

Почему-то ей стало стыдно, что она лежит голая рядом с Федором Тучковым и слушает такие ужасные вещи, и пришлось до подбородка натянуть на себя одеяло.

— Он был уважаемый человек, наш Георгий Чуев, — продолжал Тучков Четвертый как ни в чем не бывало. — Когда времена стали не такими дикими, он во власть подался. В депутаты пробился легко, а потом губернатор его поприжал. От суда он уехал в Штаты...

— Как в Штаты?!

— А что?

— Там же проблемы с визами!

— Где проблемы?

— Разве бандит может получить американскую визу?!

— Кто угодно может получить американскую визу.

— Да сколько громких случаев было, когда посольство отказывало в визе кому-нибудь. Вон хоть Кобзону!

— Маруся, — морщась, сказал Федор Тучков, — девочка моя. Ты повторяешь чужие глупости. Кобзону, может, и отказали. Кобзон Америку видал в гробу, ему и здесь тепло и приятно. А кому надо уехать, тот обязательно уедет!

— И он уехал?

— Кобзон?

— Твой Чуев!

— Ах, Чуев!.. Ну, он не то чтобы совсем уехал, но живет теперь там, да. Сюда наезжает, все больше когда мы его приглашаем.

Марина чуть не упала в обморок.

— Вы?! Вы приглашаете убийцу и бандита?! Чтобы он из Америки приехал к нам?! И здесь вы его не арестовываете и не тащите в суд, а назначаете ему свидания в дорогих санаториях?!

— Примерно так.

— Но зачем?!

— Он мой осведомитель, — сказал Федор Тучков, и Марине показалось, что она слышит первоклассную мужскую гордость в его голосе. — В Америке он то, что называется «русской мафией». Игорный бизнес, проститутки, наркота, подержанные машины. Он там не последний человек, а для моей работы это важно.

— Ты его... завербовал, да?

— Нет. Я ему пригрозил.

— Чем?

— Сказал, что посажу. И не в Матросскую Тишину, а в Ярославский СИЗО. Конечно, он уверял меня, что мы ничего не докажем, и был прав. Мы никогда и ничего не докажем, но губернатор теперь как бы не признается, что это его бывший лучший друг и правая рука. То ли стесняется, то ли еще что похуже, понимаешь? Поэтому в Ярославском СИЗО, хоть у нас доказательств никаких нету, нашего друга Чуева в два счета завалят.

— Кто... завалит?

— Желающих полно, — сухо сказал Федор Тучков. — У кого-то дети под стрельбу попали. Из школы шли, а тут Чума с кем-то по-крупному разбирался. Трое погибло. Заложника однажды взяли, мальчишку лет пяти, наверное. Отец денег в срок не принес за свою заправку. Ну, отец деньги нашел, а мальчишку убили — чтобы впредь никто платежи не задерживал. Все по-серьезному чтобы было, понимаешь?

— Ужас, — пробормотала Марина. — Ужас, ужас.

Ее «приключение» неожиданно и болезненно повзрослело, стало «уголовным делом», а не детективной историей.

— Я хотел бы знать, кто его казнил, — продолжал Федор Тучков задумчиво. — Я приехал в тот же день, что и ты со своей дурацкой шляпой. Его казнили накануне вечером. Кто? Никто из санатория не уезжал, значит, убийца все еще здесь. Я хотел бы знать, кто это.

— Почему ты так говоришь — казнили?

— Потому что это не обычное убийство. Его не застрелили, а утопили в вонючей воде, да еще руки привязали, чтобы не всплыл. Это такая месть, Марина, я тебе точно говорю.

— А Вадим?

— По прошлым чуевским делам он не проходил, я

всех помню более или менее точно. Ну, может быть, кроме самых мелких сошек — подай, принеси, поди вон.

— А Оленька? Помнишь, Элеонора мне говорила возле корта, что Оленьке что-то такое показалось в магазине?

— Не знаю, — признался Тучков.

— А Павлик с пистолетом? А Вероника? Выходит, никто никого не шантажировал?

— Я не знаю!

— Они могли быть не связаны с твоим Чуевым!

— Кто-то прикончил Вадима очень странным способом.

— Каким?

Федор Тучков приподнялся на локте и посмотрел на нее внимательно.

— Ты не догадалась?

— Н-нет. А должна была?

— Ну, конечно. Мы же нашли железку.

— Ну и что?! Это просто железка!

— Это не просто железка, Маруся.

— Не называй меня Марусей!

Тучков Четвертый поцеловал ее продолжительным поцелуем, потом решительно откинул одеяло — Марине моментально стало холодно — и поднялся. Совершенно голый, рельефный, кое-где покрытый шерстью мужчина эпохи Возрождения.

Марина никогда раньше не видела голых мужчин, тем более — эпохи Возрождения. Поэтому она немедленно уставилась на него во все глаза.

— Что ты смотришь?

— Я не смотрю.

— Смотришь.

— Что у тебя за пластинки на шее?

— Это такая традиция. На случай, если ранят или убьют. Группа крови, резус, порядковый номер. Видишь циферки?

— Хорошая традиция, — пробормотала Марина.

— Такая.

— Зачем ты их носишь? Ты участвуешь в боевых операциях?

— Нет! Я не участвую в боевых операциях! — Он зашел в ванную и кричал оттуда. — Я работаю в разведке, а не в группе «Альфа».

— А раньше участвовал?

— Что?..

Вода шумела, и он не слышал, наверное, а может, прикидывался, что не слышит, сразу невозможно было понять.

И как это ей в голову могло прийти, что он кретин?

Дождь все шумел, было холодно, и Марина подтянула колени к груди и накрылась одеялом. Наверное, нужно возвращаться к себе — в свой номер, к своей чашке, своей колбасе и своей книжке, но ей очень хотелось еще немного побыть в его жизни.

Или это неприлично?

Или, наоборот, прилично?

Что нужно делать после того, как все закончилось? Кто-нибудь знает?

Никто не знал.

На пороге показался Тучков Четвертый, благодушный, распаренный, розовый, в полотенчике, мокрые волосы прилизаны.

— Твоя очередь, — объявил он. — Сухое полотенце сверху на батарее.

Он взял с журнального столика какие-то бумаги, уставился в них и засвистел как ни в чем не бывало.

Марина смотрела на него во все глаза.

Ей вдруг захотелось, чтобы кто-нибудь взмахнул волшебной палочкой и получилось бы так, что ничего этого не было — ни разгромленной постели, ни горячей лавы, ни чужого номера, ни странного запаха, ни истории о том, что утопленник на самом деле убийца и бандит и «приключение» ее вовсе не приключение, а полицейский капитан оказался генералом...

Ей очень захотелось обратно в свою жизнь.

— Сейчас поедим, — не оборачиваясь, распорядился генерал, — а потом я схожу по делам. Ты меня подождешь.

— По каким делам?

— Мне нужно на конюшню, — ответил он рассеянно и переложил листок.

— Зачем тебе на конюшню?!

— Уточнить предположение и поговорить с твоей девчонкой. Как ее? Зоя?

— С какой девчонкой Зоей? А, которая водит лошадей! Федор, а что ты должен уточнить?

Он мельком глянул на нее и опять уставился в свои бумаги.

— Федор!

— Между прочим, вода открыта. Сейчас перельется через край.

— Если ты мне не скажешь, в чем дело, я тоже больше не скажу тебе ни слова!

— Кофе дома попьем или сходим в чайную? Я еще ни разу не был.

— Ты должен рассказать мне, что ты задумал.

— На вид очень приличное место. Это в главном корпусе, возле ресторана.

— Ты сказал, что все дело в этой железке, которую мы нашли. При чем здесь железка?

— Я даже хотел один самовар у них купить. Ему лет сто, наверное. Как ты думаешь, продадут?

— Откуда ты знаешь, сколько лет, если раньше никогда в чайной не был? — подозрительно спросила Марина.

Федор Тучков Четвертый оторвался от своих бумаг и посмотрел на Марину с изумлением, а потом почему-то похвалил:

— Молодец, Маруся.

— Я не Маруся!

— Ты не Маруся, но молодец.

Он бросил бумаги, подошел, за локти поднял ее из одеял и подушек и прижал к себе — сильно. Просто так прижал, поняла Марина. Потому что ему захотелось быть нежным, а не потому, что он решил предпринять «третью попытку».

Прямо под ее щекой было выпуклое горячее плечо, а руки оказались на спине, где под кожей было много твердых мышц, а ниже начиналось махровое полотенчико, а еще ниже плотные заросшие ноги, которые прижимались к Марининым ногам.

Как все это странно, непривычно, неудобно, неловко — может, мама права?

В том смысле, что любая особь мужского пола — суть свинья и паразитирующий элемент, который то и дело порывается взгромоздиться тебе на шею, устроиться там поудобнее и приготовиться к тому, что дальше поедет с комфортом, ибо нашлась дура, которая его повезет!

Федор Тучков Четвертый казался ей пришельцем с планеты Нептун, Уран, Сатурн, Плутон. Она никак не могла его классифицировать. Марина подозревала, что даже мама, увидав Федора Федоровича, зашла бы в тупик. На тупую мужскую особь он никак не был похож. И на свинью не похож. И на Эдика Акулевича, самого умного из всех известных ей мужчин. И на коллег-преподавателей с их привычкой выливать заварку в цветы и носить «пиджачную пару» тридцатилетней давности — зимой брюки непременно заправлены в боты, для тепла.

На «агента национальной безопасности» в исполнении Михаила Пореченкова он тоже не тянул — ни щетины, ни гусарской удали, ни пушки за ремнем.

Неопытная во всех отношениях, Марина голову могла дать на отсечение, что поначалу он боялся ее ничуть не меньше, чем она его. И трясся, и придумывал умные фразы, и старался смотреть только в глаза, и ни за что по сторонам, и смущался — даже анекдотец рассказал!

Потом он успокоился. Марина даже знала, когда именно успокоился. Когда после первого изумления и отвращения к генералам секретной службы вообще и к нему в частности она начала зевать и тыкаться в его бок, очень стараясь не заснуть немедленно.

Теперь он обнимал ее — просто потому, что ему хотелось ее обнимать, и терся подбородком о ее макушку, и поглаживал между лопатками, как будто собаку чесал за ушами!

Чтобы проверить свое предположение о том, что все это «просто так», от нежности, оттого что за окном дождь, и еще оттого, что после бурной любви хочется просто и незатейливо ласкаться, мурлыкать и потихоньку засыпать, Марина осторожненько размотала розовое полотенчико. Вот как осмелела.

Полотенчико упало.

Федор Тучков смутился, как подросток в женской бане, заюлил, завозился и стал отводить глаза.

Марина развеселилась.

Он суетливо нагнулся, захватил полотенчико и прикрылся спереди.

Нет, черт побери! Не хочет она, чтобы волшебная палочка вернула все старое и зачеркнула все новое! Пусть будет так, как есть, ибо это и есть жизнь — с его смущением, выпуклым плечом, многозначительными ужимками, генеральским званием и идиотской мужской уверенностью в том, что он зна-ачительно умнее, чем она!

— Ты что?

— Ничего. — Она засмеялась и поцеловала его в щеку. Почему-то ей очень нравилась его щека. — Ты такой важный, умный, рассуждаешь, а сам без штанов.

Господи, он покраснел! Он просто взял и покраснел до самых ушей — впрочем, уши тоже покраснели! Марина смотрела во все глаза.

Федор Тучков отступил за кресло и оттуда, из-за кресла, улыбнулся ей неуверенной улыбкой.

Все будет хорошо, неожиданно подумала Марина. Все на свете будет хорошо.

— Сейчас я выйду из ванной, — распорядилась она невесть откуда взявшимся тоном первой на свете красавицы, — и ты все мне расскажешь.

— Что?.. — спросил он испуганно.

— Про конюшню, железку и девчонку Зою.

— Хорошо, — моментально согласился генерал Тучков. — Непременно.

И царственной походкой она направилась в ванную, и уже у самой двери он нагнал ее и звонко шлепнул по голой заднице.

Профессорша взвизгнула и захлопнула дверь перед самым его ехидным носом.

Ну, конечно. Как это ей раньше в голову не приходило, ведь это очень просто?

Вода ровно шумела в трубах, била в лицо, очень горячая, тугая и как будто сладковатая.

Они никогда не станут ссориться из-за того, что смотреть по телевизору — футбол или «Зимнюю вишню». И если он придет домой навеселе, она уложит его спать и только наутро, после яичницы с сосиской и черным хлебом, проест ему плешь относительно его недостойного поведения, а он будет вздыхать и стыдиться. Он ни за что не оскорбит ее намеренно, а если нечаянно или в пылу ссоры — ну что ж, это можно пережить, это не так уж страшно, это вполне поправимо. Они никогда не лягут спать, не помирившись, чтобы не коротать ночь внутри этой ссоры, не глотать отравленный ею воздух, не маяться от чувства вины. Он генерал и все такое, поэтому она всегда будет мириться первой, даже если он виноват, и он всегда будет ей за это благодарен. Может, он и позабудет купить хлеба или молока, зато повезет детей в Бородино и станет показывать им Багратионовы флеши, и Утицкий курган, где сражался и был убит предок, и ставку Наполеона, и Шевардинский редут, и скромный обелиск с надписью на французском языке: «Здесь погибла великая армия».

Он защитит ее от всего на свете, и она защитит его тоже. И никогда их общая жизнь не превратится в плацдарм для военных операций, и никто не станет наступать с левого или правого фланга, стремясь смести противника с лица земли, и никаких «Слезь с дивана, придурок!» и «Ты отравила мне всю жизнь!».

Зато, возможно, она когда-нибудь скажет ему с нежной гордостью: «Наш сын похож на тебя».

Маме придется с этим смириться. И бабушке тоже.

Когда Марина вышла из ванной, оказалось, что он уже приоделся — в пестроцветный спортивный костюмец. Очевидно, утеплился ввиду похолодания и плохой погоды.

На столе был сервирован чай — сколько там o'clock tea? Корзиночка с кексиками, и серебряные ложечки, и две кружки, точные копии ее собственной, и бублики, и колбаса, и сыр, и чайник на заднем плане посапывал успокоительно.

— Ты не видел мою майку? — оглядев «красоту», спросила Марина деловым тоном.

— Эту? — Он вытащил из-за диванной подушки невыносимо желтый мятый ком «Десять лет «Спортмастеру».

Другой не было. Другую — свою — она разорвала, когда упала возле беседки, где Павлик Лазарев угрожал пистолетом гипсовому «пионэру» с горном.

Марина напялила «десять лет», уселась на диван и схватила бублик. Почему-то теперь она нисколько не стеснялась генерала контрразведки Федора Тучкова Четвертого.

— Чай, кофе? — спросил он, вежливо наклоняясь над ней.

— Чай, — решила она с набитым ртом. — Федор, зачем ты носишь такие ужасные костюмы? Это что, маскировка?

— Какая еще маскировка! — удивился Четвертый. — Мне нравится. А что? Плохие?

— Да не плохие, а ужас просто! Ты выглядишь в них... идиотом. — Марина положила на бублик сыр, а в чашку две ложки сахару, хотя сладкий чай никогда не пила.

— Разве? — обиделся Тучков и оглядел себя с сомнением. — По-моему, очень красиво. Ярко так.

— Вот именно. Ужасный вид.

— Ну тебя же мой вид не оттолкнул, а, наоборот, можно сказать, привлек!

Марина посмотрела на него с подозрением, даже на миг перестала жевать свой бублик. Он ничего, не смеялся.

— Меня привлек не твой вид, — медленно сказала она, — а...

— Что? — поторопил Тучков. — Ум? Честь? Совесть?

Он подсел к ней и сунул руку ей в волосы. Марина замерла с бубликом в зубах.

— Я знаю, что тебя привлекло, — интимно шепнул Федор Тучков ей в ухо. — Тебя привлекли мои голые ноги. Тогда, на корте. Ты просто глаз не могла от них оторвать.

Марина чуть не подавилась бубликом. Федор убрал руку, быстро поцеловал ее сзади в шею и сказал серьезно:

— Значит, так. Чуева утопил в пруду некто неизвестный как раз накануне моего приезда сюда. Я до сих пор так и не понял характера мести. За что ему могли отомстить? За прошлые дела или как раз за нынешние?

— Что значит — за нынешние?

— Он осведомитель. Он осведомляет ФСБ много лет. С его помощью мы более или менее контролируем ситуацию в том... преступном сообществе, в котором он подвизается в Штатах. Проститутки и казино — это не наш профиль, а наркота наш. За прошлый год мы взяли трех крупных курьеров. Все как полагается, с поличным, на границе. Выслали двух советников, через которых товар шел из Чечни и Афганистана в Москву.

— Американских советников?

— Ну да.

— А при чем здесь Чечня и Афганистан?

Федор Тучков поморщился.

— Можно я сейчас не стану читать тебе лекцию о подрывной деятельности сторон и о геополитических интересах? В международных отношениях нет правых и виноватых. Есть только взаимные и противоборствующие интересы. Если ему отомстили те, кого он регулярно сдавал мне, значит, кто-то специально для этого приехал из Штатов или заказал его здесь. На заказное убийство не похоже. Это похоже на казнь, я тебе уже говорил.

— Федор, я все-таки не понимаю, при чем здесь Вадим!

— Вариантов два. Или он совсем ни при чем, и тогда мы имеем просто два разных события, которые следуют одно за другим, и мы их связываем как раз потому, что они произошли подряд. Или Вадим как-то связан с Чуевым, но это маловероятно, потому что я его не знаю и Чуев меня ни о ком не предупреждал.

— Но Вадим сказал, это убийство, а не несчастный случай! Он сказал, что пойдет в милицию, и погиб!

— Вот именно. Дальше тоже какая-то ерунда получается. Неизвестно зачем Павлик Лазарев до смерти напугал тебя пистолетом. С этим вообще беда.

— Почему беда?

— Откуда Павлик знал, что ты станешь за ним следить? Почему он был уверен, что ты потащишься за ним в беседку? По этой аллее отродясь никто не ходит! Или он предполагал ждать тебя там всегда? Или он готовился напугать не тебя, а ты просто подвернулась под руку, то есть под пистолет?!

Тучков шумно отхлебнул чай, развернул конфетку и кинул себе за щеку. Щека оттопырилась.

— Да и вообще у него не должно быть никакого пистолета! — вдруг сказал он с громкой и шепелявой от конфеты за щекой досадой.

— Почему?!

— Потому что на переднем сиденье его машины лежал кусок трубы в газете. Помнишь?

Марина смотрела на него во все глаза.

— Какой еще кусок трубы? При чем тут труба?

— Маруся, когда я еду ночью, да еще так далеко, я «ствол» всегда кладу на соседнее кресло.

— Что ты кладешь на кресло?!

— «Ствол». Ночью на дороге может быть все, что угодно. У Павлика довольно дорогая машина, хоть и не новая. Он ехал из Москвы ночью, и на соседнем сиденье у него лежал кусок трубы, завернутый в газету. Просто так, на всякий случай, если придется дать кому-нибудь по голове. Однако пистолет в этом смысле гораздо надежнее. Кроме того, пистолетом можно напугать. Даже стрелять не обязательно. Чтобы разогнать какую-нибудь не в меру резвую гопоту, его достаточно просто вытащить. Тем не менее у него лежала именно труба. Зачем ему труба, если у него есть пистолет?

Федор долил себе чаю, откинулся на спинку дивана и сложил руки на животе.

— Выходит, или у него не было пистолета, и появился только здесь, или он почему-то решил гопоту пугать трубой, а тебя пистолетом. Опять ерунда. Есть еще тысяча мелких деталей, и я не понимаю, как можно их сложить.

— Сложить?

— Ну да. О чем говорили Юля с Сережей, когда ты упала на дорожке?

— Они говорили, что не думали, что его так быстро найдут, — добросовестно напомнила Марина.

— Ну да. О чем шла речь? О том, что мама с папой не вовремя нашли новогодний подарок, или о трупе? С кем ссорилась Вероника? С кем встречалась ночью в кустах под нашими балконами? Почему пришла на корт в мокрых кроссовках и десять раз повторила нам, что только что поднялась с постели? Зачем она имитировала совершенно дурацкий звонок? Зачем Элеонора паслась возле корта с корзиной? Что именно почудилось Оленьке, когда она встретила потерпевшего в магазине? Почему все время врет бабуся Логвинова? Что Геннадий Иванович делал в кустах, когда мы его засекли? О чем рыдала Галя? Почему Вадим не пошел в милицию, а поехал на лошадке и оставил Галю рыдать?

— Они еще, помнишь, говорили, что теперь его жена все узнает, потому что это «она».

— Помню.

— А железка? Лошадь? Коробок спичек, помнишь, ты нашел?

Федор Федорович помолчал непродолжительное время.

— Нужно разделить все детали на какие-нибудь относительно равные части. Я пока этого сделать не могу. Не понимаю, как.

— Тоже мне, Штирлиц, штандартенфюрер! — не удержалась Марина. Он и ухом не повел.

— Что касается лошади, то я попробую проверить... наши предположения. Это несложно.

— Я с тобой.

Он покосился на нее:

— А надо?

— Да, — твердо сказала она и решительно поставила на стол свою чашку. — Надо. Или со мной, или никак.

Он развеселился:

— Что значит никак? Ты меня не пустишь?

Да. Это очень глупо. Не пустить она его не может, и вообще у нее нет никакой возможности... воздействия.

— Это мое «приключение», — сказала Марина мрачно. — Ты и так у меня все украл. Я же не знала, что ты генерал.

— При чем тут мое... звание?

Она промолчала. Объясняться ей не хотелось.

Знай она, что он генерал, ей и в голову бы не пришло привлекать его к своему «приключению»! Она-то была уверена, что он обыкновенный кретин, который ищет отпускных развлечений и волочится за ней от нечего делать, просто потому что она самой первой попалась ему на глаза вместе со своей шляпой из дивной итальянской соломки.

— Ладно, — вдруг решительно сказал Федор Федорович. — Пошли. Только тебе нужно одеться, очень холодно и сыро. У тебя есть свитер или дать тебе свой?

Марина подтвердила — да, есть — и выразила немедленную готовность мчаться за ним в свой номер.

— Я с тобой, — заявил Федор. Ему не хотелось с ней расставаться и приятно было время от времени думать, что всю грядущую ночь она проведет у него под боком и он станет делать с ней все, что ему заблагорассудится.

В своей спальне она быстренько нацепила черную майку — любимую! — и почти новые черные джинсы и выдернула с полки свитер. За стеной, в ее гостиной, был Федор Тучков, она чувствовала его присутствие, как будто он смотрел на нее.

Когда со свитером в руке она повернулась к двери, оказалось, что это так и есть.

Он стоял в дверях и смотрел на нее.

— Ты что? — пискнула она и стремительно и густо покраснела. — С ума сошел?

На это он ничего не ответил, зато спросил, как вежливый муж после нескольких часов ожидания, покуда любимая «чистила перышки»:

— Ты готова?

— Я?

— Ты.

— Я готова, — призналась Марина и покраснела еще пуще.

— Тогда пошли.

И они пошли.

На этот раз Федор решил, что они выйдут через отдельную дверь корпуса «люкс», и Марина не стала уточнять, почему не через главную.

Дождь почти перестал, но так похолодало, что изо рта, как у лошади на морозе, валил влажный пар.

— Налево, — сзади сказал Федор Тучков, как только они выбрались на улицу. — Конюшни в той стороне.

— Рядом с прудом? — уточнила Марина, которой на пруд совсем не хотелось.

— Нет, дальше. На самой границе леса.

— Откуда ты знаешь?

— Я туда ходил.

— Зачем?

— Изучал местность.

— Мы будем отступать в горы? — храбро спросила Марина. — Ты дашь мне «парабеллум»?

Никого не было в мокром лесу, даже птицы попрятались от дождя. Налетающий время от времени ветер стряхивал на голову и за шиворот тяжелые капли. Одна попала Марине на нос, она утерлась рукавом и поморщилась.

За деревьями с правой стороны показался пруд, сморщенный от ветра, как будто взъерошенный, неприглядный, с железной гнилой водой.

— Я туда не хочу, — косясь, призналась Марина.

— Мы туда не пойдем, — успокоил ее Федор. — Нам выше. Во-он где конюшни, видишь?

Марина ничего не видела.

— Крыши между деревьями. Приглядись.

Она пригляделась. Опять ничего, кроме мокрых стволов.

— Хорошо бы там не было никого, — озабоченно проговорил Федор. — Если там сторож сидит, не даст он нам ничего посмотреть.

— Федор, а что мы должны смотреть?

— Я хочу посмотреть на лошадь.

— Зачем?

— У тебя на лекциях первокурсники не плюются из ручек жеваной бумагой?

— Еще как плюются! — энергично заговорила Марина. — Я им, поганцам, говорю, заставлю, как в школе, всех полы мыть. А они все равно плюются! Главное, ведь большие уже, а все равно кретины! — Тут она неожиданно остановилась. — Федор, при чем тут мои первокурсники?

Он поддержал ее под руку — сломанная ветром ветка валялась поперек растрескавшейся асфальтовой дорожки.

— Конкретно первокурсники ни при чем. Я пытаюсь тебе растолковать технологию покушения на Вадима.

— Технологию?

— Ну да. Когда лошади подошли близко к обрыву, из кустов кто-то запустил в лошадь отточенной проволокой. А может, проволока была в трубке, и нужно было просто дунуть. Скорее всего так, чтобы особенно не размахиваться. Как твои первокурсники со своей жеваной бумагой. Лошадь почувствовала укол, должно быть, довольно сильный, потому что на проволоке остался след крови, взвилась на дыбы. Все остальное нам известно.

Федор мельком взглянул на Марину. Ему очень хотелось, чтоб она оценила его «дедуктивные способности».

Кажется, она оценила.

— Самое главное, — продолжил он, любуясь собой, — попасть в лошадь с такого расстояния ничего не стоит. Она большая, идет не быстро, можно долго прицеливаться и вообще никуда не торопиться. Одно мне совершенно непонятно.

— Что?..

— Почему такой дикий способ?

— Чтобы выдать убийство за несчастный случай.

— Выдать убийство за несчастный случай очень трудно, Маруська. Киллеры, которые на этом специализируются, самые дорогие. Практика показывает, что даже выбросить человека с балкона в принципе не просто, если он не без сознания, конечно. Все равно останутся следы борьбы, синяки и так далее. Машиной задавить — очень маленькая вероятность, что задавишь до смерти. С лошади сбросить — вообще ни в какие ворота.

— Принцесса Диана погибла, — упрямо сказала Марина. — В машине.

Федор покосился на нее:

— Она погибла в катастрофе. «МИ-6» и британский королевский дом ни при чем, уж мне-то поверь!

— Откуда ты знаешь?!

— Все все знают. Только не говорит никто. И никогда не скажет. Версия о том, что ее и Доди погубила злая королева-мать, чтобы отчимом будущего британского монарха не стал, боже сохрани, араб, гораздо красивее и романтичнее, чем ДТП в состоянии алкогольного опьянения и на скорости сто двадцать три километра в час, да еще в тоннеле. В злую королеву все верят с трех лет. А в пьяного водителя?

То, что говорил Федор Тучков, очевидно, было и правильно и справедливо, но Марина нипочем не согласилась просто так взять и принять его точку зрения — ночь, скорость, два коктейля, выпитые в лобби-баре, молодецкая удаль водителя и... финал.

Со злой королевой выходило как-то... лучше, по крайней мере можно было убедить себя, что все это не зря — осиротевшие мальчики, которым и так непросто живется, родители-миллионеры, от которых навсегда ушел единственный сын и наследник.

— Ну вот, — сказал Тучков Четвертый после паузы. — Что за идея — стрелять в лошадь проволокой, чтобы она сбросила всадника?

— Мы должны выяснить, кто должен был ехать с этой группой и не поехал, — быстро соображая, сказала Марина. — Потому что, когда началась паника, лошади заволновались и могли вообще всех сбросить. Хорошо, что больше никто не упал!

— Умница, — похвалил Тучков. — Узнаем.

Конюшня оказалась маленьким с виду, бревенчатым, темным от времени срубом с широко распахнутыми воротами, из которых вываливалось наружу сено. У самых ворот его было очень много, а к забору — трем тоненьким жердинкам на хлипких столбушках — становилось меньше. Оконца в срубе были маленькие и несуразно высокие, под самым потолком. За темной стенкой что-то возилось и вздыхало, а вокруг никого не было, только сырой васнецовский лес.

Марина оробела:

— Может, не пойдем?

Федор подлез под жердину и уверенно и неторопливо пошел к распахнутым воротам.

— Хозяева! — позвал он у самой створки. — Есть кто-нибудь?

Никто не ответил, только за стенкой перестало вздыхать и как будто насторожилось.

Марина перемахнула забор и в два прыжка догнала Федора.

Он оглянулся на нее и кулаком несколько раз стукнул в доски ворот.

— Есть кто? Зайти-то можно?

Не дожидаясь ответа, он пошел по сену, которое глушило шаги, в мягкий и пахучий полумрак. Марина пошла следом.

Полумрак был разделен на две части. В середине коридор, застланный чисто выметенными досками, а по бокам деревянные калиточки.

И по-прежнему никого.

— Ну что? — громким шепотом позвала она от двери. — Федор!

— Стой там.

В стену что-то грохнуло и опять замерло.

— Федор!

— Тише. Не кричи.

Ветер пролетел в вышине, стряхнул с деревьев капли, которые осыпались на крышу с громким стуком.

Внезапно прямо перед Марининым носом оказалась огромная коричневая морда с блестящим глазом, в котором плавал свет тусклой лампочки над крыльцом. Высунулась на мгновение и пропала. Марина ахнула. Звякнули какие-то железки, послышался вздох и деревянный стук.

Из полумрака возник Федор Тучков.

— Ты что?

— Тут... лошадь.

— Ну, конечно, лошадь, — сказал он сердитым полушепотом. — На конюшне всегда лошади!

И пропал.

Марина еще немного постояла, чувствуя себя идиоткой, а потом двинулась по чистому полу.

— Федор?

— Я здесь.

Деревянная калитка была открыта, лошадь за ней тревожно переступала ногами, била по бревнам хвостом. Федор говорил ей какие-то слова, отсюда Марина не могла разобрать, какие именно.

Он быстро оглянулся на нее и приказал:

— Сюда не лезь. Тише, Мальчик, тише. Я просто хочу посмотреть. Только посмотреть. У тебя сегодня трудный день, я знаю. Ты даже оправдаться не можешь, сказать ничего не можешь, а ты ни в чем не виноват, я-то знаю... Я знаю, Мальчик. Я знаю, ты бы объяснил, если бы умел разговаривать, ты же не такой гордый, правда? Хотя я бы, наверное, ничего не стал объяснять.

Он говорил и медленно приближался к лошади, которая уже не так беспокоилась, и хвост почти перестал мести по стенам, и в длинном и темном лошадином глазу появилось любопытство, все еще смешанное со страхом, но почти человеческое.

Марина смотрела как завороженная — не на Федора Тучкова, а на лошадь.

— Дай я посмотрю, что тут у тебя такое... Я просто посмотрю, я знаю, что ты просто так ни за что не стал бы... Ты же хороший, умный Мальчик, отличная лошадь, самая умная лошадь...

— Кто здесь?!

Марина вздрогнула, повернулась и чуть не упала — в коленке стало больно.

— Кто здесь? Что вам надо?

Лошади тревожно завозились и выставили морды.

— Зоя, — позвала Марина, узнав голос, — это я. Марина Евгеньевна.

— Какая еще... Марина Евгеньевна?!

Девчонкин силуэт появился на фоне темнеющего неба — маленький, независимый и напряженный.

— Мы с тобой сегодня разговаривали, помнишь? У обрыва?

Некоторая пауза, а потом неприязненный ответ:

— Ну помню. А что вам тут надо-то? Вы чего... пришли? Кататься, что ль, хотите? Не накатались?

Звякнула дужка от ведра, скрипнули чистые половицы.

— Всех лошадей взбутетенили, — пробормотала девчонка, — на ночь глядя! А Мальчик и так сегодня натерпелся... А там кто?! Эй, вы зачем туда влезли?!

Федор Тучков вышел из загона и зачем-то положил Марине руку на плечо.

— Вы кого привели?!

— Это мой... друг. Федор Федорович. Он знает, почему Мальчик сбросил Вадима.

Девчонка подошла поближе и усмехнулась змеиной усмешкой:

— Никто, значит, не знает, а ваш дружбан знает. Чешите-ка вы отсюдова, пока я Витьку не позвала. А у Витьки берданка, он ее вечером всегда с собой носит, и...

Федор Тучков тихо засмеялся и прижал Марину спиной к себе. Лошади почему-то успокоились, только вздыхали и топтались, копыта грохали по деревянному полу.

— Зоя, — сказал Федор, — вы видели у Мальчика царапину? Между прочим, довольно глубокая.

Девчонка посмотрела на него с недоверчивой злобой.

— Какую еще царапину?! Нет на нем никаких царапин!

— Давайте покажу. Или сами посмотрите. На левом боку, ближе к груди. Я не знаю, как у лошади называется это место.

Девчонка сорвала свою кепку, надела ее на черенок лопаты, стоявшей тут же, пошептала что-то неодобрительное и мимо Федора с Мариной протиснулась в загон.

— Он от этого и сбросил седока, — в спину ей сказал Федор Тучков, — а не потому, что он взбесился! Понимаете? Ни в чем не виноват ваш Мальчик.

Зоя некоторое время молчала, а потом вдруг сказала громко и радостно, как будто внезапно получила долгожданный подарок:

— Правда! Есть царапина! Мальчик, милый, хороший! Да я и не видала, я только пришла его чистить! А вы? — Ее сияющая физиономия возникла над загородкой. В полумраке сверкали белые зубы на сильно загорелом и не очень чистом лице. — Как вы узнали?

— Догадался.

Он достал из заднего кармана длинную железку, похожую на спицу:

— Кто-то сидел в кустах и этой штукой запустил в лошадь. Видишь, острая какая? Конечно, лошадь от боли взвилась и сбросила Вадима.

— Вот гад, а? — высказалась девчонка энергично. — Надо быть таким гадом, а? Лошадь ни с того ни с сего пугать! Хорошо, что один свалился, а не все сразу! А как вы узнали-то? Побегу Петру Захарычу скажу, если только он не совсем пьяный. Он из-за Мальчика переживает и водку пьет, а так, обычно, он ничего, непьющий. Побегу я.

— Подожди, — попросил Федор Тучков. — Ты успеешь. Мне поговорить с тобой надо.

— Да, успею! Как же! Полдня на Мальчика валили, что он виноват! А эту дадите, железку-то? Какому гаду это в голову вступило — коня пугать! Конь — это ведь не хорек, с ним осторожней надо, особенно когда человек на нем неопытный! Рану надо обработать, если Петр Захарыч не в себе, я тогда сама. Или за мамкой съезжу.

— Зоя, — перебила Марина, — это правда очень важно. Человек же погиб. Помоги нам. То есть Федору Федоровичу.

— Да Мальчик, может, в сто раз лучше, чем этот ваш человек! — крикнула девчонка вполголоса. Она вообще все время возмущалась и кричала вполголоса, наверное, чтобы не нервировать лошадей. — Ну ладно, пошли. Мальчик, я щас. Я скоро. Ты... не переживай.

— Он уже не переживает, — сказал Федор Тучков.

— Откуда вы знаете?! Тоже, знаток лошадей! Он у нас такой чувствительный, не то, что...

— Зоя, — перебил ее Федор как-то так, что девчонка моментально заткнулась и пошла по проходу к распахнутым воротцам. По дороге сорвала с лопаты свою кепку и независимо нацепила — козырьком назад, разумеется.

— Вон направо лавка. Садитесь. Только чего нам с вами говорить, я не знаю. И железяку вы мне отдайте, а то как я скажу про Мальчика-то?

— Железяку не отдам пока, — твердо сказал Федор. Лавочка была мокрой, и он долго и смешно выбирал место посуше, куда бы усесться своими пестроцветными штанами. Все места были одинаково мокрыми.

Марина предусмотрительно осталась стоять, пожалев почти новые черные джинсы.

— Ну чего? Только спрашивайте быстрее!

И Зоя оглянулась на конюшню, куда ей до смерти хотелось помчаться, чтобы лечить и жалеть свою лошадь, несправедливо обвиненную в убийстве.

— Сколько лошадей обычно катает отдыхающих?

— Сколько есть, все и катают! По очереди. — Она взглянула на Федора, потупилась, как перед завучем, и буркнула: — Пять. Иногда четыре. Сейчас народу много, все лошади работают.

— Для того чтобы прокатиться, надо заранее записываться?

— Ну ясное дело! Теперь все любят на лошадях кататься. Это модно теперь.

— Кто записывался на сегодняшнее утро?

Девчонка вздохнула и потерла ладошками колени.

— Погляжу щас. Так не помню.

Ветер прошелестел в деревьях, осыпал капли. Марина поежилась. Лес стоял совсем рядом, как будто наблюдал, насторожившись.

— Замерзла? — заботливо спросил генерал Тучков, — сейчас пойдем домой. Нога болит?

— Да так.

— Ты бы села.

— Мокрое все.

— Садись ко мне на колени, — предложил он невозмутимо. — С этой стороны пока сухо. С обратной уже мокро.

В сумерках вспыхнул и заболтался какой-то непонятный оранжевый огонь. Марина схватила Тучкова за руку и сжала — со страху.

Огонь оказался керосиновой лампой, которую Зоя несла в левой руке, далеко выставив перед собой. В правой у нее был какой-то растрепанный сверток.

— Это книга, — издалека начала она и потрясла свертком, — тут все записано. Кто катался, когда катался. Щас посмотрим.

Она добежала до лавки, приткнула свою лампу, распахнула «книгу» и стала водить замурзанным пальцем.

— Так, сегодня какое у нас? Восемнадцатое?

— Семнадцатое.

— Семнадцатое. Вот. Утро. Все тут. Читайте.

Сталкиваясь головами, Федор Тучков и Марина нависли над открытой страницей. Почерк был скверный — как будто писал не человек, а как раз лошадь, — страницы захватанные, керосиновый огонь плескался за закопченным стеклом. Разобрали они не скоро.

Разобрав, посмотрели друг на друга.

Девчонка рядом зевнула почти беззвучно.

— Выходит, от катания отказались Галя, Вероникин дед и Валентина.

— Да, — встрепенулась девчонка, — в этот раз чего-то никто не поехал! У нас так редко бывает. Почти все едут, а тут вдруг — бац — и не пришел никто! Ну, тот мужик с ребенком прибежал, я их посадила. Прямо перед тем, как отправиться. И еще какие-то муж с женой. Они на стоянку ходили, он увидал и говорит — давай хоть раз в жизни прокатимся. Она говорит — всегда тебя несет незнамо куда, пива насосешься, тянет тебя геройствовать, и все такое, но потом поехали. Уговорил он ее.

У Федора Тучкова было задумчивое лицо, по которому ползали тени, и казалось, что он все время корчится.

— А ничего такого не заметили? Необычного?

— Какого такого необычного? Ну, ветер поднимался. Я еще подумала — дождь будет к вечеру. А может, за Волгой будет, а к нам не перейдет. У нас тут так бывает — на том берегу стеной льет, а у нас ни капли не упадет.

— Нет, — перебил Федор, — не в этом смысле. Может, кто-нибудь к лошадям подходил или, наоборот, мимо шел и почему-то вам запомнился.

Девчонка пожала плечами, полезла под свою кепку и энергично там почесала.

— Никто мне не запомнился. Этот, который потом в обрыв кувырнулся, очень сердитый был, злой даже, а потом ничего, развеялся будто. А мужик с пацаненком, наоборот, веселые.

— Когда из леса выходили, никого не заметили?

— Да где заметили-то? Народу тьма гуляет! Кого замечать-то?

— Когда вы вышли из леса, справа от вас оказался обрыв, — проговорил Тучков Четвертый терпеливо, — а слева кусты. В этих кустах ты никого не видела? На одеяле никто не лежал? Книжку не читал?

— Не, не читал, — отозвалась девчонка, и Марина поняла, что никогда и ничего они не поймут в этом деле, хоть Федор Тучков и генерал контрразведки. — А, там эта таскалась, безумная! Вот кто!

— Какая безумная?

— Ну, с шалью которая! Которая всегда мерзнет! Старая, а ведет себя как молодая. Ну, мать у нее еще кричит: Оленька, Оленька! — Девчонка передразнила, как она кричит, неестественным голосом.

Федор Тучков в лице не переменился, глаза не прищурил, пистолет из-за пояса пестроцветных штанов не выдернул — вовсе не проявил себя как полицейский капитан. Он задумчиво нагнулся вперед, сорвал мокрую травинку и сунул в зубы.

— А эта Оленька именно в кустах была?

— Да там где-то бродила. Лютики рвала. Целый веник нарвала, дура. Лесные цветы ни за что в воде стоять не будут. Все повянут.

— А в лесу никто не бродил?

— Мужик бродил, — подумав, сказала Зоя, — я на него внимание обратила, потому что по лесу. Он не по дорожке шел, а прямо лесом перся напролом.

— Павлик? — быстро спросила Марина у Федора.

— Может, и Павлик, — язвительно сказала девчонка, — я ему в паспорт не глядела. Он такой... худосочный, майка, а на майке надпись «Спортклуб». Или «Спортлото», что ли...

— Геннадий Иванович?!

Федор мельком на нее глянул.

— У нас в лес только за надом ходят, — продолжала Зоя, — просто так никто не бродит. Если в лесу кто бредет просто так, без сапог, без плаща да без корзины, значит, турыст! — Почему-то она произнесла именно с буквой «ы». — А этот так бродил. Но он не у обрыва, он подальше. А больше вроде все. Ничего не видала. Ходили какие-то люди по дорожкам, но я и не смотрю никогда, мне за лошадьми глядеть надо.

Они помолчали. Ветер шумел в деревьях, и сумерки сгущались — июльские, плотные, но не безысходные, с надеждой на завтрашний теплый день.

— А откуда вы выходите?

— Да от плаца. Это у ворот. Там все собираются, кто записался, и, кто просто так хочет, тоже туда приходят, вдруг откажется кто. Ну, как сегодня. А потом мы большим кругом идем, лесом и обрывом. Маленьким ходим, только когда холодно или дождь. Тогда к обрыву не заходим. Этот один пришел, который упал, хотя со своей девчонкой записывался. И бабка подходила.

— Какая бабка?

— Откуда я знаю! Говорит смешно и в чулках, хотя жара. Она мальчонке конфету давала, а отец сказал, что он у них к конфетам непривычный. Ну, она мне дала, я и съела. Хорошая конфета, шоколадная.

— Хорошая шоколадная конфета, — повторил Тучков Четвертый неизвестно зачем.

— Хорошая, — подтвердила девчонка, полезла в передний карман и достала бумажный катышек, — во какая!

Федор Тучков взял у нее катышек, расправил и прочитал так же задумчиво:

— «Коркунов». Замечательно.

— Ага, — простодушно согласилась девчонка. — Вкусно.

— Спасибо, — сказал Федор, поднялся с лавки и поморщился — мокрые штаны прилипли к заду, и он, деликатно отвернувшись, потянул за них, чтобы отлепились. — Так что ни в чем твой Мальчик не виноват. Ему было больно, и он взвился, только и всего.

— Да я сразу знала, что он не виноват! — Девчонка тоже вскочила и схватила лампу. — Побегу к Петру Захарычу, скажу. А вы больше просто так к лошадям все равно не лезьте! Лошадь — это вам...

— ...не хорек, — подхватил Тучков, — мы уже поняли.

Идти по лесу в сторону корпуса «люкс» было темно и страшно. Марина уцепила Федора за руку. Он молчал, но она выдержала только несколько секунд.

Оглянувшись назад и по сторонам, хотя ничего не было видно и неяркий свет фонаря над домиком, где жили лошади, теперь только мелькал между плотными ветками, она храбро спросила:

— Значит, Оленька и Геннадий Иванович, да?

— И бабуся Логвинова.

От бабуси Марина отмахнулась:

— Бабуся была на плацу, а не у обрыва. Или ты думаешь, что она могла туда... прибежать?

Он пожал плечами. Негромко звякнули железки на толстой металлической цепи.

— Все это странно, — сам себе сказал он, — очень странно.

— Зачем Геннадию Ивановичу убивать Вадима?

— А Оленьке зачем?

— Я не знаю, — призналась Марина. Версии о шантаже как-то сами собой отпали.

— И я не знаю, — задумчиво проговорил Федор. — Генрих Янович собирался кататься на лошадях, хотя за завтраком не сказал ни слова, когда Галка ныла, что хочет «на лошадок». Почему он не стал кататься? Или это совпадение? Или нет?

— Скорее всего совпадение.

— Из чего это следует?

Марина подумала немного. Лес все сгущался, а до корпуса было далеко.

— Из того, что Генриху Яновичу тоже нет никакого резона убивать Вадима.

— Если мы не знаем таких резонов, это еще не значит, что их нет, — объявил генерал, — однажды некая профессорша открыла мне эту бессмертную истину. Ну как? Мы их не знаем или их нет?

Марина смутилась, и он это понял, потому остановился, притянул ее к себе и неожиданно и вкусно поцеловал в губы.

Дышать стало трудно. Кожа на спине покрылась мурашками. Кажется, даже уши втопорщились, как у кошки.

У той самой, которую он гладил по пыльной лобастой башке большой загорелой рукой.

Мужчина, у которого такие руки, не может быть кретином. Почему она сразу этого не поняла?

Он отпустил ее так же неожиданно, как притянул, даже вроде оттолкнул немного, взял за руку и повел за собой.

Он все время будто забывал, что в этой игре две команды, а не одна, его собственная. Он играл по привычке, уверенный, что играет один, а потом вступала она — со всей своей неожиданной пылкостью, дивной кожей, медными волосами, повернутыми концами внутрь, крепкой маленькой грудью, которую он уже трогал и видел, и это было еще хуже, лучше бы не знать! — и игра перестала быть игрой.

«Сурьез» начинался, как любил говорить дед, генерал Тучков Второй, дошедший до Кенигсберга.

— Валентина Васильна тоже не пошла кататься, — сказал он через некоторое время. — Между прочим, именно эти двое, Валентина и Вероникин дед, во всеуслышание объявили, что любят лошадей. Помнишь?

— Помню, — с запинкой согласилась Марина.

Встопорщенные уши горели. — Генрих Янович что-то говорил про Кубань и про то, что цыгане лучше всех обращаются с лошадьми. А Валентина рассказывала, что она в молодости... носилась.

— Да. Что-то в этом роде. И ни один, ни вторая кататься не пошли. А, черт побери.

Марина сбоку на него посмотрела.

— И способ убийства! — с досадой сказал он. — Неужели я так ничего и не пойму в этом деле?! Почему его убили так... странно?!

— Того, первого, тоже убили странно, — напомнила Марина.

— Совершенно верно, — согласился он любезно, — я ни черта не могу понять, зачем так много сложностей, странностей!

— Дунуть в трубку, чтобы попасть в лошадь металлическим прутиком, по-моему, очень просто.

— Да! — почти крикнул он. — Просто! Но нет никакой гарантии, что человек не то что умрет, но даже просто упадет! Это... бессмыслица какая-то!

Впереди замаячили желтые огни корпуса «люкс», как будто задрожали сквозь ветки, и Марине вдруг захотелось, чтобы он немедленно перестал думать обо всех этих «жутких историях» и сделал что-нибудь в духе кавалера из эстрадной миниатюры «из жизни отдыхающих». Пригласил ее «прогуляться на Волгу», к примеру.

Наверное, сейчас там холодно, неуютно и дьявольски романтично. Черная смоляная вода, ниточка бакенного огонька, плотный ветер и обязательно плюхает буксир, а на буксире мирный домашний свет и радио поет глупую песню.

— Нам к восьми в баню, — сообщил рядом не отягощенный никаким романтизмом Федор Тучков. — Купим пива?

— Я не пью пива.

— Надо когда-то начинать, — задумчиво проговорил он. — Вдруг тебе понравится.

— Мне не понравится.

— Думаю, что понравится.

— Федор, я не собираюсь с тобой в баню. Это ерунда какая-то.

— Тогда мне придется пригласить Оленьку. Или ее мамашу. Или обеих?

— Приглашай кого хочешь, — вскипела Марина, — а я не пойду. За кого ты меня принимаешь?

— Я тебя принимаю за свою любовницу, — вдруг как-то очень неприлично шепнул он ей в ухо, которое опять моментально встопорщилось. — Давай попробуем. Может, тебе понравится.

И они попробовали, и ей понравилось.

Поначалу Марина упорно и продолжительно заворачивала себя в простыню, чтобы он не мог ее «разглядывать», а потом как-то размякла, раскисла, перестала поминутно «топорщиться» и «держать спину». Что-то очень сибаритское было в том, что они одни в бассейне, ставшем огромным и таинственным, — свет был погашен, сияла только цепочка ламп на дне. Из-под воды поднималось голубое пламя, по потолку ходили жидкие блики. И в сауне они были одни — на горячих, гладких желтых досках, от которых упоительно и остро пахло деревом. Шезлонги были удобными, простыни махровыми, и Федор Тучков просто грелся, ничем ее не смущал и не затевал ничего «такого».

Теперь она уже была не против — пусть бы затеял. Но не просить же его об этом!

А может, попросить? Только как?

Она не знала.

— Ну как тебе пиво? — Он плюхнулся рядом, шезлонг скрипнул и отъехал назад. Федор вытянул ноги и ладонью смахнул с лица воду. Щеки у него были красными, как у мальчишки. Марина на него засмотрелась.

Он взял с плетеного столика свою бутылку, закинул голову и весело забулькал.

— Хорошо, — заключил он, перестав булькать. — Мы с отцом каждую неделю баню топим. На участке. Я тебя отвезу.

Это было обещание или ей только так показалось?

— Мама какие-то чаи заваривает, ягодные смеси, а мы с отцом все больше по пиву. Она даже обижается, говорит, зачем я стараюсь?! Она смешная. А у тебя?

— Что?

— Какая мать?

Марина не знала, как ответить на этот вопрос. Уж точно не смешная.

Какая у нее мать? Твердая? Непреклонная? Строгая?

Выходило что-то очень похожее на характеристику пламенного революционера двадцатых годов, а мать не была пламенным революционером.

— Она... не очень счастливая, — сказала Марина наконец. — Отец рано умер. Он ей во всем подходил, был профессор, доктор наук и все такое, а потом оказалось, что все эти годы у него была вторая семья, и какая-то очень простая. Она продавщица или швея, я не помню, и потом мама с бабушкой это от меня долго скрывали. Я узнала, только когда выросла, мне мама сама рассказала.

— Зачем?

— Что?

— Зачем рассказала?

Марина улыбнулась жестяной улыбкой.

— Чтобы я была ко всему готова, так она сказала. Понимаешь? Чтобы никому и никогда не доверяла. В смысле — мужчинам. Даже самые лучшие из них, сказала она, на самом деле подонки. Они по-другому организованы. Крайне низко. У них нет никакого чувства ответственности ни перед кем. И рассказала про отца.

Мать рассказывала ровным голосом, сидя на жестком стуле, и ее спина была такой же прямой, как спинка ее стула. Руки с накрашенными ногтями лежали на белой скатерти, чуть подрагивая. Марина смотрела на них, и внутри у нее все корчилось и обугливалось, как будто там поливали кислотой, — она не хотела слушать, не могла, боялась, а мать все говорила и говорила, ровным, спокойным голосом.

Еще она говорила, что глупо и невозможно потратить жизнь на то, чтобы оказаться служанкой у никуда не годного, отвратительного представителя другого биологического вида. Жизнь одна, надо жить ее только с собой. Уж она-то, мать, сейчас это отлично понимает. От сожительства с этим самым другим видом могут появиться детеныши, и тогда вообще смерть — полная потеря себя, конец индивидуальности, пожизненное рабство, каторжные работы.

Только услужение, животные радости, вроде сытного обеда и сна. Ты больше не человек, ты некое

передаточное звено для дальнейшей экспансии этого самого биологического вида, с которым имела несчастье связаться.

И все. Все.

Ужас плеснулся той самой кислотой, как будто
растопил тонкий флер, застивший глаза весь этот
невозможный день.

Мать предупреждала ее, а она!.. Она не вспомнила
ни одного урока из того, что преподавала ей жизнь, —
мать всегда толковала про эти уроки.

Боже мой, где я, что со мной?! Ночь, бассейн, и
рядом незнакомый — почти! — голый мужик с бу-
тылкой пива и толстой цепочкой на бычьей шее!

Они крайне низко организованы. Они подонки.
Даже самые лучшие из них никогда...

— Марина.

Она сейчас поднимется и уйдет. Она не останется
тут ни на одну минуту. Он просто воспользовался
ситуацией, он...

— Марина.

Еще не все потеряно. Она еще успеет вернуть свою
свободу. Впрочем, он и не претендовал на ее свободу. Он присвоил ее тело, но с телом она как-нибудь
разберется!

— Марина, черт тебя побери.

Она вдруг как будто опомнилась, остановилась и
посмотрела вокруг. Оказывается, она уже успела натянуть халат и даже завязать его туго-туго. Федор
Федорович Тучков смотрел на нее внимательно, без
тени улыбки.

— Что с тобой?

Он продолжал сидеть, хотя его поминутную, как у
дрессированного пуделя, вежливость она уже хоро-

шо знала. Он продолжал сидеть, не делая ни одного движения, — даже рука так же свешивалась с подлокотника, кончики пальцев чуть касались ковра.

— Что с тобой?

Она не могла рассказать ему про крайне низко организованных мужских особей, и про свой страх, и про кислоту, залившую внутренности. И еще про то, что все, что он затеял, — не для нее.

Он ошибся. В пылу своего курортного расследования, которым он, оказывается, занимался, он принял одно за другое. Он принял Марину за кого-то еще. За развеселую и ничем не обремененную девицу, которая станет пить с ним пиво, скакать по трехспальному сексодрому, валяться на пляже, почесывать пятки, обмирать от теннисных побед и бронзовой груди эпохи Возрождения.

Она не такая. Она не станет. Она не может.

Он все перепутал.

— Все зашло слишком далеко, — сказала она холодным профессорским голосом. Этот ее голос Эдик Акулевич называл «кафедральным». Шутил. — Прости меня. Не знаю, что на меня нашло.

— Что нашло?

— Я не должна была ничего этого делать.

— Чего этого? Пить пиво? Купаться в бассейне?

Он не понимал, что такое могло с ней произойти за одну минуту у него на глазах. И что теперь с ней делать?

Ее нужно было как-то возвращать оттуда, где она оказалась сейчас, это-то он понимал. Только как? Как возвращать, если он понятия не имеет, что с ней?!

— Федор, мне нужно идти. Правда. Я... слишком увлеклась. Это непростительно, я знаю, но все же я прошу меня... простить. Где мои тапки? А, вот они.

Он продолжал сидеть.

Господи, сделай так, чтобы он не двигался, чтобы он так и сидел, свесив до пола длинную руку, чтобы только не делал ни одного движения, потому что если не сделает, значит, все правильно. Значит, так оно и есть — крайне низко организованные, примитивные существа другого биологического вида, и жаль тратить на них свою единственную жизнь, и мама права, Беркли с Йелем единственное, ради чего стоит жить.

Тут он понял, что она непременно уйдет «навсегда» и больше он ее не увидит, потому что завтра, едва рассветет, она на попутном грузовике укатит в Москву — оправдываться перед семьей за недостойное поведение и садиться за написание следующей диссертации — «академической», наверное, потому что докторскую она уже написала и даже защитила. И только так она смоет с себя позор двух последних дней, и имя этому позору — Федор Федорович Тучков Четвертый.

Надо было спасать положение, а он понятия не имел, как это делать.

Трясущимися руками Марина изо всех сил потянула пояс халата, проверяя, надежно ли он завязан.

Боже, боже, и она еще мечтала, как станет с ним сегодня спать. Не... заниматься любовью, а спать — ручку под щечку и так далее. Мечтала, что станет смотреть на него, спящего. Разглядит ресницы, брови, родинку на правой щеке.

Погладит. Оценит. Попробует на вкус. Без горячки, спешки и его дурацкого верховодства.

Как она могла? Как она посмела?!

— Марина?

— Нет. Я не могу. — Она перепугалась, потому что не была уверена, что сможет с ним разговаривать так, как надо.

Так, как надо для того, чтобы уйти от него — немедленно и навсегда.

Она решительно потянула с пола свой рюкзак — только бы зарыдать не сейчас, а хотя бы за дверью! — повернулась и двинулась, чтобы идти, и он подставил ей подножку, и она животом упала к нему на колени, а рюкзак плюхнулся в бассейн и сначала поплыл, а потом как-то моментально потонул.

Федор и Марина наблюдали за тем, как он тонет.

— Отпусти меня.

— Нет.

— Ты не понимаешь.

— Нет, — признался он, — не понимаю. И боюсь, что если пойму, то стану так злиться, что лучше уж мне не понимать.

— Пусти меня! — крикнула она, дернулась и заплакала.

Федор перехватил ее, посадил, прижал к себе, лицом к плечу. Она вся дрожала, и он вдруг обрадовался силе ее эмоций.

Пусть дрожит, черт побери, если она дрожит *из-за него!..*

Хорошо, что они встретились. Могли бы ведь и промахнуться — запросто.

— Это страшно, конечно, — сказал он и потрогал губами мочку ее уха. — Я сегодня от страха чуть не умер. Ты меня... выручила. Хорош бы я был, если бы...

— Если бы что? — вдруг спросила она с интересом.

Надо было продолжать, а продолжать было стыдно.

— Если бы я ничего не смог. От страха, — выговорил он с усилием. Марина подняла голову и недоверчиво посмотрела на него. — В восемнадцать лет все казалось проще.

— Видел бы ты меня в восемнадцать лет, — пожаловалась она. — У меня сороковой размер обуви, и я носила папины сандалии и была выше всех.

Он улыбнулся, представив ее в мужских сандалиях и «выше всех».

Они помолчали.

— Мама всегда говорила, чтобы я береглась. Что мужчины — это очень опасно.

— Женщины тоже опасно, — откликнулся он. — Нет никакого выхода. Можно только открыть друг против друга военные действия или, наоборот, объединиться и тогда уж бояться вместе.

— Я не умею ни с кем объединяться.

— Я тоже.

— Ты был женат.

— Был. Давно.

— Какое это имеет значение, давно или недавно!

— Огромное.

— Почему?

— Потому что в молодости все по-другому. В молодости я был умнее всех и точно знал, что умнее.

— Никогда я не думала, что умнее всех.

— Тебе повезло.

— Я не гожусь для тебя. Вдруг я вообще ни на что не гожусь?

— Это можно проверить только опытным путем, — сказал Федор Тучков и улыбнулся ей в волосы. — Вдруг, наоборот, годишься?

Он хотел сказать ей что-нибудь о том, что ни с кем и никогда ему не было так, как с ней, — наврать «для красивости» и еще для того, чтобы было похоже на бразильский или мексиканский сериал, а потом не стал.

У них или получится — сейчас и вместе, — или не получится, и тогда вряд ли уж получится — когда-нибудь и не вместе.

Просто так вышло. Карта так легла, как говорили у них на работе.

Карта легла так, что только от Марины он хотел бы услышать, что их сын похож на него, а все остальное — так ли, как с другими, лучше ли, хуже — не имеет значения.

Оказалось, что это очень страшно.

Они сидели, обнявшись, и он стал медленно покачиваться из стороны в сторону, потому что ему вдруг захотелось обращаться с ней, как с маленькой.

Когда он был маленьким, у него была собака, беспородная, как все собаки в их доме, и пещерка под столом — и собаки и пещерки переезжали с ними, когда отца переводили из одного конца державы в другой, — и любимая кружка с солнышком, и бабушка, язвительная и в очках, всегдашний друг и сообщница. Были зимние яблоки, где бы они ни жили, везде. Елка была, а под ней подарки — горой. У отца была летная куртка, овчиной внутрь, жесткой замшей наружу, комбинезон, сапоги с мехом, и он катал сына на санках, и еще они ходили на лыжах, иногда очень далеко, и отец потом тащил его домой — он цеплялся за палку и ехал, как на буксире.

Он вырос, как будто с ног до головы защищенный непробиваемой семейной броней, — что бы ни случилось, каким бы страшным ни казалось, все равно есть *они*, которые стоят на краю, которые подхватят, поддержат, оттащат в безопасное место, накормят, растолкуют, наподдадут по заднице, если уж на то пошло.

Родители и дед с бабушкой были постоянными и неизменными величинами, и сомневаться в этом было так же глупо, как в том, что завтра утром солнце взойдет опять.

То есть теоретически оно, конечно, может не взойти, но практика показывает, что день ото дня последние несколько миллионов лет оно исправно взбирается на свое место.

Федор Тучков не знал, что должен чувствовать человек, у которого... нет брони.

Нет брони, и, голый, слабый, дрожащий, он остается на ветру — один, потому что некому оттаскивать, защищать и прикрывать, — и оказывается, что даже то, во что верилось и что выглядело надежным, неправда.

Федор Тучков не зря дослужился до генерала. Он стал самым молодым генералом в управлении, в сорок один год. Он быстро принимал безошибочные решения — всегда.

Он не может сейчас соорудить ей броню. Зато он запросто может поделиться своей.

— Маруська, — сказал он ей в ухо, — не страдай. Будешь страдать, когда я решу тебя бросить. Договорились?

— Ты хочешь меня бросить?

— Я не могу тебя бросить, — объявил он. — Если только в воду.

— Почему не можешь?

— Не знаю. Не могу.

— Мы знакомы три дня.

— Четыре, ну и что?

Она потрогала его щеку и спросила неожиданно:

— А почему ты больше не ходишь ловить мальков?

— Ты же мне не разрешаешь, — удивился он.

— Я не разрешаю? — поразилась Марина. Паника, скрученная у горла в спираль, потихоньку таяла, как будто оказалась ледяной.

— Ты сказала, что ловить мальков в луже — гнусно.

— А ты сказал, что не глушишь их динамитом.

— Нам надо разобраться со всеми делами, — вдруг сказал он серьезно, — и заняться нашими собственными. И я должен тебя попросить.

— Что?..

— Пока мы не закончили, постарайся не устраивать мне сцен, ладно? Я пугаюсь и не могу нормально думать.

Марина открыла и закрыла рот.

Никогда в ее жизни не было человека, который мог бы будничным тоном попросить ее «не устраивать сцен».

Впрочем, и от этого человека она только что чуть не сбежала. Как это он успел ее поймать и вернуть?

— Я постараюсь, — пообещала она тоном первоклассницы, которая клянется больше «никогда-никогда» не лезть на школьный забор.

Тучков Четвертый ловко вынул ее из халата и за руку повел в сауну, и тут выяснилось, что она очень замерзла, даже зубы застучали, и они долго грелись, шушукались, тянули пиво, молчали — и все это оказалось так легко!

В корпус «люкс» Марина брела за Федором, спотыкаясь и чуть не падая. Ей очень хотелось спать, так что в глазах плавали темные круги — от сауны и переживаний.

На широкой лестничной площадке с ковром и креслом Федор вдруг остановился. Марина немедленно привалилась к нему — засыпать.

— Стой, — приказал он негромко, отлепил ее от себя и заглянул вниз.

На два лестничных пролета ниже, в холле первого этажа, резались в пинг-понг. Цокал мячик, топали ноги, болельщики ревели и хохотали, игроки вскрикивали победно и коротко и выли протяжно и разочарованно.

— Господи, неужели ты еще хочешь играть? — пробормотала Марина, старательно таращя слипающиеся глаза.

— Нет.

Он еще заглянул через полированные перила, подвел ее к креслу и усадил.

— Подожди меня.

С нее мигом слетел весь сон.

— Ты куда?

— В номер к Павлику Лазареву.

— Зачем тебе к нему в номер?!

— Мне нужно.

— А... Павлик дома?

Федор усмехнулся коротко:

— Павлик играет в пинг-понг. Слышишь, орет? Я быстро.

— У тебя есть ключи?

— Мне не нужны ключи.

— А как ты туда войдешь?

— В дверь, — ответил Тучков сердито.

— А ты знаешь, где он живет?

— Мы же утром смотрели тетрадь регистрации! Там не только номера его машины, но и номер его комнаты, Маруся. Не задерживай меня. Счет пять — три, у меня есть минут десять.

— Я с тобой, — решительно объявила Марина.

— Мне некогда с тобой спорить.

— Вот именно. — Она выбралась из кресла. — Куда? Налево, направо?

— Направо, черт возьми.

— Пошли. Какой номер?

Федор помолчал, и она поняла, что он ругается — про себя, конечно!

— Двести пятидесятый.

Ковровая «кремлевская» дорожка глушила шаги.

— Вот смотри, здесь. Только ключа-то у нас нет!

Федор Тучков сунул ей в руки оба рюкзака — один из них был очень мокрый, — оглянулся, как заправский жулик, и присел на корточки перед номером двести пятьдесят. В пальцах у него оказалась давешняя проволока, которая вонзилась в коня по имени Мальчик. Он держал ее как-то странно, как будто сигарету, и ковырялся очень недолго.

За поворотом коридора послышались голоса. Кто-то шел к ним.

Марина оглянулась, потом вновь посмотрела на Федора. Он продолжал ковыряться.

Раз, тихий щелчок, и дверь открылась.

— Быстрей. Входи.

Он бесшумно затолкал ее внутрь и прикрыл за собой дверь. Под дверью протопали резвые ножки, и какие-то барышни — те, о которых Федор Тучков говорил, что они «райские цветы», — промчались мимо. По недалекой деревянной лестнице обрушился град из барышниных каблуков.

— Федор, смотри, тут что-то на полу.

Бумажный, сложенный вдвое листок белел под ногами. Марина на него наступила.

Тучков прошел в чужую комнату, как в свою собственную, вышел на балкон, огляделся и вернулся. Марина подняла листок.

— Что там?

— «Ничего не получается, уезжай. В.», — прочитала Марина. — Господи, Федор, это записка!

— Я догадался.

— Значит, все-таки он, — выговорила она и взялась за лоб. — Но он не мог утопить твоего Чуева, потому что он только вчера приехал!

— Чуев не мой. — Федор Тучков зашел в комнату, открыл гардероб и стал там шарить.

— Павлик не мог утопить твоего Чуева, и Вадима он не мог убить. Потому что его там не было! Не было! Он появился только потом, когда Вадим уже упал. Там были Оленька и Геннадий Иванович! И коробок ты нашел! Тот коробок, Геннадия Ивановича!

Федор вытащил из гардероба какие-то штаны и внимательно их осмотрел.

— Что ты ищешь?

Он молча сунул штаны на место.

— Что? Пистолет?

— Или следы его присутствия.

Под дверью снова раздались шаги. На этот раз неспешные, солидные. Марина замерла.

Стук в дверь обрушился на нее, как первый удар грома, возвещающий о божественном правосудии.

Федор замер перед распахнутым гардеробом, но лишь на секунду, а потом опять стал копаться.

Марина зажмурилась и перестала дышать.

— Павлик! — позвала из-за двери Валентина Васильна. — Павлуш, ты спишь, что ли?! Сыночек!

Рюкзак поехал из липких от страха ладоней, и Марина поняла, что сейчас она его непременно уронит. Федор мельком глянул на нее.

Валентина еще раз приналегла на дверь и забарабанила изо всех сил. Марина перехватила рюкзак и поддержала его коленкой, чтобы не уронить. Нежная мать потопталась под дверью, а потом ушла — тяжелые шаги отдалились и замерли.

— Что на нем было, когда он пугал тебя пистолетом? — как ни в чем не бывало спросил Тучков Четвертый.

— Шорты, кажется, — просипела Марина и все-таки уронила рюкзак. Он упал с мокрым мягким звуком. — Мы утром его видели в этих шортах, на стоянке. Помнишь?

Ни слова не говоря, Федор Тучков закрыл гардероб и оглядел кресла. В креслах тоже валялась какая-то одежда, и он стал проворно в ней копаться, как собака в куче мусора.

— Федор, пошли отсюда.

— Угу.

Марина прислушивалась так, что звенело внутри головы.

— Федор?

— Сейчас.

— А записка? Что с ней делать?

— Пусть лежит, где лежала. Оставь.

Шаги надвинулись внезапно и очень быстро, неожиданно быстро. Зазвучали голоса.

— Черт побери, — пробормотал Тучков едва слышно.

— Павлик, а я решила, что ты спишь, — говорила Валентина Васильна в коридоре, с каждой минутой все ближе и ближе, — упарился, да и завалился дрыхнуть, а ты в спорт играешь!

— Мам, у тебя есть поесть?

— Есть, как не быть. И колбаска, и сырок, и хлебушек, все есть. Кушать хочешь, да?

— Да. Только майку переодену, жарко мне.

В коридор нельзя. Павлик и нежная мать очень близко. Что Павлик сделает с ними, если застанет в своей комнате, можно представить, хотя бы по тому, как он разорялся утром, когда они только *стояли* возле его машины!

Что там генерал Тучков говорил, что всех сотрудников спецслужб учат разбивать головой кирпичи? Может, он справится с Павликом? Головой? Или нет?

— Марина. Быстрее.

Куда? Куда бежать? Где спасаться?!

— Марина, на балкон, быстрее!

В замке завозился ключ.

Она подхватила рюкзак, пулей пролетела комнату, и Федор сзади успел погасить свет.

Марина выскочила на балкон, он следом и быстро — один за другим — покидал вниз рюкзаки.

— Я не смогу. Второй этаж, — выговорила она и оглянулась. Дверь еще не открылась, но было понятно, что вот-вот откроется.

— Быстро. Направо. — Он перелез через балкон и за шиворот потащил Марину.

— Куда?!

Дверь открылась, сквозняком дернуло штору.

— Сыночек, — очень громко сказала Валентина, — глянь, на полу бумажка какая-то!

— За мной. Давай за мной быстро!

По балкону он перебрался на соседний. Марина кое-как ползла за ним. Если бы Павлик взглянул в окно, он бы ее увидел.

За соседним окном горел свет, кажется, там играли в карты.

— Куда, Федор?

— Давай, давай!

Цепляясь руками — господи, сколько можно, она сегодня уже цеплялась руками, спасаясь от этого же самого Павлика! — Марина следом за Тучковым перебралась вдоль соседнего балкона. Следующее окно было темным.

Марина посмотрела вперед и замерла, цепляясь железными от напряжения руками за перила.

Федора нигде не было.

— Федор?

— Я здесь, — прошипел он снизу. — Тут лестница! Спускайся!

Для того чтобы попасть на лестницу, нужно было занести ногу, поставить ее на узкий чугунный прут и отцепить руки от перил и схватиться за лестницу.

— Я не смогу.

— Не сможешь, будешь висеть до утра.

— Федор!

— Давай.

Зажмурившись изо всех сил, так, что больно стало в ушах, она перенесла ногу, помедлила и перекинулась на лестницу. В боку закололо — то ли «старые раны» дали о себе знать, то ли просто со страху.

— Молодец. Теперь прыгай.

Нужно было прыгать, потому что лестница, конечно, не доставала до земли — довольно высоко.

Марина выдохнула и разжала руки и сразу приземлилась — упала на зад. По всему телу прошел звон.

— Молодец, — еще раз похвалил Федор Тучков. — Умница. Теперь пошли отсюда.

Он подобрал рюкзаки и за руку потянул ее к освещенной дорожке. По дорожке прогуливались парочки. Вот интересно, никто не видел, как они лезли по балконам вдоль всего здания?!

— Ты что-нибудь нашел? Только не говори нет, потому что я этого не переживу.

— Почему не переживешь?

— Столько усилий — и все зря?!

— Авантюристка. — У него был странный тон — смесь гордости и нежности.

Он шел быстро, Марина хромала рядом.

— Ну, пистолета я не нашел.

— Может, он его носит с собой?

— То-то радости будет всем играющим в пинг-понг, когда у Павлика из штанов внезапно вывалится пистолет! Собственно говоря, я был в этом уверен.

— В чем уверен?

— В том, что у него нет и не было никакого пистолета.

— А чем он пугал меня в беседке?

— Он не пугал тебя в беседке.

— Здрасте!

— Он не пугал тебя в беседке, — повторил Федор Тучков.

Марина посмотрела на него и промолчала.

Она не безумная. У нее нет галлюцинаций. Она точно видела, как Павлик наставил на нее пистолет. Так же точно, как видит сейчас Федора Тучкова, шагающего рядом.

Что, черт подери, он выдумывает?!

В корпусе «люкс» было тепло и тихо, как в оранжерее. Гипсовая персона с кувшином непрерывно лила хлорированную воду в гипсовый же бассейнчик. Дежурная почитывала детектив и на Федора с Мариной не обратила никакого внимания.

— Чай будем пить?

— Будем, — решила Марина.

— У тебя или у меня?

Ответить она не успела. В глубине их общего громадного «холла» что-то завозилось, возникла черная тень, шевельнулась, вырастая почти до потолка. Марина ахнула и схватила Тучкова Четвертого за руку.

Господи, ну хватит уже на сегодня! Сколько можно?!

Тень как будто повисла в дальнем углу, а потом сказала:

— Марина Евгеньевна, это... я. Галя. Мне надо с вами поговорить.

Марина растерялась. Федор рядом с ней хранил молчание.

— Галя, — повторила Марина зачем-то, — вы проходите, пожалуйста. Сейчас я открою. Я... да-да, одну минуточку.

— Давайте лучше ко мне, — уверенно пригласил Федор, распахнул свою дверь, зажег свет и сделал движение, как будто собирался внести Галю внутрь на руках. Марина посмотрела подозрительно. — Если я вам буду мешать, я схожу... в буфет.

Галя кивнула, колыхнулись черные пряди — ей было все равно, пойдет Тучков Четвертый в буфет или не пойдет.

— Хотите чаю?

— Нет. Я ничего не хочу.

— Вы хотя бы садитесь.

— Да. Спасибо.

Она прошла в самый темный угол — деликатный Тучков зажег торшер, а верхний, яркий свет зажигать не стал — и опустилась в кресло. Она почему-то напоминала сломанную вещь.

— А кофе, Галочка? Хотите кофе? — Марине было ужасно ее жалко.

— Или коньяк, — предложил Федор, — у меня есть. И полез в стеклянный шкаф за бокалами.

— Марина Евгеньевна, — неожиданно сказала Галя. Голос тоже, похоже, сломался, и она им плохо владела, — мне надо уехать. Сегодня или завтра утром. Дайте мне денег, если у вас есть. Мне надо немного. На билет только.

— Господи, Галя, конечно, — засуетилась Марина, — я только сбегаю в свой номер.

— У меня есть деньги, — перебил их Тучков и открыл коньяк. Пробка как будто вздохнула. — Выпейте, Галя. И ни сегодня, ни завтра вы ни на чем не уедете, поезд в Москву будет только в понедельник.

— Мне все равно, — заявила она. — Я не в Москву тогда. А потом как-нибудь.

— А... зачем так срочно? Дождитесь поезда, и тогда...

— Завтра приедет его жена, — равнодушно сказала Галя. — Забирать. Мне здесь не место. И денег у меня нет. Все деньги были у него в чемодане. И пропали.

— Как пропали?! — поразилась Марина.

Санаторий гордился тем, что у них «никто не ворует». Об этом сообщалось каждому отдыхающему, можно сказать, еще на станции.

— Пропали, — так же равнодушно проговорила Галя. — Мне уехать надо, а не на что. За так не повезут. И ждать некогда. Дадите?

Федор Тучков выудил бумажник, открыл и положил перед ней, рядом с рюмкой, кучку бумажек — довольно много.

— Спасибо, Марина Евгеньевна, — сказала Галя. Вряд ли она видела Тучкова. — Я пошла.

— Нет, выпейте сначала! — Марина схватила ее за руку. Рука была холодной и влажной. — Выпейте, выпейте.

Галя опрокинула в себя коньяк, поставила рюмку и опять сказала:

— Спасибо. Мне больше ничего не нужно. Я... верну вам, Марина Евгеньевна.

— Зачем он собирался в милицию? — вдруг жестко спросил Тучков. — Вы знаете?

— Знаю.

Маринино сердце приостановилось, а потом пустилось в разгон — все быстрее и быстрее.

— Зачем, Галя?

— Какое это теперь имеет значение?

— Имеет.

Она пожала плечами. Ей было все равно. Наверное, в голове у нее тоже что-то сломалось.

— Он узнал того, которого Марина Евгеньевна нашла. Он из Ярославля родом, Вадик, а тот был какой-то главный ярославский бандит. Он все вспоминал, вспоминал, а потом вспомнил и сказал — пойду в милицию. Менты небось и не знают, какого тут большого человека в воду спихнули. Небось, когда узнают, всем отделением свечки пойдут ставить за упокой души. Он был уверен, что тот не сам утонул. Такие, говорит, сами не тонут. — Она помолчала, а потом добавила: — Я тоже должна свечку поставить. За упокой души.

Федор Тучков мельком взглянул на Марину. У той глаза налились слезами, губы водило из стороны в сторону — так жалко было несчастную Галю!

Федор потрогал ее за плечо. Она обернулась и посмотрела на него. Он отрицательно покачал головой, и Марина поняла — рыдать нельзя. Сочувствовать можно, но только тихо, про себя.

У него работа — бывшее ее собственное «приключение», — он должен ее делать, а она не должна ему мешать.

Она не станет мешать. Только Галю очень жалко.

Федор Тучков чем-то странно хрустнул, как будто сел на стекло, и налил Гале еще коньяку. Марине некогда было разбираться, чем он там хрустит. Чайник закипел, изрыгнул пар и выключился. Марина разложила в кружки пакетики и залила кипятком — может, она выпьет, эта несчастная глупая девчонка, у которой нет даже денег, чтобы вернуться в Москву.

— Спасибо, Марина Евгеньевна, — сказала та опять. — Больше не у кого попросить. У вас лицо похоже на человеческое.

— Что случилось сегодня утром? Почему вы были так расстроены? Почему не пошли с ним кататься на лошадях? Вы же хотели.

— Будь они прокляты, эти лошади, — равнодушно заметила Галя.

— Почему вы плакали?

— Я не помню. Разве я плакала? Я теперь, наверное, никогда не заплачу.

— Вы плакали. Вы попались нам навстречу, все лицо у вас было в слезах.

Генерал Тучков говорил как-то очень жестко, неуместно жестко, так нельзя было разговаривать с убитой горем девчонкой, у которой сломались не только тело и голос, но, кажется, еще и мозги.

Гестаповец, подумала про него Марина. Ну, конечно!

— Галя, почему вы плакали?

— А? А он сказал, что не женится на мне. Никогда. Я ему сказала, что хочу, чтобы у нас был ребенок, а он стал надо мной смеяться.

— Выпейте. — Марина сунула ей в руки кружку с чаем. От чая поднимался пар, такой успокоительный, такой привычный. — Выпейте горяченького, Галя.

— Он сказал, что у него уже есть ребенок. Тот, который у жены. И еще он сказал, что ее любит, понимаете? Меня трахает, а ее любит. Тебе не понять, он сказал.

Да уж, подумал Федор Тучков, где уж тут понять.

— А вы что ему ответили?

— Я ответила, что его люблю, что думала, что он меня тоже любит... А он сказал — что ты понимаешь в любви? Ты же проститутка. Проститутки понимают только одно — деньги и удобства. А я... я... правда не за деньги. Я его люблю.

— Конечно, конечно, любишь, — успокоила Марина и подтолкнула ее руку ко рту. — Ты попей пока.

— Я не хочу. Я... домой хочу. Зачем он упал?

— Это вы его убили? — вдруг спросил гестаповец

Тучков. Галя посмотрела на него. Черные волосы, висевшие вдоль бледных щек, делали ее похожей на утопленницу.

— Это он меня убил, — внятно произнесла она. — Сам умер и меня убил. Я теперь даже не смогу его похоронить. Мне не разрешат. Не пустят, потому что я никто и мне там не место. Он ее любил, а меня трахал. И ребенок у него уже был. А на меня наплевать. Конечно.

— Галя, кого он узнал из отдыхающих? Марина слышала, что он говорил вам — «это она». О ком он говорил?

— Я не помню, — ответила она равнодушно. — Да какая разница!

— Большая.

— Он все равно умер, и я даже не смогу его похоронить. А когда поезд в Москву?

— В понедельник, Галя.

— Только в понедельник? Тогда я еще куда-нибудь. Куда еще есть поезд? Вы не знаете, Марина Евгеньевна?

— Галя, кого он узнал? Кто это «она»?

— Она его заберет, а я тут одна останусь? Нет, уж лучше я уеду. Да какая разница, в Москву или нет?

— Ты бы маме позвонила, — посоветовал Тучков Четвертый жестко. — У тебя мама есть?

— Есть.

— Ты бы ей позвонила. Чтобы она за тобой приехала.

— Не-ет, — протянула Галя уверенно, — я не могу! Она еще когда приедет! А мне завтра с утра надо.

— Галя, кого он узнал? Черт побери, мне надо знать, кто и за что его убил!

— Он упал, — прошептала Галя, и глаза у нее

сверкнули, — он упал и умер. Он сказал, что не хочет ребенка, потому что у него уже есть ребенок и любимая женщина. Мне надо идти, Марина Евгеньевна. У меня утром поезд. Я уезжаю. Мне здесь не место.

— Я вас провожу, — вызвался Тучков Четвертый. — Деньги не забудьте.

Пока его не было, Марина задумчиво налила коньяк еще в две рюмки, а Галину ополоснула и спрятала.

Потом он вернулся.

— Федор, ее нельзя в таком состоянии никуда отпускать! Она в беду попадет.

— И что мы должны с ней сделать?

— Не знаю, — растерялась Марина, — как-то остановить.

— До утра я ее остановил, — задумчиво сообщил Тучков, — а там посмотрим.

— Как остановил?!

— Как, как! Налил в коньяк фенобарбитал. Ты же слышала, как ампула щелкнула. Даже оглядывалась и принюхивалась.

— У тебя с собой фенобарбитал в ампулах?!

— Всегда, — признался Федор Тучков.

— Зачем?!

— На всякий случай.

— На какой?!

— На такой, к примеру. Я же не на любовное свидание ехал. Я ехал на свидание с бандитом.

Марина подумала немного.

— И она теперь спит?

— Да. Я уложил ее на диван, ключ от ее номера спрятал, так что быстро она его не найдет, дверь захлопнул. Поэтому она сначала будет спать, потом искать ключ, а потом мы что-нибудь придумаем.

— Федор, ты же не считаешь, что это она сидела в кустах и из трубки плевалась в лошадь, чтобы Вадим упал?

— Не знаю, — сказал он задумчиво. — Ну повод-то у нее был, верно?

— Верно, — заявила Марина сердито. — Она сама тебе только что доложила, что у нее есть отличный повод. Если бы не доложила, ничего бы мы не узнали про ее повод.

— Да, — согласился Тучков Четвертый. — Это верно.

Марина поднялась из кресла и стала ходить. Белая штора неодобрительно колыхалась.

— Галя была не в себе, когда мы с тобой ее увидели. Это называется состоянием аффекта, да?

— Да.

— В состоянии аффекта можно выстрелить, или пырнуть ножом, или ударить, но не засесть в кустах с трубочкой!

Федор слушал ее с интересом.

— Я не понял. Ты теперь защищаешь Галю?

— Я хочу знать, кто его убил! Уж точно не Галя! Федор, — ахнула Марина, остановилась и взялась за щеки, — наверное, его убил тот, кто убил твоего Чуева! Потому что он догадался, что Чуев не сам умер!

— Мы это уже обсуждали, — сказал он нетерпеливо. — Никто не стал бы убивать Вадима за то, что он кого-то там узнал! Ну узнал, и дальше что? Менты, конечно, обрадовались бы, если бы узнали, кто у них на территории копыта отбросил, это она правильно сказала. И что такие сами не тонут, тоже правильно. Но он не пошел в милицию, потому что и сам понимал, что ему нечего там сказать! Это он перед своей подругой... хвост распускал.

— Он сказал ей, что ни за что на ней не женится.

— Как такое ей в голову могло прийти, — задумчиво протянул Федор, — что он на ней в принципе может жениться?

— А почему он в принципе не мог на ней жениться?

— Да у нее на лбу все написано, — сказал он с досадой, — я тебе уже говорил! И кто такая эта «она»? Почему Галя нам не сказала?

— Ты не понимаешь. Она не может нам сказать. С ней... дело плохо, Федор.

— Дело плохо, — согласился он.

— А Павлик? А Вероника? И ее дед? Он ведь не пошел на лошади кататься, и Валентина не пошла, и Вадим погиб! А записка в номере у Павлика? Там стояла буква «В»! Кто это? Вероника? Владимир? У нас здесь есть Владимир? Или это фамилия? Кто у нас есть с фамилией на «В»?

— Посторонним «В», — пробормотал Тучков задумчиво.

— Что?!

— Посторонним «В». Такая табличка висела над домиком Пятачка. Ты не читала?

Она не читала. Она читала только «полезные» книги, с трех лет примерно. На бесполезные у нее не было времени. Она готовила себя к блестящей карьере блестящего ученого. Ну и что — окно немного в стену, старенький компьютер, лекции, семинары, доклады, мокрые от осени и от бедности ботинки? Ну и что?! Зато она стала «достойным членом общества». Зато ничем себя не запятнала. Ни на что ни разу не отвлеклась. Даже после того, как упала, ни разу не каталась на лыжах.

Посторонним В!

— Давай поговорим, — сказал Федор Тучков. —

Мне нужно с тобой поговорить. Я все время что-то упускаю и никак не могу...

— Давай, — с готовностью согласилась Марина. — Может, теперь кофе?

— Кофе хорошо.

— Или чай?

— Чай тоже хорошо.

— Так чай или кофе?

— Мне все равно.

— Ты как Галя, — пробормотала Марина, — ей тоже все равно.

И по-хозяйски достала из-за стекла черную банку и две кружки — точные копии ее собственной, — а чайные чашки отставила на сервант.

Федор следил за ней и улыбался.

Когда она ничего не боится — забывает, что надо бояться! — то становится похожа на женщину его мечты.

Оказывается, все эти годы он только и делал, что мечтал именно об этой профессорше. Так ему теперь казалось.

— Есть несколько линий, — начал он, когда она устроилась напротив и подсунула поближе к нему вазочку с леденцами «Взлетные». Он развернул конфету и сунул за щеку. — Их очень трудно разделить. По крайней мере у меня пока никак не получается. Есть линия первого убийства. К ней имеет отношение... что?

— Что?

— Ремень, который ты нашла в пруду. Это раз. Два: Юля и Сережа говорили, что «его слишком быстро нашли».

— Это важно или нет?

Тучков Четвертый прихлебнул кофе и зажмурился оттого, что было горячо.

— Я склонен думать, что важно. По крайней мере это подозрительно, однако до конца не понятно. Но мы не можем это отвергать именно потому, что это подозрительно. Они вполне могли говорить про труп.

— Могли.

— К линии первого убийства еще имеет отношение, что Элеонора чирикала о том, что Оленька столкнулась с Чуевым в магазине и что-то там такое между ними случилось. Правильно?

— Да.

— Мы не знаем, что именно, и не бредит ли любящая мамочка.

— Не знаем.

— Очень маловероятно, что она его тоже «узнала», как Вадим. Оленька вряд ли жила в Ярославле и имела отношение к бандитским делам.

— Почему?

— Потому что она просто экзальтированная сорокалетняя дура, дочь большого начальника, — с досадой сказал Тучков Четвертый. — Ты знаешь, как ее фамилия?

— Н-нет.

— А я знаю.

— Откуда?

— Боже мой, — отчетливо проговорил Федор Федорович, — все из того же журнала, который мы с тобой смотрели. Когда ты виртуозно изображала растяжение связок. Ее фамилия Крячкина. Ольга Павловна Крячкина. Ее папаша был председателем Госплана. Лет сорок, наверное, подряд. Я очень хорошо помню имя — Павел Николаевич Крячкин. Последние лет двадцать они точно жили только в

Москве, следовательно, Оленька никаких ярославских бандитов знать не могла.

Они помолчали.

— Да, еще Вероника видела, как Чуев выходил из номера напротив, а мы знаем, что там ремонт. Что он там делал? Как он туда попал?

Тучков задумался, осторожно дуя на кофе.

— Кстати, — вдруг сказал он громко, — это надо уточнить.

— Что, Федор?

— Что именно он делал — входил или выходил? Потому что если входил, это одно дело, а если выходил, тогда все рассыпается прямо на глазах.

— Что рассыпается?

— Теория.

— А что, — поразилась Марина, — есть теория?!

— Ты меня обижаешь, — пробормотал он, — конечно, есть.

И опять замолчал надолго.

— Едем дальше. Дальше много непонятного, но мы не знаем, имеет ли это отношение к убийству. Во-первых, Вероника. Сначала она ночью разговаривает с кем-то под нашими балконами, потом утром приходит на корт в мокрых кроссовках и говорит, что всю ночь спала, потом ссорится непонятно с кем, причем кричит, что ее смерть будет на чьей-то там совести, потом разыгрывает представление с телефонным звонком. Я был уверен, что это не имеет никакого отношения к убийству.

— А к чему имеет? — Маринино любопытство выросло до размеров среднего воздушного шара, и она старалась затолкать его куда-нибудь подальше, чтобы было не так заметно.

И почему-то «приключение» вернулось. Может,

оттого, что полицейский капитан в выцветших и потертых джинсах посиживал на веранде мисс Мэри, потягивал холодный лимонад и рассуждал о высоком, а солнце играло в длинных носах его крокодиловых сапог?

— Я думаю, что все это часть какой-то игры.

— Какой?

— Точно я пока не знаю. Думаю, что у нее роман или что-то в этом роде.

— Ее роман в Москве.

— Ее роман где-то здесь, и от этого весь сыр-бор.

— Не может быть.

— Геннадий Иванович все время оказывается в кустах, — объявил Федор Тучков, — и непонятно, что он там делает. Его коробок мы нашли там, откуда проволокой выстрелили в лошадь. Зачем ему коробок, если он не курит и не разводит костры? Что он делал в лесу — первый раз, когда мы его видели, и второй, когда видела Зоя?

— Может, он как раз и шел, чтобы засесть в кусты.

— Да мотивов никаких нет! Ну что ему Вадим? Кроме того, мы знаем, что была еще какая-то «она», о которой нам ничего не может рассказать Галя, и Вадим тревожился, что «она» его видела.

— А почему ты не нашел у Павлика пистолет?

— Пистолет у Павлика я не нашел, потому что у него не было никакого пистолета, — сказал Тучков назидательным тоном, — я тебе уже говорил.

— Я же видела!

— Что ты видела?

— Пистолет.

— Вот именно.

— Так почему его нет у Павлика, если я видела?

— Потому что ты видела пистолет, а не Павлика!

Марина опешила.

— Как... не Павлика?

— Так. Не Павлика. Ты видела мужчину, одетого, как Павлик, и с пистолетом в руках. Помнишь, ты мне сказала — в этих очках ты похож на Павлика Лазарева?

— Помню, — пробормотала Марина неуверенно.

— В этом все дело. Все похожи друг на друга в шортах и темных очках. Надо только, чтобы телосложение было примерно... одного типа. Мне трудно перевоплотиться в Геннадия Ивановича, а в Павлика — сколько угодно.

Марина молчала, только смотрела на него.

Он залпом допил кофе.

— Почему все время врет бабуся Логвинова? Что это за разрастание Логвиновых в селе Мокша? Как она оказалась на плацу, откуда уходят лошади?

— Гуляла.

— Маруська! — прикрикнул Федор Тучков. — Ты же умная! Никто там не гуляет. Там стоянка, никакой красоты и очень далеко от корпусов и от реки! Что она там делала?

— Пришла посмотреть, как люди на лошадях катаются, — предположила Марина небрежно. Она была уверена, что подозревать бабусю — очень глупо. Занесло Федора Федоровича не туда, куда надо.

Он вдруг замер, не донеся кружку до рта. Глаза у него округлились.

— Ты что?

— Маруся, — сказал он тихо, — ты просто гений. Ты гений отечественного сыска. Пошли. Быстрей.

— Куда? — перепугалась Марина. — Уже ночь.

— Наплевать. Мы все узнаем.

— Что?!

— Во сколько завтра уходит первый автобус в рай=
центр, кто вчера в ларьке купил детский арбалет и
сегодня не был на процедурах.

— И что тогда?!

— И тогда все, — сказал он весело. — Дело закрыто.

Федор Федорович Тучков оказался натурой пред-
приимчивой, кроме того, еще и имеющей влияние.

Предприимчивая и влиятельная натура произнесла за завтраком краткую речь, суть которой своди-
лась к тому, что после трапезы никто не расходится,
а все гуськом следуют за ним, Федором Федоровичем, в директорский кабинет, ибо он сообщит всем
нечто важное.

Откуда взялся этот директорский кабинет, Марина понятия не имела, потому что все утро Тучков
провел у нее на глазах и пребывал в отличном на-
строении. Он даже в теннис играл с каким-то особым упорством и шиком и под конец разнес противника в пух и прах. Вероника не показывалась, но
Тучкова это почему-то совсем не беспокоило.

Ослушаться никто не осмелился. Именно гуськом — он стоял в дверях столовой и наблюдал, как
городовой в будке, — все прошли мимо него в пустой директорский кабинет, стоявший с распахнутой
дверью, и уселись на богатые кожаные диваны.

Солнце ломилось в окна, мальчишки на лужайке
играли в футбол, вопили оглушительно, так что хотелось скорее на улицу.

Бабуся Логвинова пристроилась в уголке дивана и
немедленно задремала. Оленька поплотнее укута-
лась в шаль и, хотя жара была невыносимая, водрузила свою свечку и переглянулась с матерью. Мать

вытащила из кармана яблоко — первый белый налив и показала ей. Та отрицательно покачала кудрявой головкой. Геннадий Иванович усмехался затаенной усмешкой. Юля и Сережа энергично ковырялись в зубах — чтобы остатки пищи не повредили эмаль. Вероника села на стол и болтала ногой. Павлик воздвигся у окна. Его монументальный лоб, собравшийся бульдожьими складками, выражал тоскливое недоумение, как будто он спрашивал себя, чего же он-то приперся, и ответа не находил. Валентина Васильна смотрела в одну точку, как будто соображала, хватит ей на сегодня колбасы, чтобы прокормить сыночка, или придется смотаться в деревенский магазин. Генрих Янович уселся на стул, достал газету, нацепил очки и стал бегло просматривать.

Никто не выражал никакого беспокойства, и Марина вдруг подумала, что он может ошибаться, Тучков Федор Федорович, генерал контрразведки.

А вдруг ошибается? Господи, какой тогда будет скандал! Как он переживет?!

Он зашел самый последний и прикрыл за собой дверь. Не похоже было, чтобы он волновался.

— Что такое, Федор Федорович? — сразу заговорил Вероникин дед из-за газеты. — Что случилось? Зачем вы нас пригласили на... переговоры?

— Да, собственно, затем, что нам надо до конца прояснить всеобщие недоразумения, а также историю... с убийством.

— Что вы говорите! — вскрикнула Оленька и оглянулась, чтобы удостовериться, что ей есть куда падать в обморок. — Какое еще убийство! Мама!

— Доченька, не волнуйся. Федор Федорович, что это такое вы вздумали?! Оленька не ест, а теперь еще и не спит, а вы хотите ее уморить совсем!

— У меня нет цели уморить Ольгу Павловну, — серьезно сказал Тучков. — Более того, могу пообещать, что не стану ничего обсуждать прилюдно, если... преступник сознается, что это дело его рук.

— Какой еще преступник? — удивился Генрих Янович. — Что такое? Вы так говорите, любезный Федор Федорович, как будто этот преступник здесь.

— Так и есть, — согласился Тучков. — Ну что? До трех считать или никто ни в чем признаваться не собирается?

Элеонора Яковлевна впилась глазами в собравшихся. Генрих Янович с удивлением смял и отбросил свою газету. Павлик повернулся ко всем лицом, и складки у него на лбу приподнялись и зашевелились — тоже, наверное, от удивления.

— Я же говорила, что с этим покойником дело нечисто! — закричала Вероника. — Так я и знала! Ну, Федор! Ну, давайте! Немедленно покажите пальцем на кого-нибудь и скажите, что убийца — он! Никогда такого не видела, только в кино!

— Оленька, нам надо идти, — Элеонора Яковлевна решительно поднялась и потянула за собой дочь, — мы не можем при этом присутствовать. У нас обеих не в порядке нервы, нам нужен покой, а с вами, Федор Федорович, я еще поговорю о том, что вы себе позволяете!

— Сядьте, пожалуйста, — попросил Федор Тучков кротко, — в нашем организме дьявольски много нервных клеток. Моя мать врач, она точно знает. На наш с вами век, Элеонора Яковлевна, их должно хватить, даже если сейчас мы прикончим несколько тысяч.

— Прикончим? — пробормотала Оленька растерянно.

— Не слушай никого, деточка. Заткни ушки. Мама

потом тебе все, что надо, расскажет. Ну, деточка. Прошу тебя.

— Ну все, — вдруг сказал от окна Павлик, — побазарили, и хорош. Федор, ты... говори, а вы, мамаша, успокойтесь. Возьмите себя в руки. Нам тут рассиживаться неохота. Так кто помер-то... не своей смертью?

— Свят, свят, — перекрестилась бабуся Логвинова, — батюшка Ферапонт всуе не велит упоминать...

— Кого, бабуся? — весело спросила Вероника.

— Да ея... С косой-то которая!

— Вадим не падал с лошади просто так, — неожиданно бухнул Тучков Четвертый. — Из кустов в лошадь выстрелили вот этой железкой. — Он помахал перед собравшимися острой спицей, которая нестерпимо сверкнула на солнце — раз и еще раз.

— Е-мое, — сказал Павлик отчетливо.

— Вот именно, — согласился Федор.

— А... при чем тут Вадим? — растерянно спросила Вероника. — Разве дело не в утопленнике, которого нашла Марина?

Федор покосился на Веронику:

— Пока нет, не в нем. Пока дело в том, что Вадим тоже был убит. Вчера я думал, что из трубки дунули, а сегодня думаю, что из детского арбалета выстрелили. Тут этих арбалетов продается — на каждом шагу. С резиновыми стрелами. Видели?

— Федор Федорович, немедленно прекратите нас расстраивать! — Это, конечно, Элеонора Яковлевна.

— Разве я расстраиваю? — удивился Федор. — Все еще впереди. Странный способ убийства, странное оружие, все очень странное. Но наш убийца тоже человек... странный.

— Ну кто, кто?

— Вероника!

— Дед, ну что такое? Что он все тянет и тянет, я больше не могу!

— Дело в том, что у нас перед глазами было не только убийство, но и еще некоторым образом...

— Что?!

— Вероника!

— Любовный роман, — договорил Тучков быстро, — вернее, даже два. Нет, три.

— Три романа? — бодро удивилась Юля.

— Один из них окончился трагически. Вадим погиб, и Галя пока... не в себе.

— Его лошадка сбросила, — пробормотала бабуся Логвинова, опять устраиваясь подремать. Глаза у нее закрывались. — Он на лошадке, а она, стало быть, его... товокнула... норовистая, видать, лошадка...

— А какие еще... романы?

Федор Тучков вздохнул с тоской и посмотрел на Марину.

Как она его понимала!

— Есть еще Вероника и Павлик Лазарев и Геннадий Иванович с Оленькой.

Стало так тихо, что показалось, будто мальчишки со своим мячом ворвались прямо в директорский кабинет.

— Димон, держи!! Димон!! Да он не вратарь, а Филимонов, блин!

— Сыночек? — тихим голосом спросила Валентина Васильна. — Ты что? С этой кошкой драной... встречаешься?

Дед Генрих Янович крякнул, сорвал очки и швырнул на стол.

— Я говорил тебе, — сказал он внучке с сильным акцентом, — что из этого ничего, кроме сраму, не выйдет. Я же говорил тебе!

— А мне все равно! — вдруг крикнула Вероника. — Я его люблю!

— Любит она, видите ли! — фыркнул дед и повернулся к Марине. — Видите, что себе в голову вбила! Любовь у нее! Верите ли, специально из Москвы увез, думал, хоть отойдет здесь, так он за ней приехал!

— Павлик, — простонала Валентина Васильна, — мальчик! Дак ты... за ней?! За кошкой драной?! Ты не к маме приехал?!

— Паша, скажи ей! — закричала Вероника и заплакала. — Ну, скажи ты ей! Ну, Паша!

— Чего говорить-то? — хмуро спросил тот и зашевелил своими складками. — И так все ясно. Мы с ней поженимся, и вы тут что хотите делайте. Прости, мамань. И вы тоже, дедушка.

— Да какая она тебе пара, сыночек?! Ни в огороде, ни в хозяйстве ведь ничего! Только денежки твои профукает, да еще небось и не родит!

— Мам, — сказал Павлик негромко, — ты помолчи пока. Ты мне все потом скажешь, а я послушаю. Один. Договорились?

Странное дело, но мать утихла. Рот у нее самопроизвольно открывался некоторое время, а потом она повалилась на диван и толстыми пальцами взялась за щеки — лак на ногтях почти облез.

— А че? — прошамкала бабуся Логвинова. — Чай плохо? Дело молодое, пущай их себе...

Вероника всхлипывала.

— Дед, мы встречаемся уже два года! Два! Дед, ну я же не безмозглая дура, чтобы ничего не понимать! Ну почему ты совсем, совсем!

Марина была так поражена, что не могла даже ни о чем спросить своего генерала.

Вероника и Павлик?! Господи Иисусе! Куда там

старику Шекспиру с его итальянскими семьями, когда тут Павлик с Вероникой!

— Разговор, который мы подслушали с Мариной, — начал Тучков Четвертый, — как раз больше всего подходил под разговор влюбленных, которые встречаются... тайно. Я потом запутался немного, но путался недолго. Я хотел, чтобы Марина мне помогла выяснить кое-что. Я думал, что она поговорит с Вероникой, и... Она помогла мне, но в разговорах уже не было необходимости. Так вот. На корт вчера Вероника пришла в мокрых кроссовках и зачем-то три раза повторила нам, что только что встала с постели, хотя никому из нас не было дела до того, когда она встала. Тем не менее она повторяла. Как я понимаю, для того чтобы все запомнили и при случае подтвердили Генриху Яновичу, что она никуда не отлучалась и на площадку пришла прямо из номера. А она ходила на свидание. Верно?

Вероника кивнула и покосилась на своего деда. Тот сидел очень прямо и барабанил пальцами по столу.

Марина почему-то вспомнила свою мать.

Да. Все это очень нелегко. Нелегко.

Даже таким молодым нелегко.

— Потом Марина слышала, как они ссорились с дедом, и Вероника кричала что-то о том, что умрет, но я никак не предполагал, что она может умереть от любви... к Павлику.

— Так ведь никто не предполагал, — язвительно вставил Генрих Янович и пронзительно посмотрел на преступницу. Преступница вдруг ему улыбнулась дрожащей улыбкой. Дед величественно отвернулся.

А может, и обойдется, кто их знает? Может, у них и вправду... любовь?

— Потом была игра с телефоном, который не звонил, — все для деда, чтобы он ничего не заподозрил. Вы ведь пообещали ему, что больше не станете видеться с Павликом, да? И разыграли сценку с неведомым московским приятелем, которого называли дусей и объяснялись в любви. Правильно?

Вероника кивнула.

— Господи, какой разврат! — пробормотала Элеонора Яковлевна, содрогнулась и погладила Оленьку по плечу. — До чего могут дойти эти молодые!

— Я пообещала, потому что дед сказал, что я его сведу в могилу. А Пашке я сказала, что попробую все же его уговорить. Ну вот. А дед никак не уговаривался. Я тогда Пашке записку написала, чтобы он уезжал, и под дверь сунула.

— Я знаю.

— Откуда? — поразилась Вероника и вытерла слезы. — Никого же не было в коридоре!

В коридоре не было, подумала Марина быстро. Зато на балконе оказалось полно народу.

— Я не знала, что он приедет, — объяснила Вероника, — я его просила не приезжать. А он заявил, что такой подходящий случай всем все открыть — и деду, и его... маме. Он сказал — ты потом ни за что не решишься. Давай сейчас. А я боялась очень. Я хотела, чтобы он уехал.

— Да что мы?! Разбойники с большой дороги, что ли? — вдруг пронзительно вопросила Валентина Васильна и высморкалась в носовой платок в крупную синюю клетку. — Мы что, своим детям враги, что ли? Боялась она! Подумаешь, трусиха какая! Нужен тебе мужик, так и стой на своем, никому не отдавай! А то боится она! Волков бояться, в лес не ходить!

— Все от чувств-с, — поддержал Генрих Янович. —

Такое смятение ума у них делается, что себя не помнят-с.

Марина улыбнулась потихоньку.

— Вторая наша парочка, — ни с того ни с сего вступил генерал Тучков, о котором все забыли, — это Оленька и Геннадий Иванович. Прошу прощения.

Геннадий Иванович покраснел пятнами и независимо подтянул пояс штапельных брючат.

— О как! — задумчиво провозгласил Павлик. Огромной ручищей взял Веронику за штрипку джинсов, притянул к себе и поставил рядом.

Элеонора ахнула. Валентина захохотала басом.

— Па-азвольте! — очень грозно крикнул Геннадий Иванович. — Па-азвольте!

Оленька куталась в шальку, молчала, прятала глаза. Свеча горела на столе, свеча горела.

— Нет, Геннадий Иванович, — успокоительно сказал Тучков Четвертый, — я вовсе не собираюсь вас... в чем-то обвинять. Правда. Просто ваши... шатания по лесу тоже сбили меня с толку. У вас в лесу были романтические свидания?

— Мама, пойдем отсюда, — из платка сказала Оленька и проворно поднялась.

— Ольга Павловна! — умоляюще попросил Тучков и простер руку. — Сядьте. Вы... не переигрывайте, ладно? Маменька ваша давно в курсе дела, верно, Элеонора Яковлевна? Она вас и на свидания провожала, и ситуацию контролировала. Возле корта с корзиной. Верно?

— Прибежала из деревни, а ее нету, — пробормотала Элеонора, — ну, думаю, ушла! Я и давай ее искать — нету нигде! Ну с Мариночкой мы поговорили, я побежала вокруг, смотрю — идет моя красавица! Она у меня такая... слабенькая. Нервная. Ее сторожить надо. В пошлом году в чем была из дому ушла, а все потому, что любовь такая! Ну а кавалер, как водится, подонком оказался. Через три дня привел. Забирайте, говорит, ваше сокровище, видеть больше не могу. Подонок, подлец! Если б папа в силе был, мы бы ему!

— Мама! — простонала Оленька.

— А что такое? — удивилась Элеонора Яковлевна. — Подонок, и все, а ты все равно самая лучшая, самая раскрасавица! Только кушаешь плохо! Скушай белый наливчик!

— Не хочу, мама!

— А в Чуева Ольга Павловна тоже... влюбилась?

— В какого такого Чуева?

— В того, который потом утонул в пруду, — объяснил Тучков Четвертый.

— Ах! — выдохнула Оленька и повалилась на заранее присмотренное место — в обморок.

Элеонора Яковлевна подскочила и стала махать перед Оленькиным носом платочком, и хлопотать, и дуть, и хватать вялую руку.

— Оленька всего-то ему улыбнулась и заговорила. А он, подлец, потом в магазине ей грязные намеки делал! Она не в себе пришла, ласточка моя! Такая нежная!

Марина знала, что никак нельзя смеяться, но было так забавно и в то же время жалко всех участников этого водевиля, который поначалу казался драмой, что она стала усиленно тереть нос — чтобы не улыбаться.

— Спички ваши я нашел, — поделился Федор Федорович с Геннадием Ивановичем. — Я все думал, зачем вам спички. А потом вспомнил, что наша Оленька вечно свечки возле себя зажигает, чтобы нечистую силу отгонять. И я сразу понял, что вы ей помогаете отгонять. Даже в лесу.

Геннадий Иванович промолчал.

Юля вынула из зубов зубочистку и аккуратно положила в директорскую пепельницу.

— Пока что-то нет никаких убийц, — резюмировала она, — а нам хорошо бы поспеть на процедуры.

— У вас они после обеда, — парировал коварный Тучков. — Впрочем, вы правы. Переходим к основному блюду.

Он посмотрел в окно и прищурился на солнце. От глаз разошлись морщины, и почему-то в первый раз он стал похож на генерала.

— Лошадь Вадима понесла, потому что в нее выстрелили из арбалета. Игрушечного, конечно. Геннадий Иванович и Оленька предавались романтической страсти и к делу отношения не имеют, хотя Зоя, которая водит лошадей, их запомнила. Я с самого начала подозревал... того человека, но когда нашел это, — и он вытянул из заднего кармана длинный железный прут, — сомнений у меня не осталось. Знаете, что это такое? Вязальная спица. Вяжет в нашей компании только один человек. Вадим говорил, что узнал ее и она все теперь расскажет его жене. То есть что он здесь с Галей, а не на юге с приятелями. Истории про Архангельскую область очень хороши, но у женщины, прожившей всю жизнь в деревне, не может быть маникюра. Ну, Ирина Михайловна? Вы кто? Теща? Сестра? Подруга?

Воцарилось молчание, как пишут в романах.

Марина замерла. Все замерли.

Бабуся Логвинова поправляла платок. Плат, говорила она.

— Да, — в полной тишине сказал Тучков Четвертый, — сейчас не надо про батюшку Ферапонта и деревню Мокша. Все равно вы наврали относительно того, сколько там Логвиновых. В первый раз было тринадцать, потом стало шестнадцать. И со звонком вы ошиблись. Никто не стал бы звонить вам из Мокши. Из деревни в Архангельской области нельзя позвонить в деревню на Волге, так уж наша страна устроена. Телеграмма — еще туда-сюда, а звонить — это слишком по-московски. И автобус в райцентр вам не нужен, если вы собираетесь в Архангельск! Вам все равно пришлось бы ехать питерским или московским поездом, а они останавливаются здесь, а не в райцентре. Что у вас там? Машина на стоянке?

Вероника отлепилась от своего Павлика и вытаращила глаза. Павлик опять произнес с чрезвычайно умным видом:

— О как!

Сережа кивнул Юле. Они слушали очень внимательно. Даже Оленька вылезла из своего платка.

— И на плац, откуда уходят лошади, вы пришли, чтобы удостовериться, что Вадим все-таки поехал. И девочку Зою угостили конфетой «Коркунов» — элитный шоколад, шесть штук за семьдесят рублей в супермаркете «Седьмой континент». Бабка из Мокши дала бы ириску, Ирина Михайловна. Потом вы пробежали лесом, вспугнули Геннадия Ивановича с Оленькой, наткнулись на его коробок, очень приметный, и подложили его в кусты — там, где поджидали, когда пройдут лошади. Просто так, на всякий случай. Вы были уверены, что никто ничего не заподозрит. И не заподозрил бы, если бы не Марина, у которой... нюх. И еще она не верит, что лошадь может просто так убить человека. Только человек так может убить другого человека.

— Да, — согласилась бабуся Логвинова, — человек может.

Она сняла с головы платок и поправила волосы.

— Ну спрашивайте, — разрешила она, — и дайте мне сигарету! Замучилась я без сигарет!

Федор Тучков положил перед ней пачку, но зажигалку подносить не стал, несмотря на всю свою вежливость.

Она сама закурила, затянулась и положила ногу на ногу.

— Что за способ? — спросил Тучков.

— Я не хотела его убивать. Мне достаточно было того, чтобы он упал, покалечился, ногу сломал, руку. А может, спину. Как повезет.

— Зачем?! — не выдержала Марина. — За что?!

— Он мой зять, — сказала бабуся Логвинова и вытянула ноги, прикрытые сиротской старушечьей юбкой. — Он богатый человек из богатой семьи. Он хорошо зарабатывает, а отец дает ему еще больше. Он завел любовницу и собирался бросить мою дочь. Мы остались бы без средств, если бы он развелся с дочерью. Этого нельзя было допустить. Я решила, что выслежу его и что-нибудь с ним сделаю, что позволит... хотя бы на время изолировать его от любовницы. Нам нужно было, чтобы он написал завещание, а потом... я бы придумала, что с ним делать. Отпустить его просто так мы не могли. У нас ребенок, он должен на что-то жить.

— Он вас узнал, — сказал Тучков. — Как это вы думали, что можете его обмануть? Он же хорошо вас знает!

— Не выдумывайте, — отрезала Логвинова, — ничего он не узнал. Он на меня ни разу в жизни не посмотрел, как полагается зятю.

— А как полагается зятю? — Это опять Марина спросила.

— Да вам-то что? — Она смяла в пепельнице окурок и тут же закурила следующую сигарету. — У вас никогда не будет зятя. У вас никогда никого не будет. Я ненавижу старых дев, которые везде суют свой нос! Все беды из-за них!

— Спицей из арбалета стреляли? — буднично поинтересовался Тучков. — Впрочем, продавщица сказала, что именно вы вчера утром купили такую игрушку.

— Я долго думала, как именно это сделать, и придумала только вчера. Но я не ожидала, что он умрет. Просто мне повезло. И ему повезло. Он умер мужем моей дочери. А моя дочь осталась богатой молодой вдовой, и внучка — наследницей. Слава богу, я выполнила свой долг.

— Он не собирался бросать вашу дочь, вот в чем штука, — негромко проговорил Тучков Четвертый. — Он любовнице сказал, что никогда не женится на ней, потому что любит жену. И ребенка любит. У любовницы на этой почве истерика случилась такая, что она даже на лошади не поехала. А вы его убили. Ужасно глупо.

— Я не верю ни одному вашему слову, — отчеканила бывшая бабуся Логвинова. — Не трудитесь.

— Да мне, собственно, все равно, верите вы или не верите. Но я занимаю определенную... должность и отпускать вас с миром не стану.

Она пожала плечами и затянулась.

— Меня в Москве отпустят.

— Возможно. Но сейчас я сдам вас в милицию.

Бедный Вадим, думала Марина не переставая. Бедный, бедный, глупый Вадим! Он играл с огнем

369

и доигрался. Он понятия не имел, что его теща ценит его деньги гораздо дороже, чем его жизнь. Она убила его и теперь уверенно курит, и весь вид ее говорит — ах, какие пустяки!

— Ну че?.. — спросил Павлик басом. Его ящеричные глаза как-то очеловечились, или Марине так показалось? — Все? Больше разоблачений не будет?

— Еще один вопрос, — сказал Тучков. — К Веронике.

— Ко мне?!

— Да. Вы видели, как тот, самый первый покойник, выходил из номера напротив вашего, да?

Вероника моргнула, как будто не сразу сообразила, о чем идет речь.

— Ах, ну да! Да! Точно! А что? Его тоже она?

— Вы видели, что он именно выходил, или нет? Вспомните, это очень важно.

Вероника задумалась. Глаза у нее блестели. Павлик держал ее за руку — все видели, что он ее держит, и помалкивали, даже его устрашающая мамаша, даже ее рафинированный дед! И сам черт ей был не брат!

— Вероника, — поторопил Генрих Янович строго, — Федор Федорович тебя спрашивает!

— Да! То есть нет.

— Что нет?

— То есть я не видела, что он выходил, — затараторила Вероника, — он стоял, взявшись за ручку двери, вот так. — И Вероника изобразила, как именно он стоял. — То есть он мог выходить, а мог и входить...

— Спасибо, — поблагодарил Тучков. — Это очень важно. Вы очень мне помогли.

Марина ничего не понимала.

Какая дверь, какая ручка? При чем тут дверь?

Дверь — не та, про которую толковала Вероника, а та, за которой они сидели, — вдруг приоткрылась, и в нее просунулась усатая физиономия, странно знакомая и какая-то чересчур умильная, как будто вымытая сладким сиропом.

Физиономия нашла Тучкова, вылупила глаза и вскричала:

— Федор Федорович!

— Забирайте, — разрешил Четвертый. — Всем спасибо.

Милиционер, вспомнила Марина. Тот самый, который допрашивал ее, когда она нашла труп.

Все смотрели, как Федор Тучков осторожно вытаскивает из-под пестроцветной гавайской рубахи тоненький проводок, и еще какую-то черную коробочку, и еще блестящую штучку и отдает вместе со спицей ввалившимся милиционерам в формах. Ввалилось их почему-то очень много — куда их столько на одну бывшую бабусю Логвинову?

Марина протиснулась к нему:

— Федор...

— Подожди, пожалуйста.

Все топтались, шумели, и никто не выходил. Федор терпеливо ждал. Усатый милиционер, повинуясь какому-то неслышимому и невидимому приказу, вдруг засуетился и стал приговаривать:

— Прошу, прошу всех пройти, граждане! Показания запишем, всех отпустим, а сейчас прошу пройти! И вы тоже, молодой человек! И вы, женщина!

Павлик посторонился. Оленька дернула плечом. Генрих Янович выскользнул за дверь, Валентина Васильна все пыталась что-то сказать Марине, но усатый теснил их и вскоре вытеснил.

Остались только Марина с Федором и еще почему-то Юля с Сережей.

Федор закрыл дверь и остался возле нее.

Сережа поднялся с дивана:

— Юлька, что-то мы с тобой засиделись. Надо и нам сваливать, пожалуй.

— Нет, — твердо сказал Тучков. — Пока не надо. За что вы его утопили? Знали, кто он?

Солнце сместилось вверх и вправо. Футболисты умчались к реке, тихо было в директорском кабинете, только сквозняком шевелило дверь, она ходила потихонечку туда-сюда, поскрипывала.

— Сергей ни при чем, — строго сказала Юля, и Марина вздрогнула. — Это все я.

— Мы слышали ваш разговор в лесу. — Федор шевельнулся, звякнули его железки. Группа крови, резус, порядковый номер, вспомнилось Марине. — Вы сказали, что его нашли слишком рано.

— Мы никого не видели в лесу, — удивилась Юля. Она, как и бывшая бабуся, очень хорошо владела собой, а Сергей был бледен. Марине тоже показалось, что в комнате очень жарко.

— Все правильно, — со вздохом согласился Федор Тучков, — не видели. В отличие от Вероникиных секретов ваш разговор звучал совершенно... недвусмысленно.

— И вы... догадались?

— Нет. Не сразу. Как-то за завтраком вы сказали, то есть ваш муж сказал, что покойник пытался за вами ухаживать. Потом вы сами обмолвились о том, что по соседству с Вероникой номер на ремонте, а ремонта там никакого нет. Вы могли это знать, только если туда заходили. Зачем вам заходить в пустой номер «люкс»? И опять же Вероника видела Чуева рядом с этим номером! Все одно к одному. Да, и именно вы заманили Марину в беседку, чтобы напугать. Вы ей сказали, что туда идет Павлик и вот было бы здорово узнать, что он там скрывает! Марина видит не слишком хорошо, а без очков на большом расстоянии трудно разобрать, Павлик это или ваш муж Сережа в таких же шортах и очках! Именно поэтому в беседку полезла именно Марина со своей больной ногой, а не вы, спортивная и активная. И Сережа в тот момент не был на процедурах. Он как раз вчера впервые пропустил массаж и ванны. Я узнал. Все верно?

— Верно, — согласилась Юля. — Нам не нравилось, что она все время... играет в детектив. Простите, Марина. Мы боялись, что она может что-то раскопать. Мы решили... просто ее напугать. Правда.

— Я знаю.

— Знаете? Откуда?!

Федор Тучков помолчал.

— Вам стало известно, что Чуев каждый год приезжает в этот санаторий примерно в одно и то же время. Вы готовились целый год. Вам надо было не просто его убить, а убить так, чтобы никто не нашел концов и чтобы он не умер слишком легко. Он приехал, когда вы уже были здесь, да? Вы стали с ним флиртовать, так чтобы он хорошенько... разогрелся. Сергей ничего не замечал, конечно. Юля?

— Да.

— Потом вы назначили ему свидание в пустующем номере. Потому что в вашем номере муж, а в его номере вас могут увидеть соседи, которым до всех и до всего есть дело.

— Да.

— Он пришел, вы его чем-то оглушили, потом подождали, пока он придет в себя, зачитали ему приговор, отвели на пруд и утопили, привязав руки к свае. Совершенно бесчеловечно. Почему все-таки просто не застрелить? У вас же есть пистолет! Вы пугали Марину пистолетом. Я просмотрел всю одежду Павлика — на ней нет никаких следов масла. В кармане шортов носить пистолет он не мог. Он бы оттуда вывалился, или его кто-нибудь заметил бы. У вас пистолет.

— Нет.

— Что?

— Во-первых, это не было бесчеловечно. Во-вторых, я подмешала ему препарат в шампанское. Он был в сознании, но почти парализован. Просто оглушить его было мало. Он стал бы звать на помощь, сопротивляться. Мы не справились бы с ним.

— Почему такой странный ремень?

— Это Сережин ремень. Свой этот ублюдок снял, когда... полез ко мне, а мы потом про него забыли. Сергею пришлось связать его своим.

— Как вы протащили его мимо дежурной?

— Никак. Была ночь. Мы сбросили его с балкона, а потом вылезли сами.

— Второй этаж.

— Нам не было его жалко.

— Понятно.

Марина все терла и терла нос, который почему-то чесался, и казалось, от того, что он так чешется, что-то скребется прямо в мозгу, в самой его середине.

— Зря ты ему все выложила, Юлька, — задумчиво сказал Сережа. — Зря. Хороший был план. Только вы не верьте ни одному ее слову. Она такая... стерва, все что угодно может наговорить. Всем этим делом занимался я, и больше никто. Она просто... хотела с ним переспать, а я его убил. Из ревности.

— Что ты несешь! — проговорила Юля с досадой. — Я сама все сделала!

— Стоп, — устало сказал Федор Тучков Четвертый. — Все это так благородно, что я сейчас заплачу. Марина, перестань чесаться.

Он отошел от двери, плюхнулся на диван и потер лицо. Звякнули вывалившиеся из ворота гавайской рубахи железки.

— Я знаю, кто такой Георгий Чуев по кличке Чума, — объявил Тучков из-за сложенных ковшиком ладоней, — но я не знаю вас. Ни одного, ни второго. Не помню. Вы кто?

Юля и Сережа молча переглянулись.

Тучков вздохнул и свесил руки между колен.

— За что вы его... казнили? Личные мотивы?

— Да. — Это опять сдержанная Юля.

— Какого порядка?

Она еще помолчала.

— Он изнасиловал мою сестру. Это было пять лет назад.

— Юлька! — крикнул Сережа.

— Ей было двадцать два года. Она ждала мужа. Муж на подводной лодке ходил. Чума увидел ее на улице, затолкал в машину, и никто, конечно, за нее не вступился. Он же в городе хозяин был! Урод, ублюдок, мерзавец! Дня три они держали ее на какой-то даче и насиловали по очереди, а потом вышвырнули за городом. Она была беременная, на пятом месяце, и ребенок погиб. Она выбросилась из окна в больнице, когда узнала, что ребенка тоже нет. Она не справилась, понимаете? И Олежки не было рядом. Может, это и хорошо, конечно, а то бы он... стал мстить, и его тогда бы тоже убили. А так он не узнал ничего. Сказали — в послеоперационном шоке была, а в городе он никогда не жил. Он сам из Питера, Олежка.

У нее на щеке мелко тряслась какая-то жилка, и казалось странным, что она так часто и мелко трясется, когда Юля сидит совершенно неподвижно.

— А вы, Сергей? — спросил Тучков Четвертый как ни в чем не бывало, и Марина вдруг вспомнила, как думала про него — гестаповец.

— Отец, — морщась, сказал Сергей. — У него заправка была. Что-то там они с Чумой не поделили. Чума взял его в заложники, а нам стал кассеты присылать, как они ему по одному пальцы отстреливают, и он от боли визжит и по полу катается. В день по кассете, в день по пальцу. Десять дней. Только денег у нас все равно таких не было, как он просил, — сто пятьдесят штук, и собрать мы не могли, кто бы нам дал?! На одиннадцатый прислали кассету, как его убивают. Прямо в голову, в висок. Мать умерла, сразу же. Я уехал в Москву, а потом Юлька меня нашла через моего друга армейского, ну, и мы решили, что вдвоем нам легче будет... его искать. В Ярославле никто про него не знал, он из города канул куда-то, а потом друг мой, Саня, тот самый, через которого Юлька нашлась, позвонил и сказал, что Чума теперь вроде бы законопослушный американец, только вот наезжает каждый год в Россию, в санаторий один. В Ивановскую область. Мы нашли его еще в прошлом году, а в этом решили — все, хватит.

И опять все помолчали.

— Друг Саня откуда? — деловито спросил Тучков.

— Из РУБОПа. Только вот Саня тут совсем ни при чем!

— Ярославский РУБОП?

Сергей кивнул неохотно.

— Так что нам не было его жалко, — холодно сказала Юля. — Совсем. Мы радовались. Мы, знаете, после того как его утопили, шампанского напились и спали, как младенцы, — просто от счастья. От того, что мы эту гадину раздавили. И не помрет он своей смертью в теплой американской постели, а наглотается вонючей воды и станет гнить в пруду, и никто о нем не вспомнит никогда!

— Арестовывайте меня, — мрачно предложил Сергей. — А ее не трогайте. Какая у бабы на зоне жизнь! Не трогайте, а?

— Ну, — проговорил Федор Тучков, — это все тоже очень благородно. Иванникову Александру из Ярославского РУБОПа, если это тот, кто вам Чуева сдал, привет от меня большой. Скажете, Тучков Федор Федорович кланяться велел.

Сергей моргнул. Юля как-то странно дрогнула.

— Марина, пошли. Что это у тебя нос такой красный? — вдруг удивился он.

— Это потому, что я плачу, — пробормотала Марина.

— Ты не плачь, — посоветовал Тучков Федор Федорович, взял ее за руку, повел и у самой двери приостановился и оглянулся. — Да, а вы, молодые люди, больше «Графа Монте-Кристо» в жизнь не претворяйте. Одного раза достаточно, это я вам точно говорю.

И они с Мариной вышли из директорского кабинета в пустую приемную, а Юля с Сережей остались.

— Ну как ты, Маруся?

— Не называй меня Марусей! — велела она и все-таки заплакала по-настоящему.

На огромном — до самого горизонта — поле было жарко, просторно и пахло травой, летом, вчерашним дождем и землей. Далеко, за косогором, ходил важный маленький трактор, отсюда его было почти неслышно. За ним тянулся ровный черный след.

Марина задрала голову и посмотрела в небо, где плавали ястребы, перекликались странными голосами. Дурацкая шляпа из итальянской соломки немедленно скособочилась, покосилась, и пришлось хватать ее рукой и держать, чтобы не свалилась.

В той стороне, где были ястребы, высилась золоченая голова памятника из темного мрамора, и под сливочными июльскими облаками стояли стога, только что сметанные, совсем зеленые.

— Маруся! — издалека закричала свекровь. — Они говорят, чтобы мы поднимались на батарею Раевского!

— А где она? — в ответ закричала Марина, так, что из близких кустов выпорхнула какая-то сердитая птаха.

Свекровь махнула рукой в сторону златоглавого памятника. Марина кивнула и пошла через поле, а свекровь в обход, потому что у нее была «пониженная проходимость», как формулировал свекор.

Идти по полю было приятно. Солнце грело спину, и, если бы не дурацкая шляпа, которую ей сунула мама, жизнь была бы прекрасной. Теперь у шляпы задрались поля, и Марине приходилось держать ее обеими руками, чтобы не улетела.

Потом она разозлилась, сорвала шляпу и сунула ее под мышку. Шляпа тут же стала натирать кожу.

Марина остановилась, сняла сандалии и пошла босиком.

— Маруся, не простудись! — издалека закричала бдительная свекровь. — Земля может быть холодная!

— Теплая!

— Что? Я не слышу!

Марина засмеялась и махнула рукой.

Из-за черного памятника, который был уже близко, вышел свекор, а за ним Маринин муж — в белой майке и голубых джинсах, в меру выцветших и потертых.

— Пап, — говорил муж, — все-таки эта сила русского оружия, черт возьми, это просто стратегическая безграмотность! Посмотри, где ставка Наполеона, а где Кутузова! От нашей ставки ни черта ж не видно! Она вообще на каких-то задворках!

— Почему на задворках? — спрашивал свекор довольно миролюбиво. — Это она сейчас на задворках, а тогда местность была совсем другая, может.

— Да шут с ней, с местностью! Как она могла измениться, местность! Ну лес вырос, ну и что! Ты сравни, какая высотка у Наполеона и какая у наших!

— Да ты не распаляйся.

— Да я каждый год приезжаю и каждый год диву даюсь!

— Ну ты ж у нас стратег!

— Да я не стратег, а просто всегда все русским духом делалось, а не военной мыслью и инженерным расчетом!

— Ну научи, научи меня — про расчет да про мысль!

— Опять, — сказала свекровь. — Пошло-поехало. Марина, забирай своего, а то они сейчас полаются и будут весь день надутые, а мы еще гулять хотим. Я пока своего отвлеку. А этому, — и она кивнула на коляску, причину своей «пониженной проходимости», — попить дай. Он пить хочет.

— По-моему, ничего он не хочет, — себе под нос пробормотала Марина, но так, чтобы свекровь не расслышала.

— Дай, — сказали из коляски. — Дай, дай, дай!

Марина засмеялась и присела на корточки перед самым троном, в котором восседал щекастый, пузатый, серьезный, розовый, важный, надутый, немножко лысый Федор Федорович Тучков Пятый.

Будущий генерал, разумеется.

Она еще только отвинчивала желтую крышечку, а пухлая в «перевязочках» ручка уже вцепилась в яркую пластмассу, и губы сложились, и ротик приготовился сосать. Тучков Пятый вырвал у матери бутылочку и запихал в рот.

— Ужас, — сказал подошедший Тучков Четвертый, — ничего я не понимаю в этой русской военной мысли! Слушай, друг, ты чего такой грязный? Маруся, он что, землю ел?!

Марина пожала плечами совершенно хладнокровно.

— Не знаю. Может, и ел. Наша бабушка — врач, между прочим, — говорит, что не надо из этого делать трагедию.

Тучков Четвертый присел на корточки перед Пятым — тот все пил свой сок и жмурился от счастья — и достал носовой платок.

— Надо же быть таким грязным! Ну на кого ты похож?!

И тогда Марина засмеялась, нагнулась, обняла своего мужа за шею и сказала в самое ухо:

— Наш сын похож на тебя.

Литературно-художественное издание

Устинова Татьяна Витальевна

МОЙ ГЕНЕРАЛ

Ответственный редактор *О. Рубис*
Редактор *Т. Семенова*
Художественный редактор *Д. Сазонов*
Технический редактор *Н. Носова*
Компьютерная верстка *В. Азизбаев*
Корректор *Е. Дмитриева*

В оформлении переплета использован рисунок
художника *В. Нартова*

ООО «Издательство «Эксмо»
127299, Москва, ул. Клары Цеткин, д. 18, корп. 5. Тел.: 411-68-86, 956-39-21.
Home page: www.eksmo.ru   E-mail: info@eksmo.ru

По вопросам размещения рекламы в книгах издательства «Эксмо»
обращаться в рекламный отдел. Тел. 411-68-74.

Оптовая торговля книгами «Эксмо» и товарами «Эксмо-канц»:
109472, Москва, ул. Академика Скрябина, д. 21, этаж 2.
Тел./факс: (095) 378-84-74, 378-82-61, 745-89-16, многоканальный тел. 411-50-74.
E-mail: reception@eksmo-sale.ru

Мелкооптовая торговля книгами «Эксмо» и товарами «Эксмо-канц»:
117192, Москва, Мичуринский пр-т, д. 12/1. Тел./факс: (095) 411-50-76.
127254, Москва, ул. Добролюбова, д. 2. Тел.: (095) 745-89-15, 780-58-34.
www.eksmo-kanc.ru   e-mail: kanc@eksmo-sale.ru

Полный ассортимент продукции издательства «Эксмо» в Москве
в сети магазинов «Новый книжный»:
Центральный магазин — Москва, Сухаревская пл., 12
(м. «Сухаревская»,ТЦ «Садовая галерея»). Тел. 937-85-81.
Москва, ул. Ярцевская, 25 (м. «Молодежная», ТЦ «Трамплин»). Тел. 710-72-32.
Москва, ул. Декабристов, 12 (м. «Отрадное», ТЦ «Золотой Вавилон»). Тел. 745-85-94.
Москва, ул. Профсоюзная, 61 (м. «Калужская», ТЦ «Калужский»). Тел. 727-43-16.
Информация о других магазинах «Новый книжный» по тел. 780-58-81.

ООО Дистрибьюторский центр «ЭКСМО-УКРАИНА». Киев, ул. Луговая, д. 9.
Тел. (044) 531-42-54, факс 419-97-49; e-mail: sale@eksmo.com.ua

Полный ассортимент книг издательства «Эксмо» в Санкт-Петербурге:
РДЦ СЗКО, Санкт-Петербург, пр-т Обуховской Обороны, д. 84Е.
Тел. отдела реализации (812) 265-44-80/81/82/83.

Сеть книжных магазинов «Буквоед»:
«Книжный супермаркет» на Загородном, д. 35. Тел. (812) 312-67-34
и «Магазин на Невском», д. 13. Тел. (812) 310-22-44.

Сеть магазинов «Книжный клуб «СНАРК» представляет самый широкий ассортимент книг
издательства «Эксмо». Информация о магазинах и книгах в Санкт-Петербурге по тел. 050.

Полный ассортимент книг издательства «Эксмо» в Нижнем Новгороде:
РДЦ «Эксмо НН», г. Н. Новгород, ул. Маршала Воронова, д. 3. Тел. (8312) 72-36-70.

Полный ассортимент книг издательства «Эксмо» в Челябинске:
ООО «ИнтерСервис ЛТД», г. Челябинск, Свердловский тракт, д. 14. Тел. (3512) 21-35-16.

Подписано в печать с готовых монтажей 08.10.2004.
Формат 84х108 ^{1}/32. Гарнитура «Таймс». Печать офсетная.
Бум. газ. Усл. печ. л. 20,16. Уч.-изд. л. 14,5.
Доп. тираж 5 000 экз. Зак. № 6711.

Отпечатано в полном соответствии с качеством
предоставленных диапозитивов в ОАО "Тульская типография".
300600, г. Тула, пр. Ленина,109 .

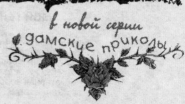